Justus Krieger

Lektüre angenehme für empfindsame Frauenzimmer und Jünglinge des

XVIIIten Jahrhunderts

Justus Krieger

Lektüre angenehme für empfindsame Frauenzimmer und Jünglinge des XVIIIten Jahrhunderts

ISBN/EAN: 9783743361287

Hergestellt in Europa, USA, Kanada, Australien, Japan

Cover: Foto ©Andreas Hilbeck / pixelio.de

Manufactured and distributed by brebook publishing software (www.brebook.com)

Justus Krieger

Lektüre angenehme für empfindsame Frauenzimmer und Jünglinge des

XVIIIten Jahrhunderts

Lectüre

angenehme

für empfindsame Frauenzimmer

und Jünglinge

des XVIIIten Jahrhunderts.

Gießen

bey Justus Friedrich Krieger,

1781.

Register.

Register.

Gedich,

Register.

Reise

Angenehme Lectüre
für
Hessens Töchter.

Vorrede

Für Hessens Töchter! — nun dann wieder eine Nachahmung, so ruft mit gewohntem Tadel der gepriesene Kenner, der aufgeblasene Kunstrichter uns zu. Wir sehen diesen Ausruf voraus; aber wir werden uns dadurch von unserm Vorhaben nicht abschrecken lassen. Unser ganzes Jahrhundert, vorzüglich unser Jahrzehend, ahmt ja nach, sammlet, und jeder sucht zur Bildung seiner Mit-

A   men-

menschen, zur Ausbreitung des Geschmaks,
auch bey dem Theil derselben mitzuwirken,
der durch tausend Annehmlichkeiten der
Seele und des Körpers, Wonne und Seeligkeit auf unsere Tage verbreitet. Sollte
es also überhaupt Tadel verdienen, daß
auch wir, in unserm, an dergleichen Pro-
dukten, gewiß noch sehr armen Vaterlande,
unser Schärflein dazu beyzutragen, auf die
Ausbildung des Geschmaks und der guten
Sitten, unsere Bemühungen zu richten,
die nicht verwerfliche Absicht haben? Sollte es insbesondere mißbilliget werden, daß
wir, gleich jenen edlen Männern Hamburgs, so wie diese für Hamburgs, eben
so für Hessens Töchter die Feder zu er-
greifen willens sind. Nein gewiß nicht!
der wahre Kenner und der billige Kunstrichter, wird uns seinen Beyfall schenken,
und, wann nur wenige unserer Schönen,
uns Dank zulächeln — welche Belohnung
für

für uns, und wie leicht können wir uns
alsdann über unbilligen Spott triumphi-
rend hinaussetzen. — Doch näher zur
Sache. Aller Wahrscheinlichkeit nach haben die meisten unserer Leserinnen schon
die Wochenschrift kennen gelernt, (kennen sie sie nicht so hat's am Ende nichts
zu bedeuten), die in Hamburg unter dem
Titul: für Hamburgs Töchter seit einiger Zeit heraus kommt, und wodurch
den dasigen Schönen, mit vielen schönen
Sachen, aus allerley Schriften, aus Dichtern und Prosaisten, aus Romanen und
Almanachen und andern dahin gehörigen
Piecen aufgewartet wird, was sie sonst
entweder gar nicht, oder doch nicht so geschwind auf einander lesen, und so schön
beysammen finden würden. Auf die nehm-
liche Art, und der gedrukten Anzeige gemäß; erscheinet hier der erste Bogen unserer periodischen Schrift. Gewissermaßen

A 2   wird

wird zwar diese Wochenschrift von jener
verschieden seyn. Wir schräncken uns nicht
gleich jenen ehrwürdigin Männern Hamburgs, auf eine Stadt ein, sondern wir
wollen auch außer dem Bezirck unserer
Stadt, wirckſam werden, und hoffen, daß
auch in dem vom Geräuſch der weichlichen
Städter entfernten Gegenden, bey dem
Mangel, der an dergleichen Schriften auf
dem Land herſcht unſer Zweck werde erreicht,
und der Innhalt unſerer Schrift, auch bey
den ländlichen Schönen wohlthätige Eindrücke hinterlaſſen werde. Für Hamburgs
Töchter ſchreiben edle bejahrte Männer,
die alſo auch nach ihrer eigenen Aeußerung
mit weniger Wärme zu Werk gehen, und
jede Sache in einem melancholiſchen dunck-
len Lichte betrachten, ſo dencken, wählen
und ſelbſt ſchreiben. Für Heßens Töchter
werden Jünglinge auftretten, deren brau-
ſende Empfindung jede Sache mit helleren

Farben

Farben zeichnen, solche in glänzenderem
Lichte zu schildern suchen werden. Auch
dadurch werden wir uns noch für jenen aus=
zeichnen, daß melancholische Empfindsam=
keit — diese in unserm Jahrzehnd so oft
überspannte, und deßfalß mit Recht geta=
delte, aber in ihre gehörige Schrancken zu=
rückgebrachte gewiß wohlthätige Tugend,
den herschenden Charackter unserer periodi=
schen Schrift ausmachen wird. — Aus
diesem Gesichtspunckt betrachtet, wird der
Innhalt derselben, so weit es Jahrszeit
und Witterung zuläßt, so mannigfaltig als
möglich seyn, aus Gedichten, lehrreichen
Briefen, rührenden Geschichten, und an=
dern kleinen sehr oft auch eigenen Aufsätzen
bestehen, und solche aus den besten und
neuesten Schriften gesammlet, oder in der=
selben Manier verfertiget werden. Fremde
Aufsätze werden, wann sie unserm Plan
angemeßen sind, uns allzeit willkommen

seyn, und wir ersuchen hiermit unsere verehrungswürdige Leserinnen und Freunde zur Unterstützung dieses unsers Instituts auf diese Art gleichfalls mitzuwirken, und solches dadurch vollkommen zu machen. — Nichts haben wir noch beyzufügen, als daß wir uns unsern theuersten Leserinnen mit derjenigen Innigkeit und Wärme empfehlen, die der gräntzenloßen Verehrung gemäß ist, mit welcher wir denselben ergeben, und in welcher wir bereit sind, alles was in unsern Kräften steht zu ihrem Vergnügen und Nutzen anzuwenden. Gießen den 28ten Decembr. 1779.

Die Herausgeber.

An

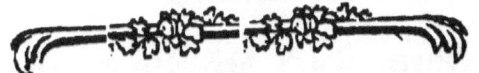

An Hessens Töchter.

Höret Schönen! ächte teutsche Lieder,
  Die ihr seyd aus Hessen=Blut!
Blikt einen Blik voll Huld hernieder
  Auf Gespräch von Tugend und der Väter
    Muth.

Lächelt meinem Liebgen, wann ich singe,
  Von den krausen Locken Duft;
Oder wenn ich von der Wies' mich schwinge
  Hin zu Gottes hoher hoher Luft.

Nicht vom Gallier erborgte Träume,
  Weyh'n Euch diese Blätter nicht;
Nicht Gesang, der leicht in zarter Keime
  Um das Mädgen Herz die giftge Ranke
    flicht.

Nein

Nein sie lehren Euch der Väter Tugend,
    Die dem Lasterstrom entgegen drang;
Singen Freuden Eurer unverblühten Jugend,
    Freuden — sanfter schöner, als der Flö-
        tenklang;

Und wie schön es sey mit Dank betrachten,
    Was einst Gott so prächtig schuf;
Als Gefild und Vogelsang erwachten
    Und gehorchten seinem mächt'gen Schöpfer-
        Ruf.

Ehrfurchtsvoll tret' ich zu Euch o Schönen!
    Diese Blätter in der Hand,
Gerne, könt' ichs nur dem Lenz entlehnen,
    Schmükt ich sie mit einem frischen Blu-
        menband.

Auf, so geh dann Lied zu jedem Mädgen,
    Durch mein liebes Vaterland!
Wandle hin — wo du sie find'st — am Spin-
        nerädgen
Und gieb jedem diese Blätter in die Hand!
              Oeser.

                      An

An Aspasio.*

Laß dich den Gedanken an die Zukunft nicht
trüben, mein Aspasio! Für den gegenwärtigen Augenblick sollen wir leben; wir verlieren
ihn wenn wir mit unsern Gedanken in einer
Zukunft herumschweifen die noch nicht da ist;
für die uns niemand bürgt, daß sie jemals
kommen wird.

Du genießest dein Leben, genießest die
Freuden der Erkenntniß nur halb, wenn du
unaufhörlich den Gedanken „wie wird es mir
einst gehen?“ mit dir herumträgst? Was helfen sie auch — diese Sorgen? Kannst du
durch sie auch nur das geringste in dem Plane
verrücken, den eine weisere und gütigere Vorsehung eher für dich entworfen hat, als du
denken konntest?

A 5　　　　　Haß

* Aus dem Philotas, ein Versuch zur Beruhigung und Belehrung für Leidende und Freunde
der Leidenden. Leipzig 1779. S. 181, 185.

Haſt du auch ſchon überdacht, daß zu feſtes Hangen an einem Gedanken, endlich der Seele eine gewiſſe Stimmung giebt, die dir ſelbſt gefährlich werden kann? Daß man ſich durch finſtre Vorſtellungen endlich an einen gewiſſen Trübſinn gewöhnt, der zur üblen Laune wird und uns minder angenehm im geſellſchaftlichen und freundſchaftlichen Umgange macht. Denn mit welchen Menſchen iſts läſtiger umzugehen, als mit denen, welche immer unzufrieden ſind, und von reinem Genuß des gegenwärtigen Guten nichts wiſſen? Wo nicht jeder etwas zur Nahrung des Umgang beyträgt, da verſchwindet endlich alle Freude, die in Empfangen und Wiedergeben beſteht, und niemand iſt unfähiger etwas dazu beyzutragen, als der finſtre Grübler.

Noch iſt dies der Fall nicht bey dir. Aber noch wallt auch in deinen Adern jugendlich Blut; noch blüht dir das Leben wie ein Frühling. So wird es, ſo kann es nicht bleiben! Und wie dann? Wenn du nicht früh lernſt, eingebildete nur gefürchtete Uebel durch Heiterkeit

des

des Geiſtes durch Hofnung und guten Muth,
vor deinen Augen zu zerſtreuen, wie unbereitet
werden wahre Uebel dich finden, und mit wel=
cher Nacht werden ſie deine Seele überdecken!

Selbſt im halben Scherz ſollteſt du nicht
bitter und muthlos von der Zukunft reden.
Man gewöhnt ſich ſo leicht an dieſe Sprache,
und die Sprache des vergnügten Herzens „im=
mer zufrieden zu nehmen was Gott giebt, feſt
entſchloſſen, Freude geb’ er oder Schmerz ſich
zu unterwerffen“ klingt ſo viel ſanfter, iſt ſo
viel ſanfter, iſt ſo viel würdiger für den Men=
ſchen, zumal für den, der noch von keinen bö=
ſen Tagen zu ſagen weiß.

Es iſt nicht Stolz, ſich ein groſſes Ziel
vorzuſtecken, nach dem man hin möchte! Das
Streben des menſchlichen Geiſtes iſt von Gott.
und iſt grenzenlos. Was könnte auch unedles
in dem Wunſche ſeyn, einſt in einem groſſen
Kreiſe würkſam zu werden? Aber leiden müſſen
wir nicht unter der Furcht, vielleicht nicht dazu
beſtimmt zu ſeyn, vielleicht ſich einſt in einem
weit

weit engern beschränken zu müssen. Der klein=
ste ist fast noch immer zu groß alle Pflichten zu
erfüllen. Das Bewustseyn, jede unsrer Kräfte,
so viel wir vermochten, vervollkomnet zu ha=
ben — das ist die eigentliche reinste Quelle un=
srer Glückseligkeit. Wo sie nicht quillt, bleibt
das Herz bey der höchsten Ehre unter Men=
schen nur halb glücklich; wo sie fließt, da fehlt
ihm bey der geringsten Bestimmung nichts zu
seiner Ruhe.

Nichts also mehr, mein Aspasio, so lieb
dir deine Ruhe ist, nichts mehr von finstern
Blicken in die Zukunft. Hat es dir Gott
schon an irgend einem Guten fehlen
lassen? Denke an unsre kleine Sommerreise,
an die freundliche Nacht, wo wir so offen ge=
gen einander waren; ich neben dir saß, und
dir eben die Frage that. Der Mond stand
unserm Wagen gegenüber, und ich sah daß dir
eine Thräne ins Auge trat, als du mir ant=
wortest: „Noch an keinem!" Bey diesem
Bekenntniß, bey dieser Thräne des Danks,
bey unsrer Freundschaft beschwör ich dich, ver=

traue

traue auf Gott! — Bilde dich zu dem nützlich=
ften, geschicktesten, weisesten Weltbürger; er=
höhe die Kräfte deines Geistes so sehr du
kannst; beobachte dein Herz und suche es mit
jedem Tage schöner zu machen; und dann über=
laß das übrige der Vorsehung.   So wahr sie
über uns wacht, so wahr wird es dir wohl
gehn! Mußt aber auch nie wieder vor deinem
künftigen Leben bange seyn.

Elisa an Yorik.*

Liebste Bramine,

Heut ist mein Geburtstag. — Ich bin
fünf und zwanzig Jahr alt. — Aber Jahre,
wenn sie vorüber, scheinen nur so viele Stun=
den zu seyn. Die Augenblicke der Leiden sind
das einzige Maaß von Zeit, was wir berech=
nen

* Aus dem Lesebuch für Frauenzimmer 3ten
  Theils S. 173 ı 176.

nen können — wir fühlen ihr Gewicht — sie
gehen mit langsamen Schritten vorüber — wir
schelten ihr Weilen — obgleich ihr Eilen un=
aufhörlich von der Dauer unsers Daseyns weg=
nimmt. — Aber ach, wie gleiten die Augen=
blicke vorüber, in welchen wir unser selber ge=
nießen. Sie stehlen sich unvermerkt davon,
und alle unsere Freuden sind schnell verwehte
Träume

Wie schreklich muß der schnelle Flug der
Zeit mit den Lastern beladenen oder mit Zwei=
feln verfinsterten Seelen vorkommen! wenn
jede Minute Etwas von ihrem so sehr gelieb=
ten Daseyn abnimmt, und sie dahin bringt,
zu seyn. —

„ Sie wissen nicht, was, sie wissen nicht,
„ wo? — oder welches schlimmer ist, sie sind
„ in Nichts versenkt! Und doch scheint selbst
„ dieses Nichts so schreklich!,, — Dieß ist
das Loos der Zweifler!

Aber der Seele, welche die Tugend liebt,
und durch den Glauben beruhigt ist, macht der
rasche

rasche Flügel der Zeit keinen Augenblik Kummer. Der Fromme wünscht, vom Leibe dieser Erden, von der Bürde der Sterblichen entfreiet zu werden, er sehnt sich nach seiner Auflösung — ihm scheint die Zeit eine Feindinn, die dem ewigen Uebergange zu dem sehnlich gewünscheen Glücke in den Weg tritt, das nirgends zu finden ist, als in dem Lande der Seligen.

Die Zeit, die ich verlebt, ist nichts — ist nicht mehr mein — ist bloß eine Null, die eben auf mein Gedächtniß gestempelt worden.

Wohlan! so laß mich das gehörig schäzen, was mir noch übrig ist — laß mich aus vergangenen Irrthümern Vorsicht lernen, und laß mich von vergangenen Fehlern zu künftigen Tugenden auferstehen — laß jede wiederkehrende Sonne mich an Weisheit wachsen sehen, und auf reifende Tugend scheinen, bis ich zu diesem Zustande bereitet bin, der die höchste Reinigkeit ist.

Ich

Ich beuge mich unter mein Leiden mit Unterwerfung, und danke dem liebreichsten Urheber der Natur, daß er mir solche lehrreiche Erinnerungen zuschikt.

Sey heiter, Tugend! Wird dein Himmel trübe,

Getrost! Sein Blik des Zürnens selbst ist Liebe.
Der jezt verweinte Tag verspricht
Dir künftge Tage, reich an Freuden;
Zur Besserung schikt uns der Himmel Leiden,
Doch zum Verderben nicht.
Das Ungemach der bösen Stunde
Verlächelt die Geduld in Ruh;
Braust auch die Well' empor aus tiefem Schlunde,
Sie führt dich nur dem Hafen schneller zu.
Der Himmel segne meine Freunde und Feinde!
Und gebe mir Ruhe der Seele!

Elisa.

Angenehme Lectüre
für
Hessens Töchter.

Gedanken eines Heßischen Mädgen an
ihren Geliebten in America.

Wonne-hauchend giesen durch die Lüfte,
    Breite Linden ihr Gerüche hin;
Herrlich zittern wilder Blumen Düfte,
    Wie verschönert lacht des Thales grün!

Prächtig glänzen Haine, ferne Thürme
    Von der Sonnen Abendstral belebt.
Alles schweigt — gelassen sehen Stürme,
    Wie der Thau durch Wiesenthäler schwebt.

B   Freu=

Freudig wandeln heim zu ihren Hütten,
   Müde Schnitter durch die Wiesenau;
Freudig springt das Gräsgen hinter ihren Tritten
   Schüttelt springend ab den Abendthau.

Ach wie wonnig grünt ihr liebe Hayne!
   Und wie säuseln eure Wipfel schön!
Ach ihr saht ihn, um den ich jezt weine
   Und der euch so bunt, so schön gesehn.

Alles herrlich! doch in meinem Herzen,
   Schweigt der bange Herzens Gram noch nicht;
Trübe Seufzer steigen auf und schwärzen
   Alle Freuden, denn ich find ihn nicht;

Ihn, der jüngst mein Herz davon getragen,
   Als ich ihn zum erstenmahl erblikt;
Und euch seh' ich nach, euch frohen Tagen;
   Als er mir im Tanz die Hand gedrükt!

Muthig zog er fort zu grosen Heeren
   Ließ mein Herz, mein Herz, so tief verwundt!
Wolte jenen Feindesbund zerstören,
   Und zerstörte unsern Liebesbund.

                                Gott

Gott du weist's! sieht ihn mein Auge wider?
 Oder sank er schon in Todesnacht?
Sank er neben seinen Brüdern nieder
 Kämpfend gegen starker Feinde Macht?

Doch ich seh ihn (Himmel gieb es!) wieder,
 Seinen sanften wonnevollen Blik;
O dann kehrt mit rosigtem Gefieder
 Längst gewünschte Ruh zu mir zurück.

Säusle zu ihm, Lüftgen, sanft und kühle
 Trag zu ihm der Gärten Wolgeruch!
Säusle fort, durch Meere fort und spiele
 Unerschüttert von der Krieger Fluch.

Und dann wall um ihn im Heer von Spießen,
 Wenn Trompete zu dem Aufbruch tönt.
Sags, und bring ihm diesen Seufzer, dießen,
 Der im Lied aus meinem Busen stöhnt.

Ach vielleicht begegnet dir sein Kummer,
 Den er seufzend mir herüber schikt!
Nah dich ihm! entflieh nicht! wenn vom Schlumer
 Ob dem Schuß, der grüne Hain erschrikt.

Wall

Wall' um ihn! ach wenn zu seinen Füßen,
Sich im Blut der tode Franke streft,
Wenn das stolze Roß ihn trägt durch Wiesen,
Die nur Tod und banges Grausen deckt.

Die Rheinfahrt nach Cölln.

Fragment aus Briefen. *)

— Unser Vorsatz war, diese Fahrt mit füh=
lender Aufmerksamkeit auf jede einzelne Schön=
heit der Natur, mit mehr als Pilgrimandacht
zu vollenden.   Unser Auge zu weiden, unser
Herz zu füllen mit Himmelsgefühlen, mit Na=
tur, Vortreflichkeit, Unverderbtheit, Kraft,
Allmacht; — Das Wetter war das herrlichste!
Kein trübes Wölkchen verbarg uns die köstlichen
Aussichten, die blühende, grünende Natur im
bräutlichen Geschmuck! — Alles festlich, freu=
dig

*) Aus der Litteratur und Theater=Zeitung vom
Jahr 1779. Nr. 18. S. 275. folg.

tig, alles Fülle des Seegens ftröhmend! —
Bilder der Glückseeligkeit! — — Wir paßir-
ten das sogenannte Bingerloch ohn' merkwür-
diges Ereigniß. Wir tranken von dem herrlichen Weine des gegenüberliegenden Orts Rie-
desheim, und sangen eins von Ramlers Liedern. Nun schwammen wir in die Gebürge.
Auf beyden Seiten umschließen sie die Ufern
des Reihns, und streben empor bis ins blauigte
Dunkel des Himmels! — Hie und da bewach-
sen mit Stauden und Reißern und Wildniß,
dort mit schroffen Felsen beladen, hier gegra-
bene Klüfte durch Regengüsse. — Unsere Un-
terhaltung wurde nach und nach ernsthafter.
In der Mitte dieser Schlünde, dieser beuchen-
den, drohenden Gebirge. — — Die arbeiten-
den Ruder unsers Schiffes halten in den Felsen, und das Echo scholl fürchterlich viele Worte unserer Stimme vernemlich nach. Wir erblickten auf den Bergen verfallne- zerstöhrte
Schlösser, die so lange unüberwindlich der
Vergangenheit getrozt hatten, und noch! Ehrfurcht fühlten wir, wie bey irgend einem heiligen Orte, bey diesen Trümmern aus den Bie-

B 3   derzei-

derzeiten, — verloren uns in Betrachtungen,
und der Geist des Jahrhunderts schwebte auf
uns herab! — — So mild, so sanft fühlten
wir seine Gegenwart, so erquickend: er redte
zu unsern Herzen — — Unsere Fantasien wur=
den schweifender, glühender; tausend Empfin=
dungen und Wünsche stiegen in uns auf, Bil=
der der Vergangenheit reihten sich in unsere
Gedanken. — — Unsre Schlösser waren be=
wohnt, standen sicher in der Biederpracht ih=
rer Zeiten, im Heldenlüster, fest und stark vor
unsern Sinnen da. — Der Nachbar fürchtete
ein Dorn in seinen Augen. — — Wir traten
in die großen Säle — Die gepanzerten, bär=
tigten Helden in der Heldenrauheit, im Bie=
dertreuheitsblicke, hingen an den Wänden. Ihr
Ansehen war stark, wie ihr Muth; — Aechte
Kinder der Natur, keine Ausartung seit Se=
kuln, in der langen Reihe, kein hektischer Wol=
lüstling, wie die Stammhalter unsrer jetzigen
Ahnenschaften! — Stühle=und Bett und Käm=
merlein, wie innig, wie heimlich, wie vertraut
und bequem, und doch wie weit entfernt von
Weichlichkeit! — Der eingeschränkte Kreis der
Bedürf=

Bedürfniſſe! — Wie köſtlich die Ruhe hier,
und das Mahl nach der Jagd in fernen Thä=
lern — nach erfochtnem Siege; die Bieder=
männer verſammelt, einander dankend, Hel=
geſpräche führend! — — Und dieſe weibli=
chen, herrlichen Geſchöpfe, ſo gut und treu
und keuſch — kein Bulblick, kein Romange=
fühl — edle Deutſche Herzen, mit ſtill ſtar=
ken, liebenden Gefühlen! Pflegerinnen der Ed=
len, die häuslichen Freuden ſchaffend! — —
Wir traten in die Kirche, Hier webte ſtille,
heere Heiligkeit, die einfache Verehrung Got=
tes; Anbetung in der Reinheit der Herzen,
in der Stärke des Glaubens! — Die unmün=
dige Kunſt hatte die Städte des Familienbe=
gräbniſſes mit Abbildung des Edlen, ſeines
trauten Weibes und ſeiner Nachkömmlinge vor
dem Kruzifix kniend, bezeichnet; die ehernen
Grabſteine, mit rührenden Reimen, Empfindun=
gen weinender, traurender Herzen geziert! — —

Wir erwachten von dieſen unſern ſüßen
Schwärmereyen, Hand in Hand. — Mein
Freund B ** lag in meinen Armen — — Wir

ver=

vermißten unfern edlen P *** und meinen Bru=
der, und unfern Heinrich. Zu Afmannshaufen
fuhren wir ans Land, füllten unfre Krüge von
diefem weltberühmten Weine, nnd hatten uns ent=
fchloffen, eine Wanderfchaft auf eins der na=
hen Schlöffer zu machen, da näher den heili=
gen Wohnftädten, uns ganz in diefe Zeiten
hineinzuphantkafiren, und unfre Wallfahrt mit
Abfingung einer Ballade, die das Gepräge
diefer Zeiten trägt, zu vollenden. Unfre Schif=
fer widerfetzten fich unferm Vorhaben, da fie dies
zu lange in ihrer Reife aufgehalten hätte. —

P** malerifches Genie, von diefen Bil=
dern erhitzt, entwarf im kühnen Flug feiner
webenden Imaginination, Skizzen Abriffe, Ko=
pien, aus den lebenden Gegenftänden der Na=
tur umher, die die Wahrheit und Treue feines
Gefühls bewiefen, Skizzen, die irgend eines
der größten Meifters würdig waren, die die
Kunft vergöttert.

Wir waren nun an den fogenannten Sie=
bengebürgen, die größten und fürchterlichften
mit Ueberbleibfeln verwüfter Schlöffer. Wir
hatten

hatten einige Paar Pistolen bey uns, die wir
so lange abschossen, als diese Gebürge währten.
Der ausserordentliche Donner des Wiederhalls,
den jeder dieser Berge einer dem andern zuwarf,
ist nicht mit dem Donner des Himmels zu ver=
gleichen. Siebenfach gab das Echo jeden Knall
einer Pistole, siebenmal stärker als der Don=
ner des Himmels auf Ebnen, zurück im betäu=
benden Donnergetöse, das nach der Lage der
Berge bald wie der Einsturz eines großen Ge=
bäudes in Trümmer, bald wie die stärkste na=
he Kanonade schallte, und sich nach einer ziem=
lichen Dauer nach und nach in weiter Ferne
verlor, oder von den Bergen herunter zu den
Ufern fuhr, und am Gestade des Rheins pfei=
fend hinabstürzte. — So oft wir uns dies
Schauspiel wiederholten, goß sich ein Schauer
über unsern Nacken — Wir fragten uns, wel=
che Erschütterungen ein Donnerwetter in diesen
Gebürgen anrichten würde? — Das Wetter,
so den Tag über äußerst schwul gewesen, fieng
an kühl zu werden. Gewitterwolken stiegen auf,
der Wind kündigte uns den nahen Donner an.
Der Staub von den Feldern wirbelte in den

B 5   Lüften

Lüften, und unser Schiff fieng an unſtet hin
und her zu treiben. Die Luft wurd' immer
dunkler, die Blitze leuchteten, und der Donner rollte näher bey. — — Wir konnten nir-
gend an's Land fahren, theils hinderte uns der
Sturm, theils das hohe Ufer, das das Auf-
ſteigen unmöglich machte. In Donner und
Sturm ſchwebten wir alſo auf bäumenden Wellen, und unſre Schiffer hatten genug zu thun,
unſer Schiff, das ſtark ſchwankte, gegen die
ſchlagenden Wagen vom Umſtürzen zu erhalten. — Der Sturm heulte fürchterlich in den
Felſen und Wäldern der Berge! — In's Ge-
tobe des Sturms, ins Gebraus der Wellen
knallte der Donner, und der Wiederhall brüllte
alle gedoppelt, getreu nach. Nun die Paral-
lele zwiſchen dem Knall unſrer Piſtolen, mit
Wiederhall, und dem Donner mit Wiederhall! — Himmel und Donner ſchienen auf den
Gipfeln der Berge zu ruhn, und ſtatt ſich zu
theilen, ward er gräßlicher. Alle Elemente
im Streite ſchienen ſich aufzureiben. Starke
Züge, zu einem Sündfluthsgemälde von unſerm W**! — Es fieng endlich an zu regnen·
Regen-

Regenströme stürzten brausend die Berge herab.
Die Gewitterwolken theilten sich, der Donner
rollte geschwächt weiter, der Sturmwind schwieg,
und der Rhein floß allgemach sanft wieder in
seinen Ufern. — Die Regengüsse hörten auf;
und nun schwanden die düstern Wolken alle in
Licht, und die Sonne tratt hervor. Alles stand
verjüngt im süssen Thau, und die ganze himm=
lische Natur in diesen Gegenden lächelte neu=
kräftig! Die Seiten der Berge waren vergol=
det, uud auf den Bäumen der Wälder glänz=
ten Regentropfen im Schein der sinkenden Son=
ne. Eine sanfte Kühle fächelte, und die Abend=
sonne wärmte. — — Eine Fülle der Empfin=
dungen zeigte die andre. Im Schau tausender
Abwechselungen, tausender Schönheiten, nir=
gend sichtbar, als auf dieser Fahrt.

Nichts mein Lieber! von Dingen, die jeder
sich die Mühe nimmt zu bemerken!! — Nun
waren wir bald in dem Gebiete der Kuhrfür=
sten zu Köln; eines der treflichsten Deutschen
Fürsten! — — Wir fuhren einer Aue vorbey,
die der Rheihn umschließt. Die hohen Bäume,
mit denen sie ringsum bepflanzt ist, hatten
von

von weitem das Ansehen einer Terrasse. Wir
kamen näher. Ein frischer Wiesenduft flog uns
entgegen. Die Aue war sehr groß mit Häu-
sern und Scheunen geziert; endlich sahn wir
eine Kirche und ein wohlgebautes Kloster. —
Die Vorderseite war gegen den Rhein gerichtet, und ein hoher Berg thürmte sich am Ende der Aue. Es war ein Nonnenkloster; wie
wir viele in den köstlichen Gegenden auf dieser
Fahrt gesehn hatten; ein Wohnplatz unglücklicher, der Welt entflohener Mädchen die be-
trogne Liebe, oder heilige Ruhe, in den Tagen, da das Menschseyn, der Mensch erst in
aller Kraft fühlt, der Welt entführt hatte.
Ein Thal des Elends, wo die blutigen Thränen der niedergedrückten, schmachtenden Menschheit fließen, die Seufzer nach Leben und Freyheit hallen, ein Schauplatz des Jammers, durch
sich und innere Einrichtung — — Ich rede
nicht aus Mangel an eigner Erfahrung — —
Und meine blühende Freundinn im Schleyer —

Leben Sie recht wohl!

Dieß, mein Liebster! sind schwache Züge
zum Gemälde; übertragen Gefühle in Worte —
dieses großen prächtigen Schauspiels, der herrlichsten aller Wasserfahrten, im Glanz einer pa-
radiesischen Natur, der Rheinfahrt nach Köln! —

—***

Freund-

Freundschaftliche
Frauenzimmer = Briefe.

Erster Brief. *

Lassen Sie mich, meine geliebte, so lang gewünschte Freundinn, einige Thränen über
mein Schicksal weinen, das mich von Ihnen
entfernt, und alle die süßen Freuden zerstört, die
mir Ihre Güte und Ihr Geist wechselsweise
schenkten. Was ist Leben, Glück und Wissen,
wenn es nicht von antheilnehmender Liebe und
Freundschaft mit genossen wird? Wie lange
wartete mein Herz auf diese irrdische Seeligkeit?
Ihr feiner aufgeklärter Geist, Ihre edle lieb-
reiche Seele haben mir sie in vollem Maaße
gegeben.

Sie erforschten mich, und da Sie sahen,
daß mein Herz gut ist, und mein Kopf denken
und

---

* Da diese sowohl in verschiednen Bänden der
Iris als auch nun besonders abgedrukte Briefe
(Altenburg 1779.) des erhaltnen Beyfalls in jeder Rücksicht so sehr würdig, so lehrreich und rührend sind, so wollen wir unsern theuersten Leserinnen hiermit einen zur Probe geben. Von
ihrem Befehl wird es abhangen, ob wir damit
ununterbrochen fortfahren, - ob wir alle; oder
nur nach einer gewissen Auswahl mehrere sollen
abbrucken lassen.

und faffen kann, fo waren Sie zufrieden, ohne
zu fordern und zu hoffen, daß ich fehlerlos feyn
follte, Ihre Gefinnungen waren zärtlich, Ihre
Hochachtung aufrichtig, ohne den hohen Grad
Schwärmerey, aus welchem die Unverträglich=
keit entfpringt. Sie find das zweyte wahre Ge=
fchenk des Himmels, das mir zu Theil wurde;
denn nachdem ich ein Herz voll Gefühl des Ed=
len und Guten erhalten hatte, fo fehlte mir noch
ein andres, auf deffen Zeugniß ich mich ftüßen
konnte. Ihre moralifche Seele war mein zwey=
tes Gewiffen; Ihr geübter Geift die Bewäh=
rung des meinigen. Ihnen ift weder die Leb=
haftigkeit meines Kopfs, noch die überfließende
Empfindfamkeit meines Herzens jemahls anftöf=
fig gewefen.

Bey Ihnen, meine Marianne, kann ich
mich der füßen Empfindung, jemand im höch=
ften Grade hochzuachten, ohne Sorge überlaf=
fen; die Eigenfchaften Ihres Geiftes und Her=
zens verfichern mich, daß ich durch Sie den
Schmerz niemals fühlen werde, diefe Gefin=
nungen zurückzunehmen. Ihre Bekanntfchaft
Ihr Umgang war für meine Seele das, was
ein heitrer Himmel, reine Luft, und freye Aus=
ficht in eine fruchtbare Gegend einem Menfchen
ift, der lange verbannt war, eine niedrige
Hütte in einem fumpfigten mit unangebauten
Bergen umgebenen Thale zu bewohnen. Manch=
mahl fah' er einzelne fchöne Büfche auf einer Ecke

des

des Geburgs; mit Begierde und Freude stieg
er dazu, an dem Geruch ihrer Blumen und ih=
rer schönen Gestalt sich zu ergötzen; aber häufige
versteckte Dornen verletzten ihn; der lockere we=
nige Sand, in dem der Busch stand, wich un=
ter seinen Füßen; er wankte und beschädigte sich
noch an umliegenden Feldstücken. Traurig kam
er in seine Hütte zurück, und versuchte dann wie=
der einmal, in trocknen Tagen, ein nah' an dem
Felsen liegendes Stück grünen Rasen zu betreten;
der Gedanke der so wohlthätigen Graspflanze gab
ihm Zuversicht; aber er deckte einen trügerischen
Haufen Schlamm, und er hatte Mühe, sich vor
dem Sinken zu retten. Niedergeschlagen über die
vergeblichen Versuche blieb er in dem Kämmer=
chen seiner Hütte, und überdachte das Glück de=
rer, die auf einer schönen Anhöhe, mit Wein=
gärten, Wiesen und Feldern umgeben, wohnen,
und mit jedem Blick Freude fühlen. Nachdem
aber sein Geschick ihn auch dahin rief, ist gewiß
jeder Athemzug Dank zu der gütigen Vorsicht. —
Wie oft zog mich, bey meinen ehemahligen Be=
kannten, der schöne Schein von Sanftmuth und
Güte! Wie sehr trogen sie und verwundeten sie
mich! Wie grundlos fand ich ein andermahl die
schönsten Anzeigen von Stärke und Edelmü=
thigkeit der Seele!

Nun reise ich mit meinem Oheim. Die Pflich=
ten, welche ihm aufgegeben sind, und die Absichten
seines Herumwanderns führen ihn in verschiedene
Gegen=

Gegenden. In einigen werden wir uns lange auf=
halten. Da will ich, während mein Oheim politi=
sche Betrachtungen sammlet, auf meiner Seite
suchen, jede thätige Tugend zu bemerken, deren
ich in dem Lauf meiner Reise ansichtig werden kan.
Darüber will ich Ihnen schreiben, und Sie kön=
nen, nach ihrer Lieblings=Gewohnheit, und des
Herrn Hume Anweisung zufolge, das Maaß
meiner moralischen Kräfte nach dem Grad sym=
pathetischer Bewegung berechnen, welche die Be=
trachtung übende Tugend in mir hervorbringen
wird; denn Sie pflegten so gerne, den Umfang
eines öden oder angebauten Kopfs zu bestimmen,
je nachdem Sie sein Vergnügen und seine Auf=
merksamkeit, bey den Unterredungen der Ver=
nunft und Wissenschaften, stark oder schwach sa=
hen. In diesem Felde hoffe ich Nutzen für meinen
Geist zu sammeln. Sie werden alles, auch den
leisesten Gedanken, zu lesen bekommen, und mich
also auf allen Seiten kennen lernen; denn, meine
Marianne, meine Seele ist bey Ihnen; mit Ih=
nen allein redet sie durch mein Vertrauen und mei=
ne Briefe; mit andern redet meine Achtnng, mei=
ne Höflichkeit, welches Anforderungen und Abga=
ben sind, die ich niemand versagen werde: aber
Sie, meine Freundinn, Sie allein haben die be=
sten Gesinnungen des Herzens ihrer Rosalia.

Angenehme Lectüre

für

Hessens Töchter.

Trost in einer trüben Stunde.

Ach! wie dunkel sind nicht oft des Le-
bens Pfade,
Welche uns die Hand der Vorsicht
führt —
Bald an eines Baches blumigen Gestade
Bald wo Sturm und ew'ge Nacht regiert —
Bald erlaubt sie uns, ruhig, mit den andern,
Hand in Hand geschlossen langsam fortzu-
wandern,
Bald verwirrt sich einsam unser Fuß
In ein Labyrinth voll Kummer und Verdruß,

C   Wann

Wann wir öfters müde eingeschlafen,
Schmeichelt uns ein trügerischer Traum,
Und die Paradiese, die wir schafen,
Werden beim Erwachen eine Handvoll Schaum,
Seelen, welche sie voll Simpathie und Jugend,
Fromm und zärtlich für einander schuf,
Die im blüthen = vollen Frühling ihrer Jugend
Hingezogen durch des Herzens Ruf
Schon einander suchten und sich endlich fanden,
Ihre Herzen zärtlich an einander banden,
Trennt sie oft im ersten Augenblick,
Führet jede wieder in die Nacht zurück,
Wo sie einsam weinen und mit Thränen
Aus dem tiefsten Herz heraus geweint,
Sich nach jenem wonne Morgen sehnen,
Der sie unzertrennlich wiederum vereint —
O! die besten Seelen müssen oft versinken
In dem wilden Meer der Traurigkeit,
Sich zum Elend nur geschaffen denken,
Schimmerte nicht der Unsterblichkeit
Rosenfarbner Morgen durch die Grüfte,
Weheten nicht balsamreiche Düfte
Einer bessern Welt dem Staubgebein
Hofnungen der höhern Geister ein.   Oft

Oft verirren würde sich der Weise
In der Zweifel finstrem Labyrinth,
Wenn von unsrer schweren Pilgrimsreise
Grab und Staub das Ziel und Ende sind.
Nein sie sind es nicht — in jenen beßern Sphären
Löst sich jede Nacht in Klarheit auf,
Wenn der freie Geist sich zu der Engel Chören
Aus dem finstern Thal der Leiden einst hinauf
Hat geschwungen — Wonne! dorten finden
Sie die Seelen wieder — Wonne dorten binden
Sie die Freundschaft unzertrennlich vest,
Deren Trennung Ihnen Thränen ausgepreßt —
Dort erfahren sie, wie gut und weise
Gott des Schicksals dunkle Wege lenkt
Und warum er auf dem Weg der Reise
Oefters eine schwere Nacht des Kummers senkt.

S.

An das Thal.

Ihr Blümchen in dem Thale
    Heut' seh' ich euch
Vielleicht zum leztenmale
    So wonnereich;

C 3

Euch

Euch stürzt die Sense nieder
Noch in dem May;
Und komm ich morgen wieder
Seid ihr schon Heu.
Im Lenz von meinem Leben,
Bin ich euch gleich —
Ein Beyspiel sollt' ihr geben
Ich lern' von euch —
Heut kan ich herrlich blühen
Und morgen bin,
Wird Hain die Sense ziehen
Ich auch dahin —

Louise.

An den Schlaf.

Schon rauscht voll Majestät auf ihrem
Sternenwagen
Die ernste Mitternacht einher,
Und des betrübten Aug entschläft nach laŋ=
gen Klagen
Nur meines wacht von Wehmuth schwer

Verges

Vergebens o! geliebter Schlummer

Vergebens flatterst du um meinen treuen
Pfühl:

Ach jene Zeit ist hin, da ich entfernt von
Kummer

Dir willig in die Arme fiel.

Verlaß mich jetzt und fleuch der göttlichen
Climene

Mit deinen schönsten Reizen zu

Und sag' ihr: schlummre, schlummre sanft
o! Schöne,

Der Unschuld Arm beschirmet deine Ruh.

Indeß du schläfest, wacht mit unvergoltnen
Sehnen

Ein Jüngling der dich zärtlich ehrt —

Schilt seine Schwermuth nicht, sind nicht ge=
heime Thränen,

Das wahrste Lob auf deinen Werth.

Kein Titul den des Stolzes Wunsch erreget

Nicht Schätze sind sein Eigenthum:

Ein Herz das nur für dich, und für die Tu=
gend schläget

Dis ist sein Erbtheil, ist sein Ruhm.

E 3   Dein

Dein himmlisch Herz, o! könnt er's ganz
besitzen,
Sonst wünscht er nichts: dann Hoheit
Ueberfluß,
Und alle Freuden die an bunden Höfen blitzen,
Vertauscht er gern um einen Kuß.

Dis sag, und wiege sie in süßen Phantasien;
Wann dann von Zärtlichkeit ihr schöner Bu=
sen schwillt,
Und die Gestirne schon vom blauen Himmel
stießen,
So zeig auch mir im Morgentraum ihr Bild.

— a — n.

Dubois und Sanchon.

Eine interessante Begebenheit *.

Mein Freund Fontenelle hat mich vor eini=
gen Tagen zu einer Lustreise aufs Land. Ich
sollte da mit ihm allein des Mittags speisen,

hernach

* Aus dem deutschen Mercur vom Jahr 1779.
Nro. 8. S. 161 ; 169.

hernach wollten wir zu rechter Zeit zurück in die
Komödie fahren; und sobald er merkte, daß
ich nicht versprochen war, ließ er nicht nach,
bis ich drein willigte.

Als wir einige Meilen zurückgelegt hatten,
erblickt' ich einen hübschen jungen Menschen in
alter Uniform. Er saß unter einem Baum im
Gras, ein wenig seitwärts vom Wege, und
vergnügte sich auf einer Geige. Da wir näher
zu ihm kamen, sahen wir daß er ein hölzernes
Bein hatte, wovon die eine Hälfte in Stücken
zerbrochen neben ihm lag.

„ Was macht ihr da, Soldat? sagte der
Marquis zu ihm.

„ Ich bin auf der Hinreise zu meinem
Dorf, “ antwortete der Soldat.

„ Aber, mein armer Freund, “ fuhr der
Marquis fort, “ihr werdet lange Zeit zu eu=
rer Reise brauchen, wenn ihr keine andere Ge=
legenheit habt, als diese „ — er zeigte auf
die Fragmente des hölzernen Beins.

„ Ich warte auf meine Equipage, und
auf mein ganzes Gefolge, “ antwortete der

Sol=

Soldat, „ und wenn ich recht sehe, so kömmt
dort eben dem Berg herab. "

Wir erblickten eine Art von einspännigen
Karren mit einer Weibsperson und einem Bauer, der sie fuhr. Während daß sie näher kamen, erzählt uns der Soldat: er sey in Kor-
sika verwundet worden, und habe da sein Bein
verlohren. Vor seinem Abmarsch zu diesem
Feldzuge hab' er sich mit einem Mädchen aus
der Nachbarschaft versprochen, aber die Vollziehung der Heyrath sey bis auf seine Zurückkunft verschoben worden. Als er darauf mit
einem hölzernen Beine zurückgekommen, hätten alle Verwandten des Mädchens sich der Heyrath widersetzt. Ihre Mutter sey ihm immer
günstig gewesen, da er sich um ihrer Tochter
Liebe beworben habe; aber sie sey während seiner Abwesenheit gestorben. Doch das Mädchen selbst, deren Zuneigung immer dieselbe geblieben, hab' ihn mit ofnen Armen empfangen,
und mit ihm sich entschlossen, ihre Verwandten zu verlassen, und ihm nach Paris zu folgen; von da aus sie nach seinem Geburtsort
gehen,

gehen wollten, wo sein Vater noch lebe. Auf
dem Wege nach Paris sey ihm sein hölzern Bein
zerbrochen, und seine Geliebte hab' ihn verlas:
sen müssen, um ihn auf einen Karren ins näch=
ste Dorf zu holen, wo er dann bleiben wolle,
bis ihm ein Zimmermann ein andres Bein ver=
fertigt habe.   „Es ist ein Uebel," beschloß
er, „dem bald abgeholfen ist, und — da ist
sie ja schon!"

Das Mädchen sprang vom Karren, faßte
die ihr entgegengestreckte Hand ihres Geliebten,
und sagt' ihm mit liebevollem Lächeln: sie hab'
einen sehr künstlichen Zimmermann gefunden,
der ihr versprochen habe, für ihn ein andres
Bein zu machen, das nicht wieder zerbrechen
sollte; morgen würd' es schon fertig seyn, und
sie könnten hernach sobald abreisen, als sie woll=
ten. Der Soldat erwiederte die Liebesbezei=
gung seiner Geliebten, wie sie es verdiente.
Sie schien ohngefähr zwanzig Jahr zu seyn —
ein schönes, wohlgestaltetes Mädchen — eine
Brunette, aus deren Mine Gefühl und Mun=
terkeit sprach.

C 5   „Sie

„ Sie wird sehr müde seyn, mein gutes Kind? sprach der Marquis zu ihr.

„ Man wird nicht müde,‟ antwortete sie, wenn man um das sichs sauer werden lässet, was man liebt. ‟

„ Da sehen Sie,‟ sprach der Marquis, und wendete sich zu mir, „ hat ein Mädchen ihr Herz auf einen Mann gerichtet, so wird ein Bein mehr oder weniger an ihren Gesinnungen gewiß nichts ändern. ‟

„ Es waren nicht seine Beine,‟ sprach „ Fanchon, die mein Herz ihm erwarben. ‟

„ Hätten sie das auch nur im mindsten gethan,‟ antwortete der Marquis, „ Sie würde nicht so sonderbar in Ihrer Denkungsart seyn. Aber,‟ fuhr er fort, und wendete sich zu mir, „ dies Mädchen ist ganz Reiz; ihr Geliebter scheint ein braver Mensch; sie haben beyde nur drey Beine, wir aber viere —— Wenns Ihnen nicht entgegen ist, wollen wir ihnen unsre Chaise geben, und sie zu Fuß aufs nächste Dorf begleiten. In meinem Leben stimmt' ich nie freudiger in einen Vorschlag ein.

Der Soldat fieng an viel Einwendens dagegen zu machen. „ Kommt, kommt!‟ sagte der Marquis, „ ich bin ein Oberster, und ihr müßt gehorchen. Steigt ohne weitere Umstände ein; eure Geliebte soll euch folgen. ‟

„ Wir wollen einsteigen, mein lieber Freund, sagte das Mädchen, weil die Her-

ren

ren darauf bestehen uns so viel Ehre bezeugen
zu wollen. „

„ Ein Frauenzimmer, wie sie,, sprach der
„ Marquis, würde dem schönsten Staatswa-
gen in Frankreich Ehre machen. Nichts könnte
mir größre Freude seyn, als wenn ich im Stande wäre, Euch beyde zu beglücken. “

„ Sorgen Sie nur nicht um mich “ sagte
der Soldat.

„ Ich bin glücklich wie eine Königinn “
sagte Fanchon.

Die Chaise fuhr fort, und ich und der
Marquis giengen nach.

„ Sehen Sie, wie glücklich wir Fran-
zosen sind um so ein Billiges! “ sprach der
Marquis zu mir, und fügte lächelnd hinzu:
„ in England, wie ich mir habe sagen lassen,
soll die Glückseeligkeit theuer seyn. “

„ Aber, “ antwortet’ ich ihm, „ wie lange
wird das dauren, mit diesem armen Paare? “

„ Ah, sagt’ er, das nenn’ ich eine völlig
englische Anmerkung! Das kann ich freylich
nicht sagen, so wenig ich sagen kann, wie lange
wir beyde noch leben. Indessen denk’ ich doch,
es würde sehr thöricht seyn, das ganze Leben
durch zu sorgen, weil wir nicht wissen, wie bald
das Unglück kömmt, und völlig überzeugt sind,
daß der Tod von Allem das Lezte ist. “

Als wir in dem Gasthof ankamen, wohin
wir dem Postillion zu fahren befohlen hatten,
trafen

trafen wir den Soldaten und Fanchon an.
Wir ließen etwas zu essen und Wein hergeben —
„Hört" sprach ich zu dem Soldaten „wie
denkt ihr um eure Frau und euch zu ernähren?"

„O, wer fünf Jahr im Soldatenstand
gelebt hat" antwortet er „kann wenig Schwie-
rigkeiten im Ueberreste seines Lebens finden.
Ich spiele ganz leidlich auf der Geige, und es
ist wohl in ganz Frankreich kein so großes Dorf,
wo so viele Hochzeiten sind, als in dem wo
wir hinziehen wollen. Ich werde da immer
was zu verdienen haben."

„Und ich" sagte Fanchon „kann härene
Netze und seidne Geldbeutel stricken, und Strüm-
pfe bessern. Ueberdies hat meines Vatters
Bruder 200 Livres von mir in Händen, und
ob er gleich des Renteinnehmers Schwager ist,
und gerne poltert, soll er mirs doch bis auf den
letzten Sou bezahlen."

„Und ich" sprach der Soldat „habe 15
Livr. in meiner Tasche, und noch zwey Louisd'or,
die ich einem armen Pachter lieh, damit er
seine Steuern bezahlen könnte. Sobald es ihm
möglich seyn wird, werd' ich sie wieder empfangen."

„Sie sehen mein Herr!" sagte Fanchon
daß wir keine Gegenstände des Mitleidens
sind. — Sollten wir nicht glücklich seyn, mein
Lieber — indem sie sich zu ihrem Geliebten mit
einem Blick voll unaussprechlicher Zärtlichkeit
                                        wandte

wandte — da wir keines Fehlers uns schuldig
gemacht haben?"

„Wenn Du's nicht bist, meine süße Freun=
dinn!" antwortete der Soldat mit innigster
Wärme, „werd ich sehr zu beklagen seyn."—

„Nie fühlt' ich mein Herz angenehmer
gerührt. — Eine Thräne bebte aus dem Auge
des Marquis. „Ma Foi," sagt er, das ist
ein Lustspiel, das weinen macht." Drauf wand=
te er sich zu Fanchon: "Komm Sie her, mein
Kind, sagt' er zu ihr. Bis Sie ihre 200
Livres, und mein Freund hier seine zwey Louisd'or
wieder empfängt, — nehme Sie dies von mir!"
und drückte ihr einen Beutel voll Louisd'or in
die Hand. „Ich hoffe Sie wird ihren Mann
auch in Zukunft lieben, und von ihm geliebt
werden. Lasse Sie mich von Zeit zu Zeit wissen,
wie's ihr geht, und worinn ich ihr irgend die=
nen kann. — Dies wird Ihr sagen, wie ich
heisse und wo ich wohne. Aber wenn Sie mir
die Freude macht, nach meinem Hause in Pa=
ris zu fragen, so bringe Sie ja ihren Mann
mit sich! Denn ich möchte nimmer wünschen,
Sie weniger zu schätzen oder mehr zu lieben,
als in dem Augenblick. Besuche Sie mich bis=
weilen; aber, wie gesagt, bringe Sie allemal
ihren Mann mit sich).

„Ich werde nie einiges Mißtrauen in Sie
setzen, wenn sie bey Ihnen ist," sprach der Sol=
dat.

bat. Sie soll zu Ihnen kommen, so oft es
ihr gefällt, ohne daß ich dabey seyn will."

„ Du wagtest zu viel — wie dein Ser=
geant mir sagte — als du dein Bein verlohrst,
mein bester Freund! sprach Fanchon lächelnd
zu ihrem Geliebten. — Hr. von Fontenelle ist
sehr liebenswürdig. Ich werde seinem Willen
pünktlich folgen ; und wenn die Ehre hab',
Ihm aufzuwarten, sollst du mich allezeit be=
gleiten."

„ Segne der Himmel Euch beyde, mei=
ne Lieben! " sprach der Marquis — möge
der nimmer wissen, was Glückseeligkeit ist,
der es waget, die Eurige zu zerstören ; — Ich
werde mich bemühen, Euch eine Beförderung
zu verschaffen, Kamrad, die besser seyn soll,
als auf der Geige zu spielen. Itzt wartet hier
auf eine Kutsche, die Euch beyde diesen Abend
nach Paris bringen wird! Mein Bedienter
soll indeß eine Wohnung für Euch besorgen,
und den besten Arzt für hölzerne Beine, der
nur zu finden ist. Und wenn ihr völlig ein=
gerichtet seyd, dann laßt mich Euch wieder
sehen, ehe Ihr nach Hause reißt. Lebt wohl,
mein braver Kamrad! Liebet Fanchon! Sie
scheint es zu verdienen. — Lebe Sie wohl,
Fanchon! Ich werde glücklich seyn, wann ich
höre, daß Sie nach zwey Jahren noch so
zärtlich gegen Dubois ist, wie gegenwärtig."
Indem er dies sagte, schüttelt' er Dubois
die

die Hand, grüßte Fanchon noch einmal, stieß mich vor sich in den Wagen, und — fort fuhren wir.

Als wir in die Stadt zurück waren, brach er zu verschiedenenmalen in heiße Lobsprüche von Fanchons Schönheit aus, die mir einigen Verdacht einflößten, daß er wohl weitere Absichten auf sie haben möchte. Ich war hinlänglich mit seiner freyen Lebensart bekannt, und hatte ihn kurz vorher auf dem ·Punkt' einer Heyrath mit einem Frauenzimmer gesehen, nachdem er alles zuvor mit einer andern, wie er sagte — zu Stande gebracht hatte. Um mich wegen dieses Punktes völlig zu berichtigen, fragt' ich ihn in einem scherzhaften Tone darüber. „Nein, sagt' er, Freund! Nie werd' ich nach Fanchon streben. Denn ob sie gleich außerordentlich schön in meinen Augen ist, und sogar die Art von Schönheit besitzt, die von je her am stärksten auf mich gewirkt hat: so bin ich doch mehr bezaubert durch ihre Treue gegen den braven Dubois, als durch irgend etwas anders. Verliert sie diese, dann verliert sie ihren höchsten Reiz in meinen Augen. Hätte sie sich an einen mürrischen, ausschweifenden, eifersüchtigen Kerl gehangen, und um Hülf' in ihrem Elend gebeten, dann wär es ein ganz andrer Fall gewesen. - Aber so ist ihr Herz an ihren alten geliebten Dubois geheftet, der ein würdiger Mann zu seyn scheint, und, ich darf sagen,

sagen, daß er sie glücklich machen wird. Wagt ichs auch, sie zu prüfen, es würde mir nicht gelingen; denn die Treue, die unerschüttert gegen die Abwesenheit und eine Kanonenkugel stand, würde sich durch die Blicke, das Flittern und Geschwätze eines Petitmaiters nicht überwinden lassen." — Fontenelle hatte mir nie so vollkommen liebenswürdig geschienen.

Verzeichniß derjenigen respect. Pränumeranten, welche sich noch eingefunden haben.

Herr Studiosus Iuris Becker, aus Franckfurth.
Herr Regierungsadvocat Buff allhier.
Mitprediger Höfeld in Oberwiddersheim.
Mademoisell K * * aus Cassel.
Herr Studiosus Iuris Köster allhier.
Herr Studiosus Iuris Meyer von Straßburg.
Herr Conrector Neumeyer in Corbach.
Herr Cammerjunker von Rabenau in Londorf.
Gnädige Frau von Scheid allhier.
Herr Regierungsrath Schlosser in Wittgenstein
Herr Studiosus Iuris Schlechter
Herr Studiosus Iuris Stepff von Schweinfurth
Herr Hofmeister Stöhr in Marburg.
Herr Pfarrer Stein in Litzelinden.
Mademoisell Stutzin allhier.

Nro. 4.
Angenehme Lectüre
für
Hessens Töchter.

Grabschrift
auf
die höchstseelige Frau Landgräfin von
Hessen Darmstadt.

Du

der du unter diesen

von Carolinens

wohlthätigen Hand

gepflanzten Bäumen wandelst,

was staunest du

und wunderst dich des geheimen Schaubers

der deine Seele erschüttert?

D   Wisse

Wiſſe dieſer Hayn iſt heilig;
unter dieſem Schatten trauert
der Tugend Genius
über Carolinens Aſchen-Krug
Steh' nnd feyre das Andenken
der beſten Fürſtin,
erhaben durch Geburt und Verbindungen,
erhabener durch Ihren Geiſt durch Ihre
Tugenden:
Geprüft in beyderley Glück
und in beyden gleich groß;
vergaß Sie gern in dießen
der Betrachtung geweihten Lauben
jeder andere Größe
dachte hier an des Lebens Vergänglichkeit
wovon ſie, ach! zu früh, ein Beyſpiel wurde.
Und hier wollte Sie
Ihren, von den Thränen Ihrer Kinder, Ihres
Volkes, aller die Ihr jemahls ſich nahten
benetzten Staub der Erde zurücke geben;
Sie, die den erſten Thron der Welt geziert hätte
verſchmähte den eitlen Pomp koſtbarer
Denckmähler

denn

denn Sie hinterläßt ein Denckmahl
das Ihrer würdiger,
das unsterblich ist wie Sie,
in dem Herzen aller Redlichen.

Auf eine verwelkte Rose. *

Bild der Unschuld, schönste Blume,
  Die von sanften Farben glüht,
In der Liebe Heiligthume
  Hast du deinen Tag verblüht;
Ihres warmen Busens Schweben
  Hat Dir frühen Tod gebracht,
So zehrt stets an meinem Leben
  Ihrer blauen Augen Macht.

Reizender als in der Fülle
Deiner jüngsten Blüthenzier
Bist du in der welken Hülle:
Glücklichste der Rosen, mir:

D 2

Ach,

* Dieses Gedicht und der folgende Brief sind aus
der Theater Zeitung des Jahrs 1779. Nro. 44.
S. 689, 691 gezogen.

Ach, du konnt'st dich an sie schließen,
Fühlen wie das Herz ihr schlug,
Kenntest ihre Lilien küssen,
Lauschen jedem Athemzug.

Traure nicht um Deine Röthe,
Daß sie sich zu früh verlor;
Steig zum Himmels = Blumenbeete,
Stolz auf deinen Tod, empor,
Bild der Unschuld liebe Blume,
Die der Hände schönste brach,
Seelig schwand im Heiligthume
Ihres Busens, dir dein Tag!

Reichard.

Auszug eines Schreibens an Herrn M**. in A***.

B***. den 1. Juli 1779.

Als ich gestern durch eine kleine Stadt am
Mayn ritt, sah ich eine Menge Ein=
wohner sich versammeln, die festlich angeklei=

// det

bet waren, und deren trübe Blicke eine trau=
rige Begebenheit verkündigten. Ich stieg aus
Neugierde im nächsten Gasthofe ab, und frag=
te nach der Ursache dieser Zusammenkunft.
„ Lieber Himmel! sagte der Wirth, wir be=
„ graben heute die Tochter unsers Kantors, in
„ der Blüthe ihrer Jahre. Wir haben hier
„ viele schöne und rechtschaffene Mädchen, aber
„ so reizend ist keins hier anzutreffen. Ach!
„ hören Sie nur ihre Geschichte, fuhr er fort.
„ Unser junger Schieferdecker, der erst von
„ der Fremde zurückkam, warf ein Auge auf
„ sie. Er gefiel ihr auch von Herzen, denn
„ es war ein bescheidener, frommer Jüngling,
„ gewachsen wie ein Rohr, und flink wie ein
„ Vogel. Es wurde der Thurm an der Kir=
„ che gebaut. So oft er das Dach bestieg,
„ betete er erst vorhero in der Kirche, oder er
„ spielte auf der Orgel ein geistliches Lied, dar=
„ ein er so lieblich sang, daß ihm alles zu Ge=
„ fallen lief. Dahero kam es, daß Charlot=
„ te, des Kantors Tochter, mit ihm bekannt
„ wurde. Sie zog die Blaßbälge, und be=

D 3   „ glei=

„ gleitete auch manchmal seinen Tenor mit ei-
„ nem Nachtigall-ähnlichen Gesang: dann
„ unterredeten sie sich miteinander freundlich
„ und kosend. Endlich freyete er um sie.
„ Gleich nach dem Tag ihrer Verlobung sollte
„ der Kirchthurm eingeweyht werden. Carl,
„ der Schieferdecker, kletterte zwar mit beson-
„ derer Fertigkeit bis an die Spitze des Thurms,
„ er schien aber nicht so heiter, wie sonst. Ach!
„ es ahndete ihm sein Schicksal. Eben als er
„ Gott für die Gnade dankte, daß er ihn so
„ vielmahl und wunderbar aus mancherley Ge-
„ fahren errettet, wankte er — und fiel unter
„ dem Geschrey der Zuschauer — todt zur Er-
„ de nieder. Seine Braut, die an der Thüre
„ ihres Hauses mit aufgehobnen Händen und
„ mit auf ihn gehefteten Blicken, in tausend-
„ facher Angst stund, sah ihn fallen, schrie
„ laut; Herr Jesus, hilf! und sank beynahe
„ entseelt hin. In vier Tagen darauf starb sie.“
— Ich lief mit dem größten Gefühl der Wehmuth zum Hause hinaus, gab meinem Bedienten Befehl, die Pferde bis an den Kirchhof nach-
zufüh-

zuführen, und dort auf mich zu warten. Man
läutete. Es kam der Leichenzug. Ich begleitete Charlotten bis an ihr Grab, vor welchem
der Pfarrer des Orts eine rührende Rede hielt.
Könnte ich Ihnen doch, bester Freund! eine
Schilderung machen, wie der Vater bey Eröf-
nung des Sargs seine alten zitternden Hände
nach seiner Tochter ausstreckte, sich an ihre
Wangen bückte, und sie küßte, wie er mit seinen
Thränen ihren Leichnam gleichsam balsamirte, —
wie alles Ehrfurcht für seine Schmerzen hatte, — wie Jünglinge und Greise ihn umga-
ben, um seinen schwachen sinkenden Körper zu
unterstützen; könnte ich Ihnen eine Schilderung
von Charlotten machen, wie sie im jugendlichen
Reiz, geschmückt mit Kränzen im Sarge lag,
wie bald von allen Seiten ein: Ach Gott! er-
thönte, bald eine stille Zähre einer in Schwermuth versenkten Jungfrau das Ach Gott! weinte; — ach! das ist ewig Schade! überall wie-
derholt wurde; — wie die Zuschauer mit glän-
zenden Augen da stunden, alles den Todtengrä-
ber bat, den Sarg noch nicht zu verschließen,

und

und dieſer, obgleich an dergleichen traurige Sce=
nen gewöhnt, doch ſelbſt eine Thräne auf die Hand
Charlottens fallen ließ, und voll Wehmuth ſagte,
„ich will dich ſanft hinunter laſſen, “ und er end=
lich die Thür ihres engen Hauſes verſchloß, und ſie
herab an die Seite ihres Carls ließ, — Blumen
ins Grab flogen, — gute Nacht! Charlotte! gu=
te Nacht, liebſte Charlotte! überall erſcholl:
könnte ich Ihnen das ſo getreu und natürlich
beſchreiben, Sie würden gewiß nicht ungerührt
bleiben.

Ich konnte nicht länger an mich halten. Thrä=
nen ſtürzten aus meinen Augen. Ich rief meinen
Bedienten. Er brachte die Pferde näher, und
fragte mich ſchüchtern und treuherzig: „war das
nicht was Liebes von Ihnen, weil Sie ſo wei=
nen?“ Ja, ja, ſagte ich ſchluchzend, — ſchwung
mich aufs Roß, und verließ eine Gegend, die
mir ewig unvergeßlich ſeyn wird, die ich eheſtens
wieder beſuchen, und einen Roßmarinſtengel,
dann einen Roſenſtock auf das Grab Charlottens
pflanzen werde. Leben Sie wohl. Ich bin ꝛc.

F. W.

Ueber

Ueber das Walzen.

Werde ich nicht zu viel wagen meine vereh=
rungswürdige Leserinnen, wenn ich in
einer Ihnen gewidmeten Schrift, von einer
solchen Sache, und gegen dieselbe rede, wann
ich eine Art des Tanzes table, der die Meisten
unter Ihnen mit Wonne und Seeligkeit füllt,
und deren bloßer Gedancke Sie oft mit hinreis=
sende Freude belebt. Nein, ich fürchte nichts!
Ihre Edelmuht und menschenfreundliche Güte
und auch bis ist mir davor Bürge, daß ich blos
meine Meinung sage, ohne solche jemand
aufzudringen; daß ich solches mit der Ihnen
schuldigen vollen Erfurcht, ohne unziemlichen
Spott und niedrige Tadelsucht thun werde, und
daß ich zugleich die aufrichtige Versicherung bey=
füge, daß ich viele unter denen, die sich dieses
Fehlers — darf ich es so nennen? — schul=
dig machen, mit der tiefen Verehrung schätze,
und fernerhin verehren werde, die mir ihre an=
dere herrliche Eigenschaften einflößen, und die

mich

mich auch selbst, da Sie in jenem rauschenden
Tantz froh dahin flogen, und wo ich Sie oft
mit traurender Empfindung betrachtete, vor
Sie belebt hat. Dieses alles also, und daß
zugleich meine Aeußerungen größtentheils nicht
meine eigene Gedancken, sondern die richtige
Bemerkungen unserer Lieblings = Schriftsteller
sind, wird mich noch mehr entschuldigen, und
mir das Wohlwollen meiner verehrungswür=
bigsten Freundinnen, — so unendlich theuer
und schätzbar für mich, — fernerhin erhal=
ten. — Und nun näher zur Sache, näher zu
bem was diesen Tantz zu einer gedanckenlo=
sen, der Gesundheit schädlichen, unanstän=
digen Handlung macht. Verzeihen Sie
mir's meine liebenswürdige Freundinnen, wann
ich unmöglich darinnen etwas der gesunden
Vernunft angemeßenes finden kann, wann
man sich nach einer wilden rauschenden Musick
herumreißen und jeder Ecke des Tantz = Saals
Preiß geben läßt. Das Menuet, der Contre=
tantz und noch andere Tänze zeichnen sich durch
mancherley, der Sache angemeßene Figuren

und

und Wendungen aus, den Schleifer bezeichnet
einzig ein rastloßes Dahinreißen, welches durch
keine anständige Wendung beschränket wird.
Eben dadurch erhält dieser Tantz so viel der Gesundheit schädliches, eben dadurch wird er vor
so manches edle Geschöpf Tod, für so manche
unheilbare Kranckheit und frühzeitige Verwesung. Hören sie hier meine theuerste Leserinnen unsern würdigen Miller, den unsterblichen Verfasser Burgheims des Lieblings - Ro-
mans Teutschlands, erinnern Sie sich aus demselben des traurigen Tods Carolinens, und ihrer rührenden Ermahnungen, die sie noch sterbend Ihnen weihte, noch nahe am Grabe an
Sie alle ergehen ließ: „O! Mama, (so heißt
es im ersten Band im 15ten Brief S. 111.)
„ sagen Sies doch, du Emilie sags allen un-
„ fern Freundinnen, und jedem Mädchen,
„ das du kennst, daß ich sie in diesem meinem
„ jammervollen Zustande, ach auf dem Tod-
„ bette am Rande des Grabes bitten und be-
„ schwören lasse, sich in acht zu nehmen bey
„ dem Teutsch Tantzen, nicht so wild auf die
                                        Gesund-

„ Gefundheit und Leben loszustürmen, nicht wie
„ ein Rasender dem Grabe zuzuspringen " —
„ Es ist wahr, (so fährt Burgheim selbst fort,)
„ hundert Mädchen hat das wilde Tantzen
„ schon das Leben gekostet. Es ist rasend,
„ daß wir immer nur auf Vergnügungen sin=
„ nen, die wir mit dem Theuersten was wir
„ haben, mit der Gesundheit mit unserm Le=
„ ben bezahlen müssen "!! — Sollte dieses
nicht so wie jener angeführte gantze Brief, der
das traurige Ende Carolinens so rührend
schildert, sollte dieses nicht eindringend für je=
des gefühlvolle Herz, für jedes dem seine Ge=
sundheit das edelste Geschenck des Erhabenen
theuer ist, rührender Betrachtung würdig
seyn. Ich hoffe es, wann ich zumal dasje=
nige noch berühre, was unsere besten Schrift=
steller über die Unanständigkeit dieses Tantzes
gesagt, in gerechtem Eifer gesagt haben. Der
unglückliche Werther, aus dessen rührenden
Briefen sich nun zwar gegen das Schleifen
überhaupt nichts beweißen läßt, muß doch sicher
die Unanständigkeit desselben sowohl überhaupt

als

als in dem befondern Fall, mit der Gelieb=
ten eines andern, tief empfunden haben, da
er in dem ihm eigenen Enthufiasmus an fei=
nen Freundfchreibt: * „Wilhelm um ehrlich zu
„ feyn that ich aber doch den Schwur, daß
„ ein Mädgen das ich liebte, auf das ich
„ Anfprüche hätte, nie mit einem andern wal=
„ zen follte, und wann ich darüber zu Grund
„ gehen müßte. „ Ich unterfchreibe diefe
Stelle Werthers aus dem Innerften meines
Herzens, eben fo wie dasjenige, was in der
fürtreflichen Gefchichte der Fräulein von Stern=
heim ** geäußert wird, wo der edle Seymour
gegen den frechen fittenlofen Wirbeltantz
der Teutfchen, im verachtenden Ton muhtig
eifert. — Und nun will ich weiter nichts an=
fügen, weiter nichts fagen, fondern alles Ih=
ren eigenen Betrachtungen, Ihrem eigenen
Nachdencken überlaffen. Nur noch mit einer

Stelle

* Siehe die Leiden Wehrters Th. I. S. 38.

** S. den IIten Theil S. 4.

Stelle aus der fürtreflichen Wochenschrift, der
Iris unsers unsterblichen Jacobi will ich schlies=
sen, und auch diese jenen Betrachtungen, Ihrer
innigsten Beherzigung empfehlen." Er sagt
daselbst * „In der That sollten wir entweder
„ gegen die wollüstigen Tänze anderer Natio=
„ nen minder eifern, unserer Anständigkeit
„ uns nicht so sehr rühmen, oder nicht gestat=
„ ten, daß unsere Weiber, Töchter oder Ge=
„ liebten, von Männer = Armen umschlun=
„ gen, Brust an Brust mit ihnen, in völli=
„ ger Betäubung ihrer selbst, nach einer wil=
„ den Musick herumgeschleudert würden. Wenn
„ auch ein unschuldiges Geschöpf, angedrückt
„ an den glühenden Jüngling, selber unver=
„ dorben bleibt; welch ein Gedancke das Spiel
„ seiner wollüstigen Phantasie, die Reißung
„ seiner Begierden, und der Gegenstand eines
„ sinnlichen Vergnügens für denjenigen abzu=
„ geben, welchen sie nicht liebt! Unsere
„ Schönen, die noch Ahndung von Unschuld

„ haben,

* S. des 4ten Bandes 4tes Stück S. 168. folg.

„ haben, sollten dann und wann aus einem
„ versteckten Winkel die Gespräche verschiede=
„ ner anhören, denen sie auf eine so leichtsin=
„ nige Weiße sich überließen. Weit ehrbarer
„ und jungfräulicher waren die Täntze der na=
„ ckenden Spartanerinnen, um den Altar ih=
„ rer Diana. Bewußtseyn ihres unbefleckten
„ Herzens ihrer keuschen, reinen Sinnen, war
„ in jedem Schrittt, in jeder Wendung, und
„ flößte Schaam und Ehrfurcht, in die
„ Seele des Zuschauers. — Ihnen gesagt,
„ meine Befreundeten, wenigen Edlen! Ih=
„ nen allein; denn es giebt manche, von ihren
„ Schwestern, die tantzten fort, und sollte,
„ wie ehemals ein Heiliger den Kopf darüber
„ verlieren. „

v. Z.

Nach=

Nachtrag resp. Pränumeranten.

Die Durchlauchtigste Prinzeßin Maria Frie-
dericke von Hanau.

———

Mademoisell Amalia Elbertin in Dornberg.
Mademoisell Christiane Elbertin in Dornberg.
Herr Rathschöpf Asmus alhier.
Herr Buchhändler Bayerhöfer in Marburg.
Herr Hofmeister Döpping in Wetter.
Herr Hofrath von Fürstenau in Wetzlar.
Herr Doctor Iuris Frech in Wetzlar.
Mademoisell Anna Hallwachs in Alsfeld.
Herr Heim der schönen Wissenschaften Beflis-
sener in Weilburg.
Herr Studiosus Klingelhöffer in Grebenau.
Herr Studiosus Iuris Schmid in Darmstadt.
Herr Senft der schönen Wissenschaften Beflis-
sener in Weilburg.
Mademoisell Weberin in Dautphe.

Nro. 5.

Angenehme Lectüre

für

Hessens Töchter.

An den Mond.

Geliebter Mond! dich seh' ich wieder
Und klage meine Leiden dir —
Wie sanft blikst du auf mich hernieder
Als winktest du mich hin zu dir —

Welch eine Wehmuth rührt mein Herze —
Die nie bei Freundes Blik ich fand —
Als jetzt, da ich mit innrem Schmerze
Und naßem Auge vor dir stand —

E

Nun

Nun ist auch dieser Tag vorüber,
Der mir am Abend furchtbar schien —
So stille schlich' er sich hinüber —
Mit frohem Danke seg'n' ich ihn —

Ach möcht ein Jeder so verschwinden
So würden keine Leiden sich
In meinem Lebenspfade finden,
Und jeder Tag erfreute mich —

Doch nein — ich will in diesem Leben
Nicht frei von aller Plage seyn —
Mein Schöpfer, der mir solche geben
Wird mich auch wiederum erfreun!

Louise.

Auf den Tod des jungen Freyherrn von R** im Junius 1779.

Der einzige Sohn, der beste Jüngling sinket
    Kaum aufgeblüht zur Gruft hinab,
Der Ewige, der Ihn erschuf, entwinket,
    Ihn schon so früh der Sterblichkeit.

Er

Er stirbt, und nicht des bangen Vaters Sehnen
  Der tiefgebeugt die Hände ringt,
Auch nicht der Mutter Schmerz, nicht frommer
          Schwestern Thränen
Hält Ihn den Theuersten zurück.

Ganz unerforscht, o! Ewiger sind Deine Weege,
  Die du den schwachen Menschen führst;
Hier täuscht uns öder Wahn, dort leiten rau=
        he Steege,
Uns einen dornenvollen Pfad.

Dis lehrt uns Freunde auch des besten Jüng=
        lings Bäare,
  Die jetzt dem nassen Blick sich zeigt,
Er seiner Eltern Stolz, die Hofnung grauer
        Jahre
Des ganzen Hauses Trost und Stütz;

Er schon so früh ein Beyspiel ächter Tugend,
  Voll Geistes = Kraft, voll Fähigkeit:
Er sinkt in Staub, wird schon in hofnungs=
        voller Jugend,
Des Tod's, des finstern Grabes Raub.

Gerecht

Gerecht, Geehrteste, sind Eure bange Klagen
Gerecht der Seele inn'rer Schmerz,
Und, — ists Euch Trost, — so kann ich weh-
muthsvoll Euch sagen,
Mit Euch seufzt jedes Edlen Brust. —

Doch mäßigt diesen Schmerz; es war des
Ew'gen Wille,
Der Sohn und Bruder Euch entriß;
Wohlthätig stets wird er mit reichem Trost
Euch füllen,
Mit Freuden das gebeugte Herz.

Er rief ihn früh von Euch, weil er schon
früh vollkommen
Schon früh des Himmels würdig war,
Dort lebt er nun dem jammernden Gewühl
entnommen,
So oft hier unser traurig Loos. —

Stört Theure nicht, durch nie gestillte Zähren
Die Asch', des nun verklärten Sohns,
Er ruft von dort Euch zu — o! möcht' Ihr's
alle hören: —
Gott der Erbarmer sorgt für Euch.

v. Z.

Wie

Wie sich Frauenzimmer gegen eifersüchti= ge Männer zu verhalten haben.

Die erste Regel, die ich zur Beobachtung vor= schlage, ist, daß ihr nie scheinen müßt, einen Fehler an andern zu mißbilligen, dessen der ei= fersüchtige Mann sich selbst bewußt ist, oder ir= gend etwas zu bewundern, worin er nicht vor= treflich ist. Ein Eifersüchtiger ist sehr schnell in seinen Anwendungen, weiß jeder Sache einen doppelten Sinn zu geben, und aus dem Lobe eines andern eine Satire auf sich selbst heraus= zuziehen. Um die Person bekümmert er sich nicht, er sieht nur auf den Charakter, und ist heimlich vergnügt oder beschämt, nachdem er mehr oder weniger von sich selbst darinnen findet. Alles, was man an einem andern lobt, erregt seine Eifersucht, denn es zeigt, daß ihr noch ausser ihm auf etwas einen Werth legen könnt: und mangelt ihm das selbst, was an einem andern gelobt wird, so wird er noch mehr entflammt, denn das zeigt gewissermassen, daß ihr andere ihm vorzieht. Horaz beschreibt die Eifersucht

aus

aus diesem Gesichtspunkte betrachtet, sehr schön
in seiner Ode an die Lydia:

Wenn von dem Rosennakken des Telephus,,
Und seinen weichen Armen entzükt du sprichst,
. Dann schwillt, o Lydia, mein Herz, dann
    Flammt es von Eifersucht ganz um Rache.
Mir selbst entrissen bin ich alsdann, es weicht
Von meiner blassen Wange die Farb', es rinnt
    Die Wange dann des Zornes Thräne
        Nieder, die Zeuginn der Glut, von der ich
Verzehret werde 2c.

Der Eifersüchtige ist zwar nicht unzufrieden darüber, wenn ihr andere tadelt; aber wenn ihr
solche Fehler findet, die in seinem eigenen Charakter sind, so entdekt ihr nicht nur allein, daß
ihr mit andern, sondern auch, daß ihr mit ihm
selbst nicht zufrieden seid. Kurz, er hat ein so
grosses Verlangen, eure ganze Liebe auszufüllen,
daß es ihm schmerzt, wenn ihm irgend etwas
fehlt, das dieselbe erregen könnte; und wenn
er in eurem Tadel über andere findet, daß er
in eurer Meinung nicht so angenehm ist, als

er

er sein könnte, dann schließt er natürlich, daß
ihr ihn nicht mehr lieben könntet, wenn er andere Eigenschaften hätte, und daß folglich eure
Liebe gegen ihn so hoch nicht steiget, als er
denkt, daß sie steigen sollte. Wenn er also bei
verdrüßlicher Laune ist, so müßt ihr keinen son-
derlichen Wohlgefallen an Scherzen zeigen, oder
von irgend etwas entzükt scheinen, das munter
und vergnügt ist. Wenn seine Schönheit nicht
die größte ist, so müßt ihr erklärte Bewunde-
rinnen der Klugheit oder irgend einer andern
Eigenschaft sein, die er besizt, oder wenigstens
eitel genug ist, zu glauben, daß er sie besize.

Zunächst müßt ihr ja immer aufrichtig und
offenherzig in eurem Umgange mit ihm sein, alle
eure Handlungen ihm im vollkommensten Lichte
zeigen, alle eure Absichten ihm entwikkeln, und
jedes Geheimniß, wie gleichgültig und nichtsbe-
deutend es auch immer sein mag, ihm entdecken;
Ein eifersüchtiger Ehemann hat eine besondere
Abneigung gegen alles Gewinke und Geflistere,
und wenn er nicht in jedes Ding bis auf den

Grund

Grund stehet, so verfällt er sogleich in seine Furcht
und Argwohn auf das schlimmste. Er wird im=
mer erwarten, euer erster Vertrauter zu sein, und
wo er sich von einem Geheimnisse ausgeschlossen
findet, wird er immer glauben, daß mehr an
der Sache ist, als daran seyn sollte. Und hier
ist es von grosser Wichtigkeit, daß der Charakter
eurer Aufrichtigkeit durchaus einförmig und sich
selbst gleich bleibe. Denn findet er nur einmal,
daß ihr eine Handlung im falschen Lichte gezeiget
habt, so argwohnt er sogleich alles übrige; seine
immer geschäftige Einbildungskraft ergreift einen
falschen Wink, und läuft damit in verschiedene
entfernte Folgen fort, bis er mit äusserstem
Scharfsinn sein eigenes Elend gewirkt hat.

Wenn diese beiden Mittel nicht anschlagen,
so ists wohl am besten, wenn ihr ihm sehen
laßt, daß ihr der üblen Meinung wegen, die er
von euch unterhält, und über die Unruhe, die
er sich selbst eurentwegen macht, äusserst nieder=
geschlagen und betrübt seid. Manche Frauen=
zimmer finden eine Art von barbarischem Ver=
gnügen

gnügen in der Eiferſucht derjenigen, welche ſie
lieben, die ſtolz ſind auf ein Herz, das ſich um
ihrentwillen quält, und über die Reize trium=
phiren, welche im Stande ſind, ſo viele Un=
ruhe zu erregen.

Obgleich ihr Herz der Liebe Glut entzündet,
Freut ſie ſich doch der Pein des Liebenden.

Juvenal.

Aber dieſe treiben oft ihre Laune ſo weit, bis
ihre affektirte Kälte und Gleichgültigkeit alle die
Zärtlichkeit eines Liebhabers gänzlich tödtet, und
ſie können dann gewiß ſein, daß ſie ihrer Seits
alle die Verachtung finden, die ein ſo trozziges
und ſtolzes Betragen verdient. Es iſt im Ge=
gentheil ſehr wahrſcheinlich, daß ein trauriges,
niedergeſchlagenes Betragen, die ordentliche
Wirkung der beleidigten Unſchuld, den eifer=
ſüchtigen Ehemann zum Mitleid umſchmelzen,
das Unrecht, das er euch anthut, bereuen ma=
chen, und aus ſeiner Seele alle dieſe Furcht
und Argwohn, die euch beide unglücklich machen,
herausbringen wird. Wenigſtens wird es dieſe
gute Wirkung haben, daß er ſeine Eiferſucht bei

E 5

ſich

sich selbst behält, und sich im Stillen quält, entweder, weil ers fühlet, daß es eine Schwachheit an ihm ist, und sie deswegen vor euch zu verbergen sucht, oder weil er die üble Wirkung fürchtet, die sie hervorbringen könnte, indem sie eure Liebe gegen ihn kalt machen, oder einem andern zuwenden möchte.

Es ist noch ein Geheimniß, das nicht fehlen kann, wenn man es auch glaubt, und das oft von Frauenzimmern, die mehr List als Tugend besitzen, ausgeübt wird, und dies besteht darinnen, daß ihr auf einige Zeit mit dem eifersüchtigen Manne abwechselt, seine Leidenschaft gegen ihn selbst kehret, einige Gelegenheit ergreift, eifersüchtig über ihn zu werden, und dem Beispiele folgt, das er euch gegeben hat. Diese verstellte Eifersucht wird ihm kein geringes Vergnügen machen, wenn er sie für wirklich hält; denn er weiß aus der Erfahrung, wie sehr die Liebe von dieser Leidenschaft begleitet zu sein pflegt, und wird ausserdem etwas, gleich dem Vergnügen der Rache, empfinden,

wenn

wenn er sieht, daß ihr alle seine eigene Qualen aussteht. Aber freilich ist dies ein so schwerer Kunstgrif, und zu gleicher Zeit ist es so unaufrichtig gehandelt, daß er nie sollte in Ausübung gebracht werden, als nur von solchen Frauenzimmern, die Geschicklichkeit genug haben, ihren Betrug zu verbergen, und zugleich Unschuld genug, ihn zu entschuldigen.

Wegen der Verwandschaft des Innhalts füge ich Vorstehendem eine Stelle bey, die ich neulich zufälliger Weise in einer Sammlung von Briefen las. Mit dem Verfasser dieses Briefs muß ich sagen, der Enthusiasmus in den ich bey Lesung desselben gesetzt wurde hob mich sehr hoch, und da ich dessen Aeusserungen vollkommen beypflichte, so empfehle ich solche mit ganzer Innigkeit meines Herzens, denen gefühlvollen Beherzigungen meiner schäzbarsten Leserinnen, Die, zu jeder edlen und guten Empfindung zu ermuntern, und solche in Ihnen rege zu machen, ich eine meiner ersten, meiner vornehmsten Pflichten seyn lasse.

Aller=

Allerdings bin ich der Meinung, Madame, daß man Töchtern frühe von Liebe und Ehestand vorsagen sollte; nur müßte es auf eine andere Art geschehen, als es gewöhnlich geschieht. Die eheliche Verbindung ist zu wichtig, als daß man sie zum Spielwerk gebrauchen könnte, und es kommen auf dem langen Wege den ein Ehepaar zu machen hat, zu viel dürre Gegenden, Klippen und jähe Abgründe vor, daß man ihn zum voraus wie ein Paradies schildern dürfte. Auch hier gilt das, was vom menschlichen Leben überhaupt gilt: Gutes und Böses ist unter einander gemischt. Der Mensch hat es meistentheils in seiner Gewalt, das Böse, wenn er es gleich nicht verhindern kann, doch so zu lenken, daß es ihm seine Zufriedenheit nicht raubt, und das Gute hingegen zu erheben, und doppelt zu genießen. Aber soll er das können, so muß er von Kindheit auf dazu angeführet werden. Eine Seele voll heftiger Affekten ist allemal unglücklich, in was für eine Lage sie auch kommen mag; und ein Geist voller falscher Vorstellun

ſtellungen nährt in ſich den Samen zum im=
merwährenden Misvergnügen, weil er ſich ge=
wiß dereinſt betrogen ſieht, und die Dinge in
der Welt ganz anders findet, als er ſie erwar=
tet hatte. Schon im Gängelwagen hört das
Mädgen vom Bräutigam in einem Tone re=
den, der ihr denſelben als das höchſte Gut auf
der Welt vorſtellt; und ehe ſie noch wiſſen
kann, was er für ein Geſchöpf iſt, muß ſie
ſich um ſeinet willen putzen und zieren und tau=
ſend Thorheiten gefallen laſſen. Unter ſo irri=
gen Begriffen wächſt ſie heran, ſieht ſich ge=
ſchmeichelt, ſtellt ſich nicht vor, daß der bemü=
thigſte Anbeter ſich am erſten in einer tiranni=
ſchen Murrkopf verwandeln werde, und bietet
alle ihre Reize auf, um zu einer Verbindung
zu gelangen, worinn ſie, ich weis nicht was
für Glückſeligkeiten ſich verſpricht. „Der Ehe=
„ ſtand hat ſeine Vergnügungen, ſeine große
„ Vergnügungen, aber er erfodert Gemüther,
„ die ſich dieſelben erſt zu verſchaffen, und dann
„ ſie auch zu genießen wiſſen. Ich kann mir
„ kein größeres Glück auf der Erde denken, als

wenn

„ wenn zwei Perſonen durch die Bande einer
„ zärtlichen, auf Liebe gegründeten Freundſchaft
„ vereinigt, gefühlvoll für Verdienſt, Tugend
„ und Geſchmack, gleichgültig gegen das betäu=
„ bende Geräuſch der Welt, ſich ſelbſt genug
„ ſind, mit vertraulicher Offenherzigkeit einan=
„ der ihre geheimſten Gedanken entdecken, ih=
„ ren gegenſeitigen Wünſchen zuvorkommen,
„ Schwachheiten zu verzeihen, und bei Ueber=
„ eilungen Nachſicht zu haben wiſſen; gemein=
„ ſchaftlich den Kummer des Lebens ertragen
„ und lindern, und die Freuden deſſelben ver=
„ doppelt ſchmecken; in ihren aufwachſenden
„ Kindern eine neue Quelle des Vergnügens
„ ſich eröfnen, und ſie zur Rechtſchaffenheit,
„ zum feinen Gefühl und zu edlen Geſinnungen
„ ausbilden; ſtill und ihrem Beruf getreu ihr
„ Leben fortſetzen, die kurzen Augenblicke der
„ Muße mit wenigen Freunden theilen, und
„ ſo im frohen Bewuſtſein auf Nachwelt und
„ Ewigkeit hinausblicken.“ — Welch ein En=
thuſiasmus! Er hob mich ſehr hoch empor; und
deſto tiefer falle ich wieder, wenn ich auf die
wirk=

wirkliche Welt sehe, und mein Ideal vom Glük=
ke des Eheftandes so selten, hingegen den
Gräuel der Verwüstung desto häufiger antreffe.
Die Ursache davon? O sie ist leicht zu finden,
so bald man nur weis, wie die große Welt in
unsern Tagen vom Eheftande denkt, und wie
die Muster beschaffen sind, nach denen sich unsre
Jugend meiftentheils bildet. Diese unglückli=
che Denkungsart darf sich nur noch durch eine
oder zwei Geschlechtsfolgen fortpflanzen und tie=
fer einwurzeln, so ist es um unser Vaterland
geschehen, und unsre Enkel müssen zu den Lap=
pen und Samojeden reisen, wenn sie Beispiele
der Tugend, der Stärke des Geistes, und auch
der ehelichen Treue aufsuchen wollen. Wie
glücklich sind meine junge Freundinnen, die
unter Ihrer weisen Anführung, Madame, vor
dem Verderben bewahrt, und mit Grundsätzen
bekannt gemacht werden, die eben so gewiß Hei=
terkeit und Ruhe über ihr künftiges Leben ver=
breiten, als die Lehren der Ueppigkeit und Buh=
lerei, welche die große Welt predigt, Kummer
und nagende Qual unter ihren Schülerinnen
ver=

vervielfältigen. Es ist mehr als zu wahr, was Sie sagen, Madame, daß der starke Trieb zu gefallen, der dem Frauenzimmer eigen ist, keine neue Anreizung nöthig hat, und daß man nur dafür sorgen muß, daß er nicht in Eitelkeit ausartet, sondern in wahre Ehrbegierde verwandelt wird. Eben daraus aber fließt die andere Wahrheit, daß bey der Erziehung des schönen Geschlechts die Liebe eine vorzügliche Aufmerksamkeit verdient. Man setze sie von Kindheit an mit den Begriffen der Religion, der Großmuth und der ehelichen Treue in beständige und genaue Verbindung, so wird diese Leidenschaft, die blos darum so viele Menschen unglücklich macht, weil sie nicht gehörig gelenkt wird, immer ein verehrungswürdiges Geschenk der wohlthätigen Vorsicht bleiben. —

Diese Wochenschrift ist bey Justus Friedrich Krieger dem älteren in Gießen zu haben.

Nʳᵒ. 6.

Angenehme Lectüre
für
Hessens Töchter.

An den Frühling.

Dentflieh von unsern Triften
  Jahrelanger Winter flieh';
Daß von Frühlings Rosendüften
  Au und Anger wieder blüh'.

Lang genug hielt' ihr gebunden
  Reif und Schnee, die Wiesenflur;
Lange bliebst du unentbunden
  Blumenfreundin o Natur!

     F   Komm

Komm in unsre Hayne wieder
      Holde Frühlings Göttin komm
Bring der Nachtigallen Lieder,
      Veilchenufer, jedem Strom,

lös' die eisbestarrte Zone
      Von der Erde Hüften ab;
lächelnd schau von deinem Throne
      Wiederum auf uns herab:

Daß von deiner Gät', der Erde
      Schlaffer Puls von neuem schlägt,
Und auf dein Gebot: es werde!
      Jede Wiese Blumen trägt.

lächelnd komm in uns're Reyhen
      Mayenglocken um dein Haupt;
ieder wollen wir dir weyhen
      Von dem ersten Grün umlaubt,

Streuen deiner Kunst zum Lenzen
      Rösgen auf die Haide hin,
Schmücken mit geflochtnen Kränzen
      Dein Gewand mit Immergrün.

                        Preisend

Preisend dich, am Frühlingsabend,

 Hand in Hand, durch Wießen gehn

Wenn um dich, die Pflanzen labend,

 Laue Frühlingslüfte wehn.

Vor Chodowieckis Calas. *

Was hilft's, daß ich ohn Unterlaß
 Vor deinem Bildniß, Calas, stehe?
Und oft mit bitterm Menschenhaß
 Hinweg in öre Kammern gehe?
Und oft mit Augen, thränennaß,

F 2

Empor

* Johannes Calas ein Kaufmann von Toulouse
in Frankreich, wurde wegen eines ihm unrichtig zur Last gelegten Mords einer seiner Söhne
im Jahr 1762.. dem 68ten seines Alters, aufs
Rad gebracht; 1765. aber der ganze Proceß
caßirt und die unglückliche Familie sowohl als
der unschuldig hingerichtete von der ganzen
schändlichen Thathandlung frey gesprochen. S.
unpartheyische Kirchenhistorie alten und neuen
Testaments 4 Th. 2te Abth. 5tes Hauptstück
S. 1031 folg.

Empor zum Gott der Götter flehe.
„ Was soll ich hier, in dieser Welt,
Wo Boßheit steigt, wo Tugend fällt,
Wo Unschuld, sonder Trug und List,
Vor'm Rabe selbst nicht sicher ist?"

Was hilft mir's, daß gerechter Schmerz
Und stiller Zorn mein Blut beweget?
Daß heißer mein zerrissenes Herz
Bey'm Anblick der Tirannen schläget?
Daß Tigerwut und Schlangengeifer
Mir gegen Priesterhaß und gegen Kezereifer
Kaum eine Kleinigkeit des Meidens unwerth
                          dünkt?
Daß, wenn hier Kleopatreens Natter,
Und dort ein schlauer Bonze winkt,
Mein lebensmüder, matter,
Von Gram gebeugter Geist
Sich jene tödten eh', als diesen segnen heißt?

Ha! dieses Antliz, so voll Milde, so voll Tugend,
Im Alter noch so schön
Als eines Seraphs Jugend,
Das konten Menschen leiden sehn!

                                             Das

Das konten auf den Folterbänken,
Die Henker, Tiegern gleich, verrenken!
Ha! fluch dem Menschenkopf, der dies sich
                      denken
Mit thränenlosen Augen kann!

Ich kont' es nie. — Auf Wunden knien,
Sahst du mich oft, du aller Götter Gott!
Sahst heisser meine Wangen glühen,
Sahst meine Augen thränenroth.
O du, des Lebens und der Güte Quelle,
Ist's möglich, diese Erde, jeder Unschuld Hölle,
Kann deiner Weißheit Tochter sein!

Wann Boßheit hinter jedem Strauch,
Auf's derbende Verdienst hier lauert;
Wann den gefallenen Edlen auch
Die kleinste Thrän' oft nicht bedauret;
Wann immer nur der mindre Bube
Des gröfern Bubens Spielwerck ist,
Und immer Kerker oder Grube,
Den, der nach Freyheit ringt, verschließt;
Wann Schmeicheley um Fürstenthrone,
Nur immer feiler Sklaven Sohne

           Des

Des Unterthans erpreßten Schweiß
Aufopfert als verdienten Preis;
Wann schöner Unschuld linde Klage;
Ein seufzend Wort für Sünde gilt,
Und den Despotenfreund mit jedem neuen Tage
Auch neuer Durst nach Unterdrückung füllt;
Wann selbst von gottesdienstlichen Altären
Der Aberglaube seine Brände raubt,
Und dich, der Liebe sanften Gott, zu ehren,
Nach seiner Brüder Blute schnaubt;
Wann Heuchelei, in jeglichem Gewande
Der Menschheit und der Schöpfung Schande,
Den brandmarkt, der, von Muth entglüht,
Des Irthums Labirinth entflieht:
Ha dann — wie kanst du niederblicken
Auf diese Welt des schwörsten Fluches werth,
Und nicht zugleich den Donner zücken;
Der sie entflammt und uns verzehrt?

Wie kannst du — o zu lebend Bild,
Die Unschuld, die mehr litt, als Zungen reden
können,
Du hast mit Flammen, die wie Schwefelflam-
men brennen
Mein Inner=Innerstes erfüllt;   Und

Und doch — ha! war es Blendwerck, oder
　　　　Wahrheit?
Mich dünkt, es strömte Himmelsklarheit
Von deinem Antliz, Calas, her;
Die stille Ruh' in deinem Blicke
Ward heitrer noch und lächelnder,
Und Wolken die mich rings umnebelt, flohn
　　　　wie Gewittersturm zurücke.

Wenn du mit Unerschrockenheit
Zur ungerechten Schlachtbank eiltest,
Und mit der Hofnung naher Seligkeit
Der Menschheit tiefste Schmerzen heiltest;
Wenn du den Mördern, die nach deinem Blute
Heiß dürsteten so gern verziehst,
Durch Beyspiel und durch Trost, von deinem
　　　　Heldenmute
Den bangen Freunden Stärkung liehst:
Wie kann denn ich so bittre Klagen,
Bey mindrer Qual, bey mindrer Prüfung,
　　　　wagen?
Wie kann denn ich zwar oft gedrückt,
Zwar oft verschmäht und oft verlassen,
So ganz des Lebens Bürde hassen?

　　　　　　　Hat

Hat nicht der Freundschaft milde Stimme
Schon oft mein zagend Herz erquickt?
Hab' ich nicht oft des Gegners Grimme,
Mit kaltem Spott, der gnug mich rächte,
Ins Auge, sonder Furcht, geblickt?
Hat mich, wann mich die feilen Knechte,
Gleich einem tiefgefallenen, flohn,
Nicht mancher ächte Wahrheitssohn
An seine biedre Brust gedrückt?
Und oft der Tugend stille Freude,
Der Freyheit süß Gefühl mir größres Glück
       verliehn,
Als jene kennen, die in goldnen Kleide
Vor andern goldnen Sklaven knien?

  O Calas! Calas wo ich geh' und stehe;
Sey du Begleiter mir und Freund,
Begleiter, wann ich einsam stehe,
Begleiter, wann mein Auge trostlos weint!
Und bleibe mir, unfähig je zu heucheln,
Unfähig, je zu kriechen und zu schmeichlen
Selbst trocknes Brod und Wasser nicht;
So sage mir dein engelfrey Gesicht,

                     Das

Das seine Blicke jenseits lenkt,
Schon ganz des Himmels Glück sich denkt:
„Es gibt ja dort noch beßre Welten,
Wo Kezerhaß und Priestereifer nicht,
Nicht würgende Despoten gelten?"

Mr.

Nettchens Klagen über Herrmanns Falschheit, von *** Th. an Herrmann.

Trauriges Singen tönt von deines Mädchens Lippen, und Klagen erfüllen ihre Wohnung. Nagender Kummer und zehrender Schmerz, herrscht auf ihrem Gesicht. Tiefsinnig schleicht sie aus einem Zimmer ihres Haußes in das andere; durchsucht alle Winkel, findet dich nicht — und weint. Vergebens ruft sie deinen Namen, vergebens dich als ihren Geliebten. Lauscht umsonst auf einen Laut von dir — seufzt dann und ruft:

„Mir sind alle Freuden hin! hin! mein
„Vergnügen! Einsamkeit ist für mich Pein,

F 5

und

„ und Gesellschaft ein Abscheu! Auf ewig un-
„ glücklich, und ohne Hofnung meine Ruhe
„ verlohren! Herrmann! Herrmann! Du
„ bist die Quelle meiner Thränen die nie ver-
„ siegen und kaum noch rinnen! du bist der
„ Falsche! — der Untreue — der Boshafte!—
„ den ich zu meinem Verderben geliebt! den
„ ich nicht vergessen kann! dem Bosheit
„ Freude ist. Schänder deines ganzen Ge-
„ schlechts! um deinetwillen sey der Augenblick
„ verflucht, in dem ich dich sah! und der in
„ dem ich dich wieder sehen werde! Doch —
„ nein — es sey keiner verflucht. Warum
„ sollen sie es seyn? weil sie mir nicht Freude
„ gewährten? Eben deswegen sollen sie's nicht
„ seyn. Nur du Herrmann sollt — nein auch
„ du nicht. Du bist mir noch lieb nur deine
„ Thaten hasse ich. Ach! daß du solcher fä-
„ hig seyn kontest! — Liebte ich dich nicht so
„ treu als es nur seyn konte? Und doch —
„ ach! liebtest du nur als ein Niederträchti-
„ ger! Meiner Tugend Fallen zu legen, wa-
„ ren deine Bemühungen, und Verstellung
beine

„ deine beste Kunst. O! warum must' ich dir
„ gefallen? Und warum war'st du ein Teufel
„ in' Engelsgestalt, den ich lieben muste? So
„ süß wie Liebe war mein Vergnügen. Aber —
„ Untreue mein Lohn! Ach Herrmann! Herr=
„ mann! an jenem Tag noch, wirst du be=
„ reuen mich betrogen zu haben. Jenes furcht=
„ bare Register wird dich unter die Hauptbe=
„ trüger besonders gezeichnet haben; daß du
„ deiner Strafe nicht entgeh'st —! Aber ich —
„ ich will noch für dich beten, daß dir der
„ göttliche Richter verzeiht. Des Tags will
„ ich beten, und des Nachts schlaflos für dich
„ bitten, und schlafend für dich Gebäte träu=
„ men. Für dich, Störer meiner Ruhe. „

Herrmann, du bist mein Freund; aber
um dieses Mädchens willen, verlierst du von
deinem Werth in meinen Augen. Rette sie,
ihr Verstand geht zu Grund. Ihre Schön=
heit verwelkt unter der Hitze der Leidenschaften,
du sinkst immer tiefer in Schande bey allen dei=
nen redlichen Absichten. Weißt du nicht: daß man

oft

oft von zweyen gleichen Lasters Verdächtigen, denjenigen für den unschuldigsten hält; der im Gesicht der Versammlung, weinend erscheint? hingegen den für den verruchtesten Betrüger ansieht, der, sich seines Guten bewußt, mit heiterer Miene dem neugierigen Umstand*) in die Augen sieht — ? In gleichem Fall bist du jezt. Ganz unschuldig halte ich dich nicht. Aber auch nicht für so boshaft, wie dich der Augenschein zu machen sucht. Du bist aber doch der, welcher über eine Seele Rechenschaft zu geben hat, wenn Nettchen —. (Du weißt was ich sagen will, und was in solchen Lagen oft geschiehet —) Du wirst im Publiko doch immer für den schuldigsten Theil gehalten werden. Sie wird bedauert — auf dich geschimpft; wol gar geflucht. Es gibt nicht lauter solche edle Seelen wie Nettchen. Rette sag ich dir noch einmal, deine Ehre, Nettchens Person und — zeig dich als ein Christ.

*) den Umstehenden.

Anek

Anecdoten.

In einer wohl bekandten Stadt, leyder in Deutschland, gieng ein Freund von mir in ein adeliches Haus, worin er ein kleines Fräulein antraf, welches neben seiner Großmutter saß. Ein fremder Bedienter trat herein, mit einer Bestellung aus einem bürgerlichen Hause. Das Fräulein hatte die Tochter aus demselben zur Gespielinn. Meine gehorsame Empfeh= lung! rief sie freundlich dem Bedienten nach, als er fortgieng. — „Gehorsame Empfeh= lung? sagte die Großmutter. Gehorsam: das ist zu viel! bürgerliche bekommen nur: er= geben. Es ist vollkommen genug! merk' es dir."

Ich schäme mich nicht, eine dem Ansehen nach, so unbedeutende Geschichte zu erzählen.

Armes, gutes Mädchen! In der süßesten Unwissenheit, öfnet dein Herz sich jeder Gemein= schaft mit denen, welche sich zu dir hinneigen. Du liebst, was dich anlacht, und hüpfest hin zu den Spielen kleiner Geschöpfe, welche dir glei= chen. Und man reißt dich weg von ihnen; und du sollst diejenigen verachten, in deren Armen

du sanft dich wiegtest! Welch einen Blick wirst
du nun auf deinen Mann werfen, der hinter dir
an deiner Tafel steht, und dir aufwartet! Wie
manche gute Sele wirst du künftig von dir bannen!

Hätte jene Großmutter ihre Kleine dafür mit
folgendem Geschichtchen unterhalten!

Ein deutscher Graf aus einem vornehmen Ge=
schlechte, gerieth in Schulden, und zulezt ins Ge=
fängniß, wo seine Gläubiger wenig für ihn bezahl=
ten. Sein treuer Diener lernte die Bildnißmah=
lerey; bracht' es in kurzem weit; übte seine Kunst;
lebte sehr ärmlich; und ernährte seinen Herrn.

Daß ein schönes, oder bloß ein geliebtes
Mädchen ein Engel seyn kann, wenn es will; öf=
ter ein Schutzengel für viele: das ist gewiß! Sei=
ne Blicke, seine Worte fallen tief in die Seele,
wo sie durch Thränen und Küsse befestigt werden.
So geschehen die herrlichsten Wunder. Nur muß
dem Engel daran gelegen seyn, weniger durch sei=
nen Glanz die Augen zu überraschen, als die Her=
zen allmählich zum Guten zu lenken.

Im vorigen Kriege kam ein österreichischer
Officier in eine feindliche Stadt, in welcher er

Brand=

Brandschatzungen erzwingen sollte. Die Bürger
konnten das geforderte nicht aufbringen; er hat=
te strengen Befehl, und brauchte die härtesten
Drohungen. Dieses that er auch in der Gesell=
schaft einiger meiner Freunde, worunter sich jun=
ge Frauenzimmer befanden. Man bat ihn; er
redete von Feuer und Schwerd. Man bat noch
rührender. Auf einmal wurd' er still; besann sich;
änderte seinen Ton; und sagte: ,, Sorgen Sie
nicht! ich werd' ihnen kein Leid thun. Als ich von
den Meinigen weggieng, da fiel meine Frau mir
um den Hals, und weinte; und ihre letzten
Worte, beym Abschied, waren, Wenn du zu
den Feinden kömmst, so gedenk' an mich.
Verschone die armen Leute, so viel als mög=
lich; und thu' ihnen Gutes um meinetwil=
len. Diese Worte kann ich nicht vergessen."

Der Officier gieng hinaus, mäßigte seine
Forderung; und zog friedlich aus der Stadt.

Vermag ein Engel mehr, als diese schöne
weibliche Seele?

Zur Nachricht.

Es sind 2 verschiedene Aufsätze, die gegen
meine im 4ten Stück dieser Wochenschrift we=
gen des Walzens geäuserten Gedanken gerich=
tet

tet sind, an den Hrn. Verleger derselben einge=
sandt worden.   Ich ehre die Verfasser dersel=
ben, wer sie auch seyn mögen, ob ich gleich ih=
ren Aeußerungen nicht beytretten kann — Da
ich inzwischen den verehrungswürdigen Leserin=
nen dieser Schrift durch Stücke einerley Innn=
halts nicht lästig werden will, so wird man
verzeihen, daß ich die Aufsätze einzurücken, um
so mehr Anstand nehme, da der eine gar keine
Widerlegung enthält, der andere aber die Sa=
che aus einem ganz andern Gesichtspunkt be=
trachtet, und besonders den Walzer unrichtig
mit dem sogenannten tollen Tanz der Bauern
vergleichet.   Will aber der Herr Verleger einen
besondern Bogen daran wagen, so sollen solche
alsdann nicht nur wirklich abgedruckt, sondern
denselben auch nähere Bestimmung meiner Mei=
nung, die ich — nochmals sey es gesagt —
niemand aufdringen aber meiner Seits doch im=
mer standhaft behaupten will, angefügt werden.

v. Z.

Angenehme Lectüre
für
Hessens Töchter.

An einem traurigen Abend,

Ach, so verzehrt mich in den schönsten Tagen
Des Lebens mein Gefühl!
Wo andre Herzen noch von voller Freude schlagen,
Da find ich schon mein frühes Ziel,

Schon lange, lange starb im meinen Zügen
Der Reiz der Frölichkeit,
Schon lang ist selbst mein Herz zu todt für
jed Vergnügen,
Zu todt für die Zufriedenheit.

G   Ich

Ich stehe traurig, wie die Rosenstaude
    Im tiefen Winter steht,
Und Wüsten wo mir sonst, wie bey Verwe-
    sten graute,
    Sind itzt nicht mehr für mich zu öd.

Wer mich erblikt, erkennt in meinem Auge
    Den Gram, der mich zerstört,
Erkennt ein zärtlich Herz, das — ach! bey
    jedem Hauche
    Sich gegen meine Ruh empört.

Ich selbst verkenne mich in meiner Züge
    Tieftrauerndem Ruin,
Wo sie ein Quell mir zeigt, an dessen Rand
    ich liege,
    Da wein ich Thränen auf sie hin.

Oft flieh ich weg aus dieser öden Hütte, —
    Hin, wo du Göttliche
Einst saßest, — hin zum Hain, wo unter
    deinem Tritte
    Sich die Natur verschönerte.

                      Dort

Dort such ich Trost, indem ich Menschen fliehe,
  Bey finstrer Einsamkeit,
Und jeder leise Tritt, mit dem ich weiter
    fliehe,
  Nährt mächtiger mein folternd Leib.

Wie heiter glänzten mir einst ferne Zeiten!
  So weit ich sah, war Glück,
Schon ganz empfand mein Herz des Para=
    dieses Freuden,
  Und treulos flohen sie zurück.

O selig, wer kein irdisch Glück, als wichtig
  Für seine Ruhe mißt!
Ihn lehrt kein Thränenstrohm, daß Alles,
    Alles nichtig
  Disseits des Grabes ist.

Ach, wann der Tod einst meiner Augen Stralen
  Mit Finsterniß umhüllt, —
Laß einen Schmetterling auf meinem Sarge
    malen,
  Der großen Auferstehung Bild!

Auch

Auch ich, auch ich will mit dir auferstehen.
Dort, wo wir Engel sind,
Dort, wollen wir vertraut durch neue Flu-
ren gehen,
Wo keine bange Thräne rinnt.

Nur du sinkst hin, du schwache Geisteshülle!
Doch meine Liebe nicht,
Nein, dort genieß ich sie voll hoher Seelenstille,
Die nie ein Seufzer unterbricht.

O Fluren, Fluren! die mein Fuß betretten!
Hain, den ich oft durchirrt!
Ihr kennt mein reines Herz, — Helft seine
Unschuld retten,
Wann einst ein Thor sie lästern wird.

An Minna.

Unmöglich Minna, daß ichs länger dir verhehle,
Mein ganzes Herz wär längst schon dein,
Mein Geist denkt nichts als dich — dein Blick
flößt meine Seele
Noch nie gefühlte Regung ein.

Der

Der Blik voll Feuer, aus dem ein Herz voll
    Hoheit strahlet,
Ein Herz ganz von Gefühle spricht,
Wo ist zu Deutschlands Ruhm der Künstler
    der ihn malet?
Umsonst ihn trift selbst Guido nicht.

Der Mund um den ein Heer von Liebes Göt=
    ter prangen,
Noch keines Jünglings Kuß genäh'rt,
Der Unschuld Kolorit auf jugendlichen Wangen
Die nie geborgtes Roht entehrt.

Die Brust, die Tag vor Tag mit immer mächtgern
    Wallen
Noch keines Jünglings Blick enthüllt,
Der Knospe gleich, auf die kein giftger Thau
    gefallen,
Dem der sie bricht, entgegen quillt.

Wer du auch immer seyst und unter welchen
    Zonen
Dein Schritt, ihr unbekannt, noch irrt;
Wenn sie einst, — könnte je die Gottheit
    schöner lohnen? —
Gefährtin deines Lebens wird.

G 4   Dann

Dann fühle ganz dein Glück! — doch nicht ge=
nug verdienen
Mußt du dis Herz, das Liebe schwört:
Schwillt Tugend deine Brust, spricht sie aus
deinen Minen,
Dann erst, dann bist du ihrer wehrt.

Laß mich, o! Gott, — kühn ists was ich zu
wünschen wage —
Das Buch der Zukunft übersehn!
O! möchte da mein Glück und jeder meiner Tage
Verwebt mit ihren Tagen stehn.

Wie ruhig sollte uns in heitrer Liebe Seegen
Der kurze Lebensrest vergehn.
Schon Greiße würden mir, noch zärtlichfroh
entgegen
Der Lebens letzte Dämmrung sehn.

Umsonst! — zurück von mir ihr wollustrei=
chen Scenen
Ihr Kinder süßer Phantasie,
Euch schuf ein liebend Herz. — Nach euch
sich ewig sehnen.
Darf es, erleben wirds euch nie.

— n.

Bild

Bild des Glücks der edlen Liebe.

Mylord Arundel mußte, unter dem Druck einer harten widersinnigen Erziehung, die feine Empfindsamkeit seines Herzens für jede Schönheit der Tugend, und den aufkeimenden Scharfsinn seines Geistes für das Edle und Große der Wissenschaften, ganz im verborgnen nähren und erhalten, weil er niemand um sich sah, der als liebreicher geschickter Anleiter, oder als Gefährte den schönen Pfad der Kenntniße mit ihm in die Höhe steigen wollte. Aber mit desto festerm Schritte gieng er allein. Ohne fremde Stütze war er um so mehr verbunden, seine eignen Kräfte hervorzusuchen, zu üben und zu gebrauchen; ein Nutze, der ihm alles Leiden seiner Jugend-Jahre zum Segenvollen Andenken macht; weil er überzeugt ist: von einer fremden Hand wären die ersten Funken seines Genies entweder erstickt, oder zu einem wilden Feuer getrieben worden. Mit der Ruhe der Sanftmuth und des gelassenen Leidens in der Mine, wuchs er auf. Die mora=

lischen

lischen Triebfedern seiner Seele halfen seinem
Körper das reine Ebenmaaß der edlen männlichen Gestalt erreichen; Kenntniß und Gefühl
des Sittlich-Schönen gab ihm das feine Auge
für das Schöne der Natur und Kunst: eine
mit Nachdenken gemachte Reise durch Frankreich und Italien befestige seinen Geschmack
am Edlen und Großen, deren Kennzeichen
er überall ausfündig machte, sie mochten in einer Geistes-Arbeit des Gelehrten, in der von
der Hand des Künstlers, oder in den tiefen
Falten einer Seele liegen. Sein Vatter hatte
ihn einer sehr trockenen Amts-Beschäftigung
gewidmet; und er, folgsam für das Leitband
der Pflicht, hatt' es ohne Widerstreben angenommen; aber sein Geist und Herz litten viel
dabey; er wurde kränkelnd, und etwas melan-
cholisch. Im Verborgnen ausgeübte Wohlthaten versüßten alle seine ihm bitter werdenden
Tage; denn, aus Mangel anhaltender Gesundheit, konnt er seiner Lieblings-Neigung, dem
Studieren nicht genugsam folgen. Einsame
Spaziergänge widmete er dem Nachdenken;
weil

weil die freye Luft , der Anblick der schönen
Natur und die Bewegung ihm vortheilhaft
waren. Eines Tages kam er, in die Hülle
seiner Gedanken verwickelt , unvermerkt über
drey Stunden von seinem Wohnsitz hinweg;
als ein Regenwind und die auffallenden Was-
sertropfen ihn zu sich selber brachten, er um sich
sah , und in einer ihm nicht sehr bekannten
Ebne keinen Schutzort vor sich fand, als das in
einiger Entfernung an dem Ende einer Garten-
mauer weit hervorragende Dach eines Chinesi-
schen Sommerhauses. Er eilte darauf zu. Die
Fensterladen gegen die Seite, woher er kam, waren zugeschlossen, weil der Wind den Regen
dahin trieb; er stellte sich deshalb auf die andere Ecke, und hörte verschiedene Personen in
dem Sommerhause mit einander sprechen. Die
meisten waren über den Regen mißvergnügt,
weil er einen abgeredeten Spaziergang verhinderte; aber eine sanfte Frauenzimmer Stimme,
dicht am Fenster, fieng an , von dem Vergnügen zu reden, das sie über die freye Aussicht in die Gegend, und über die sich samm-

G 5   lenden

lenden und nähernden Regenwolken empfunden
habe. " Sie dünke sich, an ihrem Herzen
einen Theil der Erquickung mit zu fühlen, wel=
che den Bäumen, Wiesen und Feldern durch
den wohlthätigen Regen zukäm. " Eine et=
was rasche Person schien ihr zu antworten;
denn es wurd ihr ganz kurz gesagt,

„ O! Sie lieben den Regen nur, weil
er Kälte mit sich bringt "

Die mehresten lachten: aber nach einigen
Augenblicken sagte die Damenstimme auf Fran=
zösch:

Wie sehr irrt man sich, meine Freundinn,
wenn man der Unempfindlichkeit mich be=
schuldigt! Fände sich nur der Mann, den
ich nach meinem Herzen lieben könnte, wie
gern würde ich meine Zärtlichkeit zeigen!
Aber sie soll eher mein Leben untergraben, und
ungenützt mit mir sterben, als einen von de=
nen Männern, die ich kenne, zu Theil werden.

Ach Emma! sagte eine andere Stimme,
Sie sind zu fein denkend geworden. Sie wer=

den

ben, fürchte ich, niemals glüklich seyn; denn der Mann Ihres Herzens lebt nicht.

Ganz traurig versetzte die erste Dame:

Nun so liebe ich mein Ideal von ihm und Sie meine Freundinn.

Lord Arundel, aufmerksam auf diese Rede, stand da ohne Bewegung, als einer von den Gästen, welcher ihn kannte, ans Fenster trat, ihn erblikte, und ins Haus nöthigte. Gerne folgte er der Einladung, weil sie ihm Hofnung machte, das Frauenzimmer zu sehen, dessen kleines Gespräch seinem Herzen so nahe gegangen war. Gleich bey dem Eintritt in die Stube, sah er nach dem Fenster, worunter er gestanden hatte. Drey artige Damen saßen da beysammen. Die Frau des Hauses und ihre zwo Töchter standen nahe bey ihm; und eine Dame, nicht so schön als die andern, an ein gegenseitiges Fenster angelehnt. Während den ersten Gesprächen horcht' er auf den Ton der Damen-Stimmen, und suchte die ihm so angenehme Rednerin unter zwo reizenden jungen

Dame_n

Damen, die er wechselsweise mit Aufmerk=
samkeit beobachtete; indem er vielleicht die
Gefühlvolle Seele in der niedlichsten Figur zu
finden wünschte.

Zu seinem Erstaunen hörte er die Stim=
me hinter seinem Rücken:

„ Liebe Henriette! Kommen Sie und se=
hen, wie schön die niedergehende Sonne
das vom Regen glänzende Wäldchen und
das Feld in der Ferne mahlt „

und dies war die Stimme der Dame deren Rei=
ze schon zu verblühen anfiengen. Arundel war
unwillig, wie ein Gärtner es werden könnte,
wenn er den blaßweißen Rosenstock mit rei=
chern Blumen fände, als den welcher schönes
Roth trägt. Doch hatte die Dame, durch
den moralischen Ton ihrer Seele, schon einige
Rechte auf sein Herz gewonnen. Er betrach=
tete ihren Anzug, der in falbem Grau mit
weißen Schleifen bestand. Eine Wendung der
Dame ließ ihn zu seiner Freude bemerken, daß
die

die mangelnde Blüthe ihrer Gesichtsfarbe, durch
eine einnehmende Bildung ersetzt war, und daß
ein gefälliger Ausdruck in ihrer Mine lag.
Nun fragt er nach ihrem Nahmen; und man
nannte die verwittwete Lady Emma, die seit
acht Tagen sich hier aufhielt. Ein geheimer
Zug näherte ihn derselben; und er fieng auch
an von der reizenden Abendröthe zu sprechen,
deren Widerschein das Gesicht und die halbver=
steckte Brust der Dame dem Kenner=Auge sehr
verschönerte. Ganz ungekünstelte Grazie, die
durch die sittlichen Bewegungen ihrer Seele
über die ganze Person ausgebreitet war, mach=
te mehr und tiefern Eindruck auf ihn, als er
dachte. Er blieb den Abend da; und seitdem
kam er öfter. Sein Umgang, die Erzehlung
seiner Reisen, und der Verwendung seiner Ta=
ge, seine Bescheidenheit dabey gaben der guten
Lady Emma zugleich mit dem Gedanken: du
edler würdiger Mann! auch das volle Maaß
ewiger, tugendhafter Liebe für den Mann ih=
rer Seele. Jeder Reitz ihrer Person, jeder
Zug von Geist, jede edle Eigenschaft ihres Her=
zens

zens schien, durch den Hauch der Liebe belebt, in einem neuen Glanze zu stehen.

Mylord Arundel widersetzte sich dem anziehenden Vergnügen, das er in ihrem Umgang fand, gar nicht; doch sah der beobachtende Geist bey jedem Schritte sorgfältig um sich; und erst nach hundertfachen Wendungen und Fragen, wodurch er Lady Emma ausgeforscht, nach vielen ihr verschaften Gelegenheiten sich von allen Seiten zu zeigen, erst da überließ er sein Herz der Freude über die wohlthätige Gewalt, die er einer andern Seele über die seinige gelassen hatte. Er fühlte, daß allein der Besitz eines gleich gestimmten Herzens das Glück sey, durch dessen Mangel sein Leben so traurig und leer geblieben; doch furchtsam, wie allezeit der Mann von wahrem Verdienste es ist, wagte er lange nicht, von seiner Liebe zu reden. Aber wie theuer war Lady Emma solch ein Geständniß! wie freuete sie sich, dem von ihrem Herzen so lang gewünschten Manne zu gefallen, und Eigenschaften zu haben, die ihn glücklich machen

machen könnten! Wie zärtlich waren ihre Be=
rechnungen der mannichfaltigen Seligkeit, wel=
che sie bey Erblickung ihres Arundels genieße;
der noch größeren Seligkeit, wenn sie nach
einer kurzen Entfernung seine Hand an ihr von
Liebe klopfendes Herz drücke, seine Stimme,
seinen Fußtritt höre. Bey Emma und Arun=
del wurde der Seelentausch, den man bey wäh=
renden Liebenden sich gedenkt, eine unerschöpf=
liche Quelle des reinsten Glücks dieser Erde.
Die Zärtlichkeit der Lady Emma, die edle Gü=
te, die Wahrheit, welche sie nimmer verließen,
stärkten in Arundels Seele den Glauben an
Tugend; so wie die Größe und der Scharf=
sinn seines Geistes den von Lady Emma täg=
lich bereicherten; besonders da beyde, vereinigt,
eine Reise nach Italien und Sicilien machten,
damit Lady Emma das schöne Stück Erdreich
mit eigenen Augen säh, auf welchem der große
Genius der Alten, mit so vieler Mühe, die
ehrwürdigen Ueberreste seiner herrlichsten Wer=
ke aufbewahrt.

Hier

Hier ließ Emma die ganze edle Figur ihres Arundels mahlen, wie er, mitten unter zertrümmerten Stücken der größten Baukunst, die fein gearbeiteten Cypreſſen-Gewinde eines Aſchenkrugs mit dem tiefen Gefühl der Vergänglichkeit betrachtet; der Lady Bild neben ihn, wie ſie mit dem höchſten Ausdrucke zärtlicher Liebe eine ſeiner Hände hält, während ihr Auge ihm ſagt:

O mein Arundel! möge einſt dein Seelenvoller Blick ſo auf dem Behältniſſe der Aſche deiner Emma verweilen! Der Geiſt meiner Liebe für dich wird meine Ueberreſte umſchweben; und eben ſo dankbar, wie der Genius des Künſtlers, der auf dieſer Urne ruht, die Achtſamkeit deines großen menſchenfreundlichen Herzens bemerken.

Angenehme Lectüre

für

Heſſens Töchter.

An Eliſen an einem verdrüßlichen
Abend?

Zürne nicht du meine Auserwählte!
Horch! — die Nachtigall ſchlägt ja ſo
reizend
Traurig war ich — aber ſchön der Abend,
Da ich bey dir ging.

Traurig hätt' mein Herz an dieſem Abend
Nicht geſchlagen, wenn es dich nicht liebte.
Nein — ein Herz das niemals Schmerzen leidet,
Liebt nicht rein und ſtark.

H   Ach!.

Ach die Blümchen, die ich für dich pflückte,
Die der Leichtsinn spottend mir entwehte,
Ach! sie sind zerrissen — seufzend warf ich
    In den Bach sie hin.

Schmachtend, zürnend sah ich auf die Wellen,
Wie sie izt den schönen Schmuck verschlangen
Den ich nur für deinen heil'gen Busen
    Ihrem Ufer nahm.

Diese Blumen hier an meinem Arme,
Hast du, Engel Gottes! mir gegeben.
Heilig sind sie, denn aus deinen Händen
    Kamen sie zu mir.

Sieh nun hab ich einsam drauf geweinet.
Nimm sie, daß die Thränen heilig werden
Laß sie dann an deinem Herzen sterben
    Das so himmlisch fühlt.

Laß auch mich an deinem Herzen sterben
Horch! — die Nachtigall! — ach! kannst
    du zürnen?
Sanfter Engel! o vergieb, vergieb mir,
    Daß ich traurig war.

D. J. Langsdorf.

An

An ebendieselbe als sie von einer Krankheit genas.

So wach ich wieder, wie bestürzte Herzen
Laut seufzend aus dem finstren Traum erwachen
Der mit dem Bild des Todes und der Hölle
    Sie tief dnrchzitterte.

Heil mir! Heil mir! Heil mir! — Verge-
    bens heulte
Ein banges Sterbgeläut in meinen Ohren,
Vergebens hört ich deine Todtenkrone
    Im dumpfen Winde weh'n.

Schon sah ich dich gestrekt auf deiner Baare,
Schon schmückt ich weinend dich mit Trauer-
    blumen,
Und herrlicher lagst du im Sterbgewande,
    Als eine Welt voll Pracht.

Schon stürzt ich mich an deinen kalten Busen,
Und trostlos warf ich mich vor meinen Schöpfer
Bey deinem schönen theuern Leichnam nieder
    Um meine Gruft zu flehn.

        O einz's

O einz'ger letzter Trost der Nacht des Tebes
Für liebende! — viel süßer ists, im Grabe
Vereint zu ruhn, als von geliebten Seelen
Getrennt im Leben seyn.

Nein, leben will ich denn noch schlägt dein
Busen,
Noch blüht die Welt in der dein Hauch zerfließt.
Wo du Geliebte bist, da ist mein Himmel,
Und Finsterniß wird Licht.

D. J. Langsdorf.

Werther an Lotten. *

Weine nicht, es ist der Sieg erkämpfet,
Dieser Sieg errungen durch ein Grab,
Und das innre Toben ist gedämpfet,
Das mein Schöpfer meinem Herzen gab.

Weine

* Ich werde Verzeihung erhalten, und manche
unserer theuersten Leserinnen werden mir's vielleicht danken, daß ich diese Elegie, die man
dem armen Wehrter im Grab zum Trost Lottens
auf ihre vorherige Klagen — ich ziel auf das
bekannte Gedicht: Lotte bey Werthers Grab, —

Weine nicht! — ich habe sie gefunden,
Diese Ruhe nach dem langen Streit,
Und geheilet hat der Tod die Wunden
Und geleitet mich zur Seeligkeit.
Ja der Richter hat in seiner Rechten
Schon gewogen Liebe mit Vergehn,
Und da rief die Stimme des Gerechten
Mir Verschonung auf der Liebe Flehn.
Sanfter Friede hebe deine Seele,
Aus der Last des Kummers die dich drückt,
Ach wie viele Thränen, die ich zähle,
Hast du nicht gen Himmel schon geschickt! —
Trokne diese Thränen! — Hör im Glanze
Der Verklärung meiner Liebe Ruf
Und erblicke mich im Myrthenkranze
Den der Himmel unverweiflich schuf.

H 3   Jenen

singen läßt, und die mir von einer vornehmen
würdigen Dame zum Einrücken zugeschickt worden, um so mehr hier wirklich einrücke, da sie
noch wenig bekannt, und meinem Gefühl nach
eines derjenigen Produkte ist, die jenem Gedicht
an der Seite zu stehen würdig, und noch empfunden zu werden verdienet. Der Herausgeber.

Jenen Nebel, der vor meinen Blicken
In den dunklen Erdenthälern hängt,
Sinket hin wo ewiges Entzücken
Seelger Zukunft meine Blicke lenckt:
Und die Blumen die ich in der Quelle
Meines trüben Baches einstens warf,
Sammle ich hier aus seiner Silberquelle
Nun da ich dich ewig lieben darf. —
Ueberall umschweb ich deine Spuren
Und mein Hauch berührt in Westen dich
Auf dem Mondstral zittere ich durch die Fluren
Und in jedem Veilchen pflückst du mich;
Und mein Geist folgt deinen frommen Schritten
An das Grab wohin dein Schmerz dich führt
Wo dein Jüngling endlich ausgelitten,
Und dein Staub einst aufersteßen wird.

S.

Den

Den 4ten December 1778.

Aus Arnauds Erzählung, Sargines
genannt.

In Toulousens Mauren wohnte
Ritter Hilmar, zu der Zeit
Als der große Karl regierte,
Dem Er sonst ein Fähnlein führte,
Feinden furchtbar weit und breit.

Jezo ruh'te Er von Thaten,
Aber traurig, ohne Weib
Das Ihn pflegte. Ohne Söhne,
Nur das sittsame das schöne
Röschen, war sein Zeitvertreib.

Röschen seine ein'ge Tochter,
Roth war ihre Wang und rund,
Unschulds-voll das Herz der Dirne,
Heiter ihre hohe Stirne,
Hell das Auge klein der Mund.

H 4   Man

Mancher Ritter blickte feurig
    Auf des Helden Tochter hin;
    Mancher wollte ihr Getreuer
    Gerne seyn, doch jeden Freyer
    Schreckte ihres Vaters Sinn.

Tapfer war Er, tapfer sollte
    Seiner Tochter Mann auch seyn,
    Doch zu schwere Abentheuer
    Sollte kühn besteh'n der Freyer,
    Und so sprach ein jeder: Nein.

So lebt' Röschen neunzeh'n Sommer,
    Fühlte auch die Liebe nicht,
    Blumen waren ihre Freude
    Ihrer Augen höchste Weide
    War das holde Sonnen=Licht.

Einst an einem heitern Morgen
    Pflückt Sie Veilchen in dem Wald,
    Eifert mit den Nachtigallen
    Singend, biß ihr Lied in allen
    Bergen rings um wiederhallt.

                    Wilhelm

Wilhelm hört Sie einsam singen,
　　Wilhelm Ritter Guntrams Sohn,
　　Horcht, schleicht, nah't sich, wagt die Frage,
　　Holde Sängerin ach sage
　　Was ist dieser süße Ton?

„ Ich bin Röschen, Hilmars Tochter "
　　Tochter deines Vaters werth!
　　Doch, was ists, daß du so balde?
　　Morgens singst in diesem Walde?
　　Sage, was dein Herz begehrt?

Nichts begehr ich, Veilchen suchend
　　Kam ich her durch jene Flur,
　　Froh sing ich, indem ich pflücke,
　　Doch — wer bist du? welch Geschicke
　　Bringet dich auf meine Spur?

Kennst du wohl den tapffren Guntram?
　　Wilhelm bin ich, dessen Sohn.
　　Wilhelm, spricht Sie, jung an Jahren,
　　Doch in Krieg und Streit erfahren —?
　　Kundbar ist dein Ruhm mir schon.

H 5　　　　　　　　　Rös=

Röschen, ich muß dir entdecken
    Was schon lang mein Herze drückt.
    Wilhelm, was? Ich lieb ich liebe
    Mit dem zärtlichsten der Triebe
    Röschen, seit ich dich erblickt.

Röther als ein Scharlach, wurde
    Röschens weiß und rothe Wang;
    Sag, so fragt sie Wilhelm, sage,
    Zürnest du daß, ich dir klage?
    Macht dir meine Rede bang?

Nein, ich zürne nicht, o Wilhelm,
    Spricht Sie, du machst mir nicht bang,
    Aber meines Vaters Willen
    Ist mir heilig, ihn erfüllen
    Mein Bemühen Lebenslang.

Eile zu ihm, auf Befragen
    Thut er dir ihn selbsten kund,
    Traust du dich als mein Getreuer
    Zu bestehn manch Abentheuer,
    Dann nur gibt mich dir sein Mund.
                                Röschen

Röschen, ich flieg hin doch laß mich
    Küssen deine weiße Hand!
    Wilhelm! nicht ist sie zu küssen,
    Bis zu meines Vaters Füßen
    Deine Liebe du bekannt,

Doch, zum Zeichen meiner Freundschaft
    Nimm diß Büschlein Veilchen hin —
    Röschen, — ach vor allen Schätzen
    Werden diese mich ergötzen —,
    Bis ich ganz dein würdig bin.

Spornstreichs eilt er zu dem Vater,
    Hilmar, spricht er, ach verzeih,
    Röschen schön an Leib und Seele,
    Ists, die ich zur Gattin wähle,
    Sprich daß Sie die Meine sey.

Wilhelm, sprach der alte Ritter,
    Nimmer nicht, bey Ritters Ehr,
    Du erfüllst dann mein Verlangen,
    Und bringst mir, vor dir gefangen,
    Einen edlen Mauren her.

                    Einen

Einen edlen Mauren fangen,
　　Tapfrer Greis, diß ist zwar schweer,
　　Doch, um deines Röschens willen,
　　Unternehm ichs zu erfüllen,
　　Scheue nichts auf Land und Meer.

Zu des Königs Heer eilt Wilhelm.
　　Röschen, denkt er, ist mein Lohn,
　　Kämpfft und siegt in wenig Stunden,
　　Bringt vor Hilmarn hin, gebunden,
　　König Abderamens Sohn.

Wilhelm, Wasser dieses Berges
　　Hohl' mir meinen Becher voll.
　　Bey Sanct Jörg der Warheit Rächer:
　　Schwöre mir, daß in den Becher
　　Sonst kein Tropfen rinnen soll.

Wilhelm schwört, schöpfft auf dem Berge
　　Was der Becher halten kann,
　　Sieht sich vor bey jedem Tritte,
　　Daß er nichts daraus verschütte,
　　Und langt so beym Vater an.
　　　　　　　　　　　　Wilhelm

Wilhelm, bring mir Mambrins Lanze!
„ Dann sollst du, bey Ritters Ehr! „
„ Röschen nicht mehr länger mißen; „
Trozend allen Hindernißen
Zieth Er, kämpft, siegt, bringt sie her.

Würdig bist du meiner Tochter,
Sprach der alte Ritters=Mann,
Aber ach, sie ist erkrancket,
Todten=blaß, ihr Leben wancket,
Komm mit mir und sieh sie an.

Harm=voll lag die junge Schöne,
Trähnen nezten ihr Gesicht,
Lang verschwiegne Pein des Herzens
War die Ursach ihres Schmerzens,
Fast sah sie den Ritter nicht.

Röschen, hier ist Mambrins Lanze,
Sprach der Ritter, mitleids voll;
Froh bestund ich diesen Krieger,
Weil ich, als desselben Sieger,
Deine Hand erhalten soll

Wilhelm

Wilhelm, sprach die Todten=blaße,
    Theurer Wilhelm, bist du hier!
    Miambrin hast du zwar besieget,
    Doch dein treues Röschen lieget,
    Ohne Hoffnung hier vor dir.

Ohne Hoffnung? Nein, im Traume
    Sah' ich neulich ein Gesicht:
    Wilhelm, rief man mir, ach weine
    Nicht, dann Röschen ist die Deine,
    Scheu Gefahr und Arbeit nicht!

Gleich geht Er; und Hundert Priester
    Stehn für Röschen am Altar.
    Samt dem Rauch gewehhter Kerzen,
    Steigen Seufzer auf von Herzen,
    Frey wird Röschen von Gefahr.

Nunmehr eilt der traute Ritter
    Froh zu Röschens Vater hin.
    Heut schwör ich, spricht er aufs neue,
    Deiner Tochter ewge Treue,
    Gleich den Worten ist mein Sinn.

                                    Hilma.

Hilmar weint und gibt dem Ritter
        Seines lieben Röschens Hand.
    Hier ist, spricht Er, ächter Liebe
    Lohn, und eure reinen Triebe
    Werden aller Welt bekannt!

                                Sbg.

Anekdote.

Fenelon ist meinen Leserinnen durch seinen Telemach bekannt. Eine reinere, liebendere Seele, als die seinige, hat wohl, seit dem Schooß-Jünger Johannes, in keinem menschlichen Cörper die Erde besucht.

Ein Reisender kam vor nicht langer Zeit in das Schloß, in welchem Fenelon die letzten Jahre seines Lebens zugebracht hatte. Hier fand er einen alten Castellan, einen zurückgebliebenen Zeugen von dem, was Fenelon, ungesehen von der Welt, in seinem Hause gewesen war. Der alte Mann führte den Reisenden herum mit der Ehrfurcht, womit man die heiligsten Oerter zu

                                betreten

betreten pflegt. Er redete wenig, und was er
redete, mit leiser, wehmüthiger Stimme. Hier,
sagt' er, schrieb Fenelon — Hier gab er Trost
und Rath. — Hier begieng er diese schöne
Handlung! hier jene. — Hier hab' ich die=
se Worte von ihm gehört. — Darauf führt'
er den Fremden ins letzte Zimmer Und hier —
die Stimme wurde schwächer — hier starb er.
Indem es der Castellan ausgeredet hatte, sank
er in einen Lehnstuhl in Ohnmacht.

Welch ein Zeugniß für den abgeschiedenen
wohlthätigen Geist!

Nachtrag resp. Pränumeranten

Frau Kriegsräthin Herf in Darmstadt.

Jungfer Johannetta Susanna Philippina Nun=
gesser in Darmstadt.

Jungfer Dorothea Johannetta Carolina Nun=
gesser in Darmstadt.

Angenehme Lectüre

für

Hessens Töchter.

Mütterliche Warnung.*

Selbst die glückliche der Ehen,
  Mädchen, hat ihr Ungemach!
Selbst die besten Männer gehen
Oefters ihren Launen nach.
Wer sich von dem goldnen Ringe
Goldne Tage nur verspricht,
O, der kennt den Lauf der Dinge,
Und das Herz des Menschen nicht!

Manche

* Auf Befehl einer unserer liebenswürdigsten Le
serinnen, meiner verehrungswürdigsten Freun
din, rücke ich dieses bekannte Gedicht des Hrn.

J

Manche warf sich ohne Sorgen
In des Mannes Arm, wie du,
Und beweint' an andern Morgen
Ihre Freyheit, ihre Ruh.
Aus dem Sklaven ihrer Blicke,
Ward ein mürrischer Tyrann,
Dessen Herz, voll schwarzer Tücke,
Nur auf ihre Marter sann.

Doch dein Glück dir selbst zu schaffen,
Mädchen steht in deiner Hand.
Die Natur gab dir die Waffen,
Gab dir Sanftmuth und Verstand.
Lerne deines Gatten Herzen
Liebevoll entgegen gehn,
Leichte Kränkungen verschmerzen,
Kleine Fehler übersehn.

Archivarius Gotters mit dem Anfügen hier ein,
daß ich solches als mütterliche Warnung in
der Maaße wie es da steht wohl gelten lassen,
daß aber auch umgewandt, mit Erlaubniß unserer Schönen sey es gesagt, der Vatter auf
gleiche Art die Söhne warnen könne. d. H.

Auf

Auf Stürzens Tod. *

Und du Edler! bist so schnell verblüht
Da ein Davus und Thersit.
Als Polypen perenniren
Und aeonen lang ihr Pflanzenleben führen!
Traurend fühlet den Verlust,
Jede warme teutsche Brust,
Er war unser! Glänzend stehen
Schon in dauernden Trophäen
Weißheit die von Herz zu Herz sich goß,
Feiner Witz der süß von Lippen floß,
Kunst Genie und reiche Wissenschaft,
Biederherz und teutsche Schöpferkraft.
O die Nachwelt wird ihn nennen,
Und auf flammendem Altar
Ihm der Teutschlands Ehre war,
Ehrenvollen Weirauch brennen.

*) Unserm verewigten Landsmann sind wir wohl die nähere
Bekanntmachung dieses Gedichts auf seinen allzufrühen Tod
in diesen Blättern um so mehr schuldig, da jeder ge-
schmackvolle Hesse der zumal Zeuge seiner aufkeimenden
Talente war, den Verstorbenen noch lange mit mir be-
trauren wird.   d. H.

S 2   Menschen-

Menschenglück

Kurz nach dem Tode meiner Gattin.

Es blühen Rosen hier auf Erden;
   Doch ohne Dornen keine nicht!
Das gröſte Glück gebiert Beschwerden:
Die Nacht verdrängt das Sonnenlicht.

Wenn Würden ich, nach Wunsch', erlange,
Macht Neid und Arglist Feindesbund.
Oft wird vom goldnen Feſſelzwange,
Selbſt eines Königs Ferſe wund.

Mühſelig wird das Erz gewunden
Aus morſchem, halb verfallnen Schacht,
Das Sorger oft um Labeſtunden
Des ſüſſen Mittelſtands gebracht.

Schlürf, aus der Gattin Engelblicken,
Der Seele göttlichen Gehalt:
Schon droht dem himmliſchen Entzücken
Der Senſenmann, im Hinterhalt!

Durch

Durch Tugend kann man glücklich werden;
Nur schwer ist ihre strenge Pflicht!
Es blühen Rosen hier auf Erden;
Doch ohne Dornen keine nicht!

v. **Spl.**

Die Wittwe zu Zehra.

I.

Ebn. Baschir, (Kadi zu Zehra, ein weinendes Weib.)

Ebn. B. Was fehlt dir? Was weinst du, armes Weib?

W. Ja wohl arm! dieser Esel, dieser leere Sack, und die Kleider die ich trage, sind das einzige was mir noch übrig geblieben; alles andre hat der Kalif mir weggenommen.

E. B. Der Kalif? — Worinn bestand dein Vermögen?

W. In jenem Meyerhofe — Es war das Erbtheil meiner Eltern, und der Eltern mei-

J 3

nes

nes Mannes — O Alla, mein ganzes bisheri=
ges Glück und Unglück schloß dieser einsame
Winkel in sich ein. Dort ward ich sowohl als
mein Mann gebohren. Dort wuchsen wir auf,
liebten ehelichten uns; dort starb er, und gebot
mir noch sterbend es nie zu veräussern, und es
wieder auf unsern Sohn zu bringen, der als
Soldat, vielleicht eben jezt für den Kalifen strei=
tet, in dem dieser mich und ihn zu Bettlern
macht.

E. B. Aber warum nahm dies der Kalif?

W. Um ein Lusthaus darauf zu bauen.

E. B. (gerührt bey Seite). Einiger, gü=
tiger Gott! Du gabst ihm der Lusthäuser so
viele und er nimt seinen Mitmenschen ihr einzi=
ges Wohnhauß, um ein Lusthaus mehr zu ha=
ben? (laut) Was ward dir dafür?

W. Nichts. — Er bot mir anfangs eine
kleine Summe an: ich schlug sie aus, weil mir
das

das Grundstück überhaupt nicht feil war, und er nahm mit Gewalt was er nicht kaufen konte.

E. B. Hast du ihm deine Noth nicht vorgestellt?

W. Ob ich's habe? — O! ich habe geweint gefleht, gekniet — gesprochen, was Schmerz und Angst und Verzweiflung nie sprechen können; und er hat mich — (stockt)

E. B. Nicht erhört?

W. Weinend fort gestoßen!

E. B. (gen Himmel blickend) Unerschafner er ist dein Stadthalter, und stößt die fort, die um Gerechtigkeit, um Menschlichkeit nur bitten da du unsere ungerechteste Bitten höchstens schweigend verwirfst? — Weib, gieb mir diesen Esel und diesen Sack auf wenig Augenblicke, und folge mir von weitem nach! — Ich will versuchen was ich ausrichten kan; ich gelte etwas beym Kalifen — Wo ist er jezt?

W. Eben

W. Eben auf jenem Stückchen Landes, das ich sonst mein nannte. — Aber wozu soll dir das Thier und dieser Sack?

E. B. Laß mich nur, und komm!

2.

Kalife Harckem Ebn. Baschir

E. B. Glorwürdigster Beherrscher der Glaubigen.

K. Ha willkommen, Baschir! Ich habe dich ja recht lange nicht an meinem Hof erblickt. — Woher jezt?

E. B. Von einer armen Frau, der ehmaligen Besizzerin —

K. (mit Ernst) Still, ich errathe, was folgen soll, und was ich nicht hören will. — trage die Ungehorsame nunmehr die Strafe ihrer ersten Weigerung! — Wer wär ich, wenn ich nicht über Gut und Blut meiner Unterthanen zu gebieten hätte?

E. B.

E. B. Das haft du allerdings: bift du ihr un=
beschränckter Beherscher hienieden. — Auch
bittet das arme Weib nicht um Wiedererstat=
tung ihrer ehmaligen Habe, nur um ein gerin=
ges Andencken derselben. Wollteft du mir
zum Beweiß wohl vergönnen, hier diesen Sack
mit Erde von gegenwärtigen Boden anzufüllen?

K. Herzlich gern, und wenn's zehn Säcke
wären. Hier liegt aufgeworfene Erde genug. —
Bald, bald wirft du das ganze Pfleckgen Land
kaum mehr kennen; denn sieh, hier soll ein
prächtiger Sommerpalaft zu stehen kommen;
Hier will ich einen Wasserfall, und hier einen
Thurm anlegen lassen, von dem man nachher
die ganze Gegend wird übersehen können.

E. B. (der indeß seinen Sack füllt) So? —
Nun ift es geschehen; und nun hab' ich nur
noch eine Bitte an dich, glorreicher Kalife, die
weit geringer, als meine erfte ift.

K. Nun heraus dann mit.

S 5   E. B.

138

E. B. Wolltest du mir nicht einmal diesen Sack in die Höhe und auf mein Thier heben helffen?

K. Schwärmst du? das wird sich besser für mein Diener schicken. Ruf einen davon!

E. B. Nicht doch dich selbst sprech ich um diese Huld an. Schlage sie mir nicht ab.

K. Thor! er ist mir ja viel zu schwer.

E. B. Zu schwer? Schon dieser einzele Sack ist dir zu schwer? Welch ein unermeßlich kleines Theil des Grundstücks, auf dem wir stehen, macht die Erde in diesem Sacke aus und schon ist sie dir zu schwer? Ha! Monarch, und du erzitterst nicht vor einem Tage, wo du vor deinem und unser aller Oberherrn stehen und Rechenschafft ablegen wirst, wo nicht dieser Sack allein, wo diese ganze Länderey mit allen den Palästen, Wasserfällen und Thürmen die du darauf bauen willst, und — was dich noch unendlich belasten wird — mit allen den Thränen befeuchtet, die der unglücklichen entfielen,

auf

auf dir liegen wird? Hienieden bist du Herr! dein Winck tödtet, und ein Wort aus deinem Munde kann tausend Elend machen; Aber es kommt eine Zeit, wo du nicht mehr bist, als dieser Geringsten einer.

K. Als dieser Geringsten einer?

E. B. Doch! ich irrte mich. — Aber dein Vorzug ist deine Strafe. Du konntest viel rauben, aber du must auch für vieles büßen. — Wir übrige erstatten Rechenschafft von unserer einzelen Habe, du von unser aller ihrer. Leb wohl und vergib mir. (will ab)

K. (ihn zurückhaltend) Dir vergeben? Dancken, dancken will ich dir mit Wort und That. — Ruff die Wittwe her! Ihr gehöre, von Stund an, diese Länderei wieder zu, und zur Vergeltung ihrer Thränen doppelt so viel von meiner angrenzenden Besitzung oben drein. Und du entferne dich nicht von meinem Hofe; ich will dich reichlich belohnen. Wir
Fürsten

Fürsten sollten immer einen Lehrer um uns haben, der uns von Fehltritten zurück hielte. Sey du hinfort der meinige.

Meißner.

Kurze Betrachtung über die wahre Schönheit.

Ein schöner wohlgebauter Körper ist unstreitig ein sehr gütiges Geschenck der Vorsicht, das alle unsre Dankbarkeit und Achtung verdient, nicht allein aus dem Grunde, weil nichts in der ganzen Welt mehr gefällt, als die regelmäßige Bildung eines Menschenkörpers, sondern auch um deßwillen, weil er uns allenthalben zur besten Empfehlung dienen kann, unser Glück in dieser Welt auf eine sehr glänzende Art zu machen.

Man muß aber immer wohl bedenken daß dieser herrliche Vorzug von sehr kurzer Dauer und unzähligen Gefahren unterworfen ist. Die Reitzungen eines schönen Gesichts, die bezaubernde

bernde Rosenwangen — wie bald verwelken sie,
wie bald verschwinden sie nicht! Wie gänzlich
zerstört sie manchmal ein einziger Zufall! Und
dennoch giebt es noch tausenderley Fälle, die
alle der Schönheit unsers Körpers gleich schäd-
lich seyn könnten. Man würde also eine sehr
grose Thorheit begehen, wenn man auf seine
einnehmende Gestalt stolz thun wollte. Und
wenn man auch gewiß versichert wäre, daß die
Blüthe dieser englischen Wangen, daß dieser
entzükende Körper, dieses prächtige Haus, das
die Welt mit Verwundrung ansieht, ein ganzes
Jahrhundert hindurch völlig unversehrt stehen
bleiben: so wäre doch der Stolz auf sie aus der
Ursache unverzeihlich, weil wir sie nur aus der
gütigen Hand des Himmels besitzen, und weil
wir zu diesem Besitz weder durch unsern Fleiß noch
durch unsre Sorgen etwas beygetragen haben.

Die Frauenzimmer sind gewohnt, den Lob=
spruch der Schönheit lieber zu hören, als den
Lobspruch des Verstandes und des guten Her=
zens. Ich bekenne es gern, daß mir diese Ge=
wohnheit

wohnheit nicht gefällt, und wenn ich ein schö=
nes Frauenzimmer wäre: so würde ich gewiß
einen jeden verachten, der mir deswegen Schmei=
cheleyen vorsagen wollte. Ich würde es wenig=
stens als den sichersten Beweis ansehen, daß
dieser Schmeichler mich so lang bewundern
würde, als ich schön wäre. Ich möchte aber
doch nicht gern nur eine kurze Zeit bey meinem
Nebenmenschen beliebt, und um einer Sache
willen beliebt seyn, die mir an und für sich
nicht, den geringsten bleibenden Vorzug für je=
der andern vergänglichen Creatur giebt. Ich
würde mich deswegen bemühen, auf eine viel
dauerhaftere und gerechtere Weise des Lobs und
der Verehrung der Welt würdig zu werden.
Ich würde mich bemühen mein Herz und mei=
nen Verstand eben so schön und tugendhaft eben
so regelmäsig und liebenswürdig zu machen, als
mein Gesicht; und ich bin gut dafür, daß es
mir alsdenn gar nicht fehlen sollte, den Son=
nen ähnlichen Glanz meines Gesichts durch un=
gleich hellere Strahlen meines schönen Herzens
zu verdunkeln, und ich würde alsdenn den be=

bedauern

dauern, der mich mehr wegen meines reizenden
Körpers, als meiner edlen Gesinnungen bewun=
dern wollte. Ich würde immer daran denken.
was Wieland, in seinen Erinnerungen an
eine Freundin, sagt:

Wenn Tugend durch den Flor der Schönheit
       scheint,
Was ist wohl liebenswürdiger als sie?
Ein denkend Auge, das mit ernster Anmuth
Und mit der Majestät der sich bewußten
       Unschuld
Stillschweigend tadelt oder billigt,
Wie mächtig stralet es in edle Seelen?

O ihr schönen Töchter der rechtschafnen Hes=
sen! Wenn ihr das zu werden suchet, was ich
mich zu seyn bemühen werde, wenn ich an eu=
rer Stelle wäre; wie liebenswürdig würdet
ihr alsdenn seyn! wie lange würde die Hoch=
achtung dauern, die man euch jezt erweist; die
aber vielleicht in einigen Jahren schon stirbt
wenn sie keine andre Nahrung als euer Ge=

sicht

ſicht gehabt hat. Glaubt es eurem Freunde, es wird noch eine Zeit kommen, wo ihr niemand mehr durch euer Geſicht entzücken werdet, wo niemand mehr eurer Schönheit Weyrauch ſtreuen wird; allein es wird auch noch eine Zeit kommen, wo ihr ganze Familien glücklich machen könnt, wenn ihr ein Herz voll ſchöner und tugendhafter Geſinnungen und einen Verſtand voll nüzlicher und unvergänglicher Erkenntniſſen habt. Nicht das, was nur einige Jahre gefällt, ſondern das, was unaufhörlich gefällt, je näher man es betrachtet, nicht die vergängliche Schönheit des Geſichts, ſondern die unvergängliche Schönheit eines tugendhaften Herzens iſt liebenswürdig und gefällt ewig.

— — n.

Angenehme Lectüre

für

Hessens Töcht

Frühlingslied.

Freude wirbelt in den Lüften;
    Wonne lächelt auf der Flur,
Und in balsamreichen Düften
Haucht Entzücken die Natur.

    Milder glänzt der reine Himmel
Ueber der geschmückten Au;
Zärter Würmchen Lustgewimmel
Säuselt auf dem Morgenthau.

K

Linde Mayenlüftchen wallen
Durch der Bäume sanftes Grün;
Tändeln von den Blumen allen
Zu der Rose Busen hin.

Summend suchen ämf'ge Bienen
Ihren holden Nektarsaft,
Und die Blumen zollen ihnen
Ihrer Kelche süße Kraft.

Liebe girret in Gesträuchen;
Rufet laut im Widerhall;
Scherzt in spiegelhellen Teichen,
Und belebt das Veilchenthal.

Wo der Mond durch Lauben blinket,
Lauscht geheime Zauberlust,
Und das zarte Mädchen sinket
Seinem Jüngling an die Brust. — —

Wie so schön ist diese Erde!
Alles wie so freudenvoll!
Danket's ihm — Er sprach: sie werde! —
Augen bringt ihm euren Zoll!

Selig,

Selig, wem aus Himmelshöhen
Rührung in den Busen dringt!
Selig, wen ein göttlich Wehen
Hier zu sanften Thränen bringt!

Morgenlied.

Der junge Tag schwingt seine Rosenflügel,
Um die Natur — Die purpurothen
Hügel,
Beglänzt der Morgensonne Strahl.
Ein leichter Nebel deckt die hohen Eichen,
Lobsingend steigt aus niedrigen Gesträuchen
Die Lerche dort im Thal.

Auch ich erwache — frey von eitlen Sorgen,
Sing ich dem Gott, der jeden frühen Morgen,
Allgütig auf mich niedersieht.
O du mein Schöpfer! — Sieh die Freudenzähre
In meinem Blick — sie fließt zu deiner Ehre,
Und wird zum Wonnelied.

Gieb

Gieb mir ein Herz, in dem der stille Friede
Der Unschuld herrscht, und laß mich niemals müde
In der Erfüllung meiner Pflichten seyn.
Mein redliches Bemühn um wahre Tugend
Siehst du, o Gott — dir will ich meine Jugend
Und meine spätern Jahre weyhn.

Verlaß mich nicht, wenn einst der Prüfung Leiden
Mich schrecken. — Halte mir die beßren Freuden
Der aufgehellten Zukunft vor.
Getrost blickt dann mein Geist aus Labyrinthen,
Durch die sich traurig meine Schritte winden.
Zu deinem Thron empor.   C. v. B.

Poetische Gedanken über die wieder in
Mode gekommene kleine Reifröcke, so
seit vorigem französischen Krieg abge=
kommen waren, *Considerations* genannt.

Ihr Schönen legt nicht Schanzen an,
    Verbollwerkt Euch doch nicht,
Ihr wißt ja wohl, der teutsche Mann,
Für Festungen nicht ficht;

Ihr

Ihr kennt Ihn, daß er seinen Feind,
In freyem Feld begrüßt,
Ist nicht wie ein Franzoß umzäunt
Der gern aus Löchern schießt. —
Seit letztern Kriege ward Ihr schön
Als teutsche gut gekleid,
Nun müßt Ihr wieder seitwärts gehn,
Verwünschte Eitelkeit!
Doch fällt mir etwas plötzlich ein,
Dies ist der Grund davon,
Ihr wollet gern erobert seyn,
Drum stimmt ihr diesen Ton,
Ihr wißt des Fransmanns Stärke ist,
Wenn er erobern kann,
Vielleicht auch weil er treflich küßt
Dieß fügt Euch wieder an.　　*v. P.*

Tegualda. *

Meine Freundinnen mögen Recht haben:
　　Iris sollte dann und wann auf ein Ge-
　　　　K 3　　　　　　　　schicht=

* Aus der Iris des Herrn Canonicus Jacobi
6ten Bande 6te Stück S. 283.

schichtchen sinnen; denn erzählen hören sie alle
gern, Mädchen und Frauen in jeglichem Alter.
Auch wär es leicht ein solches Verlangen zu befriedigen, wäre nicht Iris vorsichtiger, als leider in diesem Fall die mehrsten Mütter es sind.
Die Einbildungskraft der kleinen Mädchen ist
lebendig, ihr Gedächtniß, ein Histörchen zu
bewahren, sehr getreu, und es gedenkt sie viele
Monathe, wenn bey diesem oder jenem ihr
Herz ein wenig stärker geschlagen hat, als es
in seiner Unschuld zu thun pflegt. Wie sehr
wünscht' ich mir eine Sammlung von einfälti-
gen Geschichten, voll Menschen-Gefühls, wie
aus der guten Patriarchen-Welt, von Mädchen, welche mit ihren Schafen zum Brunnen
giengen, und dennoch glücklich waren, bis sie
mit einem Manne zogen, und treulich für
dessen Hütte sorgten! Da hätt' ich bey Stadt-
und Land-Mädchen, beym Filet-Kästchen und
am Spinne-Rocken gleich wenig zu verantwor-
ten, und höchstens nur zu befürchten, daß ich
in der feinern Welt nicht allzufleißig gelesen
würde. Für dieses mahl hab' ich eine Geschichte
gefun-

gefunden, voll einfältiger Sitte, voll ungekünſtelter Lieb' und Treue, dabey romantiſch genug, um auch unſren artigſten Fräulein gefallen zu dürfen. Ich erzähle ſie einem Spanier nach, der mit ſeinem langen Spaniſchen Nahmen **Don Alonſo de Ercilla y Zuniga** heißt, und der Heldendichter ſeiner Nation iſt. Soldat und Dichter zugleich, bald die Feder in der Hand, bald die Lanze, half er eins von den unbändigſten Völkern Indiens beſiegen, und ſchrieb was er ſelber gethan oder geſehen hatte. *) So wenig er beym erſten Anblick' ein Sänger für das ſchöne Geſchlecht zu ſeyn ſcheint, indem er nicht die Damen, noch die Liebe, noch die Gefälligkeiten verliebter Ritter, noch Geſchenke, noch zärtliche Sorgen erheben will; ſondern Heldenwerke, verrichtet in einem Lande, wo Venus und Amor nicht hinkommen, wo der zornige Kriegsgott allein hrrrſcht; ſo ernſtlich meynt ers doch

K 4 · im

---

*) Sein Gedicht hat er Araucana genannt, von Arauco, einer Indianiſchen Landſchaft, deren Eroberung er beſingt.

im Grunde mit dem Glauben an weibliche Tu=
gend. Dieser Glaube macht ihn sogar an einer
Stelle zum Don Quixotte, denn in einem
Gespräche mit andern Soldaten rettet er den
guten Nahmen der unglücklichen Dido, und
widerlegt, ihr zu gefallen, aus alten Geschicht=
schreibern den Virgil. Ist das nicht mehr,
als man von einem Dichtergewissen fordern
kann? Uebrigens mag solche Gewissenhaftig=
keit des Ercilla meinen Leserinnen Bürge seyn
für die Wahrheit folgender Erzählung von ihm,
bey welcher ich kein weiteres Verdienst habe,
als daß ich, nach meiner besten Empfindung,
ins Kurze sie zusammen ziehe. *)

Die Abentheuer begegnete unsrem Spa=
nier in der Nacht, als er am Anhang eines
Bergs, dessen eine Seite voll todter Leichname
war, Schildwache stand.

„Kaum hatt' ich die Leichname bemerkt, so
tönte von demselben ein Geräusch, das allezeit
mit

*) La Auracana, Canto XX.

mit einem langen traurigen Seufzer sich endig=
te. Dann ließ es von neuem sich hören, und
es schien, als obs von einem Cörper zum an=
dern wandelte. Die Nacht war so finster daß
ich nichts unterscheiden konnte; darum nähert'
ich mich dem Geräusch, und sah unter den
Todten auf vier Füßen etwas schwarzes herum=
gehen. Ich rief zu Gott, und eilte mit De=
gen und Schild darauf los; aber es richtete sich
in die Höh, und mit furchtsamer Stimm' und
demüthigem Flehen sagt' es: „Herr! Herr!
Gnade! Ich bin ein Weib, und habe dich nim=
mer beleidigt. Wenn mein Schmerz dich nicht
zum Mitleiden bringt, welchen Ruhm wird es
dir erwerben, daß du gegen ein Weib das
Schwerdt gebraucht habest, gegen eine trauri=
ge Wittwe? Ich bitte dich, Herr! wenn du
einst durch ein glückliches oder unglückliches
Schicksal, wie das meinige, mit wahrhafter
Zärtlichkeit und reiner Treue liebtest; so laß
mich einem Leichnam, der unter diesen Todten
liegt, ein Begräbniß geben. Wolle nicht ein
so frommes Werk verhindern, welches selbst im

K 5 wilden

wilden Kriege zugelassen wird; nachher übe
deine Wuth aus, denn ich bin so weit gekom=
men, daß ich das Leben mehr als den Tod
fürchte. Was blieb mir übrig? Nimm mein
letztes, da mein süßer Freund dahin ist."

Anfänglich traut' ich dem Weibe nicht;
bald aber, obgleich die Nacht ihr Gesicht be=
deckte, nahm ihre wenige Furcht, ihre Festig=
keit mir allen Zweifel, und ich führte sie nach
meiner Wohnung, und bat, ihr ganzes Leiden
von Anfang bis zu Ende zu erzählen, damit sie
Erleichterung und Ruhe sich verschaffte.

"Ach! für mich ist keine Ruhe bis in den
Tod. Wie kann ich erzählen? — aber ich will.
Ich will Gewalt anthun meinem Schmerze.
Vielleicht daß er ein Ende macht! — Ich bin
Tegualda, die unglückliche Tochter des unglück=
lichen Caciquen Bracol *), von vielen für
schön

*) Caciquen sind Herren des Landes, kleine Für=
sten, deren jeder von der Gegend, die er be=
herrscht, den Nahmen hat. Unser Dichter

schön gehalten, und vergebens geliebt. Ich
selber war eine Zeit lang frey von Liebe und
Sorge. Viele warben um mich; aber ich ver-
achtete sie alle. Selbst die Bitten meines guten Vaters waren umsonst. Man hätt' eben
so leicht kaltes Eisen geschmiedet, als meinen
Sinn verändert. Dennoch konnt' ich durch meine
harten Antworten die Freyer nicht abschrecken;
vielmehr wurden sie noch eifriger, ließen es an
Tänzen, Spielen und andern Festen nicht er-
mangeln und versuchten jeden Kunstgriff. Allzu
geschwind kam der letzte Tag meiner Freyheit
und meiner Herrschaft. O wär' es der letzte
meines Lebens gewesen! An einem lustigen Orte
baten sie mich ihre Feste anzusehen, und über-
wölbten die breite Straße dahin mit grünen
Zweigen, als ob der gute Weg zu schlecht für
mich wär, und die Sonne nicht würdig mich
zu bescheinen. Durch mancherley Ehrenbogen
kam

rühmt sie als die besten im Kriege, die von
wilden Müttern gebohren werden, als
den Schutz und die Vertheidigung ihres
Vaterlandes.

kam ich zu einem wohleingerichteten, erhöhten
Siß, welchen die Natur der Kunst verschönern
half. Um ihn herum murmelte das klare Wasser, die vom Winde bewegten Bäume säusel-
ten, und ergötzten das Gesicht und das Gehör.
Kaum hatt' ich mich niedergesetzt, so fiengen
sie den gewöhnlichen Kampf an mit einem Still-
schweigen, daß man sie eher für Gemählde, als
für lebende Menschen gehalten hätte. Zwar
sah ich eine Menge von Jünglingen, glänzend
in verschiedener Kleidung; aber ich merkte nicht
darauf, welche die Ueberwundnen oder die Ueberwinder waren; sondern vertrieb mir die Zeit
mit andern Dingen, und verlangte nach dem
Beschluß ihrer Spiele. Dann betrachtet' ich
die hohen Bäume, dann das Wasser, wie es
die Wiese durchkreutzte, dann zählt' ich die verschiednen Steinchen, sonder Arg, sicher in meinen Gedanken vor allem Unglück. Auf einmahl
erhob sich ein großer Lärm, der aus meiner
Ruhe mich stöhrte. Ich fragte meinen Nachbar um die Ursach, und er antwortete mir:
Hast du nicht gesehen, wie der junge starke
Mar-

Maꝛeguano alle diejenigen, mit denen er ge=
stritten, zu Boden geworfen hat? Schon hofte
derselbe, zum Lohn für seine Tapferkeit, den
schönen Kranz von deinen Händen um seine
Stirne zu bekommen; da wurd' er von jenem
muthigen Jüngling, dessen Kleidung grün und
leibfarben ist, ohne Mühe besiegt. Ihm schreyt
das Volk den Beyfall zu. Nun will Mare=
guano den Kampf mit dem Jüngling wieder=
hohlen; aber die Richter gestatten es unter
keiner andern Bedingung, als wenn du beyden
hierzu die Erlaubniß ertheilst. Indem nahte
sich mir ein großer Haufe des rufenden Volks;
und als es schwieg, redete mit demüthiger
Stimme der Sieger mich an, bat um die Ver=
günstigung, in die Schranken zurückzukehren,
und hoffte, weil es in meiner Gegenwart ge=
schähe, mit größerem Ruhm sie zu verlassen.
Nicht lange, so führten die Richter ihn wiede=
rum, als Ueberwinder zu mir, und sagten, in=
deß er zu meinen Füßen auf den Knien lag, ich
möcht' ihm den Preis geben. War es sein
Stern, oder mein Schicksal? Ich fieng an zu
zittern,

zittern, ein brennendes Feuer lief durch alle
meine Glieder. Mitten unter einem so großen
Volke blieb ich eine Weile verwirrt und starr,
bis ich endlich mich faßte, und auf das Haupt
des Siegers die Crone setzte. Dennoch schlug
ich die Augen zur Erden; und der Jüngling
sprach, und ich hört ihn: da gieng er, und
mit ihm aus meinem Herzen der Friede. Jetzt
öfnet' ich die Augen, welche die Schaam nie=
dergedrückt hatte, verfolgt' ihn mit gierigen
Blicken, und sog in mich das Gift. Da sah
ich, daß man zum Wette=Lauf sich bereitete.
Dem schnellsten war ein Ring mit einem gros=
sen Schmaragde zum Preise gesetzt, den er
empfangen sollte von dieser unglücklichen Hand.
und es war Crepino — so hieß der fremde
Jüngling — welcher zuerst das Ziel erreichte.
Sie brachten ihn zu mir im feyerlichen Trium=
phe, damit ich ihn belohnte: Ich gab ihm
den Ring und mit ihm meine Freyheit. Ich
bitte dich, sagt er, nimm ihn von mir
zurück! ob gleich arm und klein das Ge=
schenk ist, so ist desto größer die Neigung
des

des Gebers; denn von nun an wird kein
Unternehmen zu schwer für mich seyn.
Was sollt' ich thun? Gefälligkeit ist der vor=
züglichste Schmuck der Mädchen; darum nahm
ich den Ring, und sie alle schlossen einen
Crais um mich, und begleiteten mich nach
dem Hause meines Vaters. Hier verbarg
ich drey Wochen lang mein inneres Leiden,
aber die Flamme nahm täglich zu, bis ich
durch Zeichen und Worte dem Vater zu er=
kennen gab, daß ich nach seinem Willen mich
bequemen wollt, und den Crepino mir zum
Gemahl erlesen hätte. Wie fröhlich küßt' er
mir die Stirn! Wie geschwind wurd' unsre
Vermählung vollzogen! — Ach! heut' ist es
ein Monath! Gestern noch war ich glücklich!
Nun liegt er blutig unter den Todten. O laß
mich, daß ich ihn begrabe, daß nicht sein
Leichnam ein Raub der Hunde und der Vögel
werde. Kann ich dich nicht erbitten, so ma=
che dein Schwerdt uns beyde gleich im Tod'
und im Begräbniß."

So

So Tegualda. Ich tröstete sie, versprach ihr alles; und sie blieb die Nacht bey den Weibern der Unsrigen. Am Morgen giengen wir und suchten, und fanden unter den Todten den blutigen Cörper. Die Elende warf sich auf ihren Geliebten mit schrecklicher Wuth. Ihre Lippen hiengen an den seinigen. Sie küßte seine Wunde, wollt' ihm Leben einhauchen. Umsonst! da verschonte sie nicht ihren weißen Hals, ihr Gesicht, ihre Locken; wir vermogten kaum ihrer Verzweiflung Einhalt zu thun. Endlich wurde sie stiller; und ich gab ihr den Leichnam.

Angenehme Lectüre

für

Hessens Töchter.

An meine Freundinn.

Laß Eroberer stolz um Ehrsucht streiten,
Und gefürchtet prächtig elend seyn;
Laß den Ehrgeiß durch die Ewigkeiten
Ihrer Grausamkeit ein Denkmal weyh'n.

Wenn Monarchen voll von wilder Freude
Lebend sich in Erz verehren sehn ——
Sanfte Freundinn, o dann laß uns beyde
Treu vereint die Bahn der Tugend gehn.

ℓ   Die

Dir nur wallt mein Herz entzückt entgegen,
Dich, die zärtlich oft mein Arm umschließt.
Und für die mein treuster bester Segen
In geheimen Thränen niederfließt.

Ja in jenen großen Augenblicken,
Wenn mein froher, fesselloser Geist
Sich mit triumphirendem Entzücken
Seiner Hütte und der Welt entreißt;

Soll mein Herz, das zärtlichste der Herzen,
Sterbend noch für dich zum Himmel flehn;
Und nach unsrer kurzen Trennung Schmerzen
Seegnend oft auf dich hernieder sehn.

Wenn mein Geist dort unter Himmelschören
Seinen guten Schöpfer würd'ger preißt,
O dann gönne meiner Asche Zähren,
Die dich treue Freundschaft weinen heißt.

Dort, wo Gott die fromme Tugend krönet,
Und der Redlichkeit ein Engel Kränze flicht,
Finden wir uns wieder, und dann trennet
Ewig uns kein schwarzes Schicksal nicht.

C. v. B.

An

An Reinalde.

Reizender ist nicht deine Wange Rinalde,
  Als wann am Flügel du Vergnügen
Und Harmonie aus den stillen Saiten dir lock'st.
Grazien sind nicht so schön und Göttinnen nicht;
Dann lacht mir dein Auge Entzücken
Und von himmlischer Wonne belebt schlägt
      mein Herz:
Seeligkeit giebt mir dein Blick meine Geliebte,
Wann entzückt vom Klange der Saiten
Neben dir ich, an deinem Flügel ganz Ohr bin.
Göttliche Freude empfind ich, wann süsere
Töne noch, wie Engel sie singen
Du mit dem Laut der geschlagenen Saite
      verbind'st.
Freudige Stunden erscheint. Daß meine
      Wünsche
Bald in Erfüllung ich sehen kann;
Wo auf ewig das göttliche Mädchen mein ist.

                    J....

Die Vetterschaften.

Der Mann.

Nein, Weibchen, das versteh' ich nicht,
    Daß jeder zu dir: Bäschen, spricht.
Ich sage dir es ins Gesicht:
So viele Vettern hast du nicht.

Die Frau.

Nein, Männchen, das versteh' ich nicht,
Daß jeder zu dir: Bruder, spricht.
Auch ich sag' es dir ins Gesicht:
So viele Brüder hast du nicht.

Der Mann.

Bey Brüdern geht es noch wohl an,
Daß man sehr viel bekommen kann.
Ein Kuß kann solche Freundschaft machen.
Fast muß ich deiner Einfalt lachen.
Meinst du, daß, wer mich Bruder nennt,
Oft mehr als meinen Namen kennt?
Ich gehe nicht so bald zu Wein,
So geh' ich Brüderschaften ein.

Die

Die Frau.

Bey Vettern geht es auch so an,
Daß man sehr viel bekommen kann.
Ein Kuß kann freylich vieles machen.
Fast muß ich deiner Einfalt lachen.
Oft kömmts, daß mancher mich kaum kennt,
Wenn er mich gleich sein Bäschen nennt.
Geh, Männchen, geh nur hin zu Wein:
Ich gehe Vetterschaften ein.   **K. M.**

Alcindor und Amelia.

Nach dem Thomson.

Alcindor und Amelia liebten sich mit der zärt=
lichsten Liebe.   Alcindor war ein edler
Jüngling, Amelia die Schönste ihres Geschlech=
tes.   Beide waren sie in den Jahren, wo die
Liebe herrscht.   Lange suchte das Mädchen der
Liebe des Jünglings auszubeugen, wie die Rose
dem Hauche des Zephyrs ausbeugt, bald rei=
zender und sanfter zu seinen Liebkosungen zu=
rückekehrt.   Geraume Zeit war schon in ihrer

Liebe

Liebe verflossen, und morgen sollte sie Hymen
vereinigen; morgen sollte er das zärtlichste
Band knüpfen, das je treue Liebe befestiget hat.
Verloren in Entzücken über die nahen Aussich-
ten ihres Glücks, schweiften sie umher durch die
Fluren, weit ab von ihrer väterlichen Wohnung.

„Aber, o mein Geliebter!" so fieng die
jugendliche Schöne von neuem an, und hatte
lange seufzend geschwiegen; „aber, o mein Ge-
„liebter, sage mir doch, was ist es in mir, das
„so plötzlich meine Glückseligkeit unterbricht?
„Mit finstern Zweifeln bewölkt sich meine
„Seele. Welche Ahndungen! Empfindun-
„gen, die ich nie zuvor gespüret habe! Ach,
„sie vergiften mir alle diese frölichen Hofnun-
„gen! — So nahe ist der Tag, der unsre
„Glückseligkeit fest setzen soll, und doch scheint
„es mir, als sey er noch ferne. — Was kann
„mir fehlen, mein Theurer, da ich dich be-
„sitze? Bist du nicht der Wunsch meiner See-
„le? Und doch arbeitet dieses ängstliche Herz,
„und doch ist es so unruhig in mir! — Aber
siehe

„ siehe, wie die Wolken sich dort schwarz über
„ dem Walde sammeln! Das Gewitter ist
„ nahe. Wie der Wald schon rauscht! Laß
„ uns fliehen, mein Geliebter! Wie der
„ Sturm die zerstreuten Tropfen mir ins Ge-
„ sicht jagt! Laß uns fliehen!" —

Sie flohen, aber der Sturm übereilte sie,
und das nächste Gebüsch ward ihr Schutz.
Schon brauste der Sturmwind gewaltiger, und
beugte den Wald tief vor sich zur Erde. Za-
ckichte Blitze durchkreuzten das finstere Gewöl-
be des Himmels, nnd laut brüllte der Donner
ihnen nach.

„ Fürchte nichts, meine Geliebte," so
sprach Alcindor, „und zittre nicht so in meinen
„ Armen! Die Gottheit schützet uns. Sie
„ liebt reine Unschuld, und nie hat sie noch
„ dein Gedanke beleidigt. — Siehe, schon
„ deucht es mich, daß es von der Seite des
„ Hügels lichter wird! Bald wird das furcht-
„ bare Gewitter vorüber seyn, und mit neuem
L 4   Reiz

„ Reiz wird uns dann die erfrischte Flur ent=
„ gegen lachen! "

Er sprach's, und sanft senkte das Mädchen
die glühende Wange auf seine Brust. Eine
Perlenthräne rollte herab, wie Thau des Mor=
gens von der Blume der Liebe rollt.

Aber — Kann ich es sagen? — Schreck=
lich! Der entflammte Donner zerreißet noch
einmal die Luft, fährt schmetternd an der Seite
des Jünglings nieder, und tödtet die geliebte
Braut. — Und als wann die Natur nun ver=
söhnt wäre, da ihr Meisterstück verdorben war,
geschah kein Schlag mehr.

Wer mag die Seele des Jünglings schil=
dern? Wer kann seine Leiden ausreden? Un=
seliges Schicksal! Wie er da stand, als von
demselben Donner zerschmettert! Aber zu leben,
war grausamer. Wie er die glühende Stirne
schlägt! Wie er die Brust zerfleischt! — Ist kein
Stral des Himmels, der ihn mitleidig tödte! —
Meine

„Meine Amelia! Ich folge dir!“ So rief er, und riß den blinkenden Stal wütend von der Seite. Schaudernd trat der Geist der Blumenflur zurück, und ängstlich bebten umher die Gesträuche.

„Meine Amelia!“ Er sank, und in heißen Strömen stürzte das purpurne Blut auf die theure Geliebte.   F. B.

Zoar.

Fragment eines Gesprächs.

„Es sey dir denn — weil du meinst die Empfindung müsse hier Richter seyn — zugegeben, daß des Bösen in deinem Leben mehr war als des Guten, bleibt dir nicht doch noch genug übrig, wodurch du dich, wenn deine Leiden fast zu drückend werden wollen, wieder unter ihrer Last aufrichten kannst?“

Z. Ja mein Philotas! Aber ich kann mir das nicht immer gleich lebhaft denken, und dann

L 5   erliegt

erliegt die müde Natur. Sage mir einiges
darüber, daß ich mich daran halten könne, wenn
mir bange wird um meinen Glauben an Got=
tes Güte.

„Gewiß sagst du dir selbst oft genug, daß
diese körperlichen Leiden, welche du nun schon
Jahre lang duldest, dich aus den Zerstreuungen
des Lebens gerufen, und dich von vielen zurück=
gebracht haben, das dir einst deinen Tod schwer
gemacht haben würde! Du wärst nicht sicher
gewesen, von dem Strom des Verderbens hin=
gerissen zu werden, und hättest, bey der Macht
der Sinnlichkeit, vielleicht zu wenig Wider=
stand in dir gefunden.

„Wie viel Tugenden hast du auf diesem
langen Krankenlager gelernt! Wie viel Mitlei=
den mit andern Elenden, das durch Liebe thätig
geworden ist! Wie viel Ertragung ihrer Unvoll=
kommenheiten, die so oft Folgen ihrer körperli=
chen Leiden und in so fern fast unwillkührlich
sind! Wie viel Geduld und Ausharren! Und
vor

vor allen, wie viel Ergebung und Unterwerfung
unter den Willen unsers Gottes.

„Glückseligkeiten ohne Zahl ruhn auf die=
sem Grunde. Denn dein Leiden selbst hat dich
verwahrt stolz zu werden, und dich oft genug
daran erinnert, wem du alles schuldig bist.
Schon jenes Eine — Ergebung in den Willen
des Allgnädigen — wie glücklich wird es dich
machen. Da fließt die reine Quelle innerer
seliger Zufriedenheit, welche durch die ganze
Dauer deines Daseyns fortströmen wird, du
glücklicher Zoar!

„Und hat es dir in diesen sieben leidenvol=
len Jahren an frohen Stunden gefehlt? Du
hast andre gefunden die du vielleicht ohne diese
Leiden nicht gefunden hättest; bist eine Seele
mit ihnen geworden, und würdest noch heute
ihre Freundschaft, wenn es seyn müste, mit
allem was du schon erlitten hast, erkauffen.

In

„In solchen Umgange — welche selige Stunden hast du nicht genossen! Du bist nicht undankbar; ich müßte sonst selbst gegen dich aufstehen und wider dich zeugen. Ich habe deine Seele in Empfindungen die nah an Entzückung grenzten, zerfließen sehn, wenn wir uns über das theuerste was wir haben, über unsre Religion besprachen. Schwerlich wären dir auch diese Vorgefühle der künftigen Welt ohne Leiden geworden. Selbst der Körper machte deine Empfindsamkeit reizbarer, und wenn du zuweilen dadurch mehr littest, so ward auch um so öfter deine Freude zur Wonne.

„Hast du nicht auch in den vergangnen Jahren lebhafter den großen Gedanken an Gott den Allgegenwärtigen denken lernen. Du bist in sehr trüben Stunden gewesen, aber wie oft hast du mir gesagt, was **Klopstock** seiner sterbenden **Meta** sagte:

Nah

Nah war meines Helfers Rechte
Sah sie gleich mein Auge nicht,
Weiter hin im Thal der Nächte
War mein Retter und sein Licht.

Nenne diese lebhaftere Empfindung wie du
willst! Sie ist doch eine schätzbare Wohlthat
und muß dir die Stunden der Angst in denen
endlich dein Vertrauen auf Gott den Sieg über
jede versuchende Schwermuth davon trug,
unvergeßlich machen!

„Und endlich mein Lieber — der gefürchtete Name des Todes —

Z. O der ist mir Tempelgesang, ist meinem Ohr Harmonie.   Wer ihn mir nennt,
nennt mir meinen langen heissen Wunsch.

„Ist das nicht Glückseligkeit? Das wofür
die Natur zurückbebt, in einer so freundlichen
Gestalt zu erblicken; so getrosten Muthes den
gefürchteten Weg gehen zu können? Wie mächtig müssen in dir die Ueberzeugungen von der
unsterb-

unſterblichen Dauer deines Geiſtes geworden
ſeyn! Iſt auch bis nicht werth, ſelbſt mit die=
ſen Leiden erkauft zu werden?!

„Ueberdenk es denn noch einmal mit Ru=
he mein Zoar, ob du mehr Böſes als Gutes
empfangen haſt? Ich hoffe du wirſt die Fol=
gen mit in Rechnung bringen. Erndtet doch
der Landmann auch nicht ohne viel ſauren
Schweiß. Aber wenn er des Tages Laſt
und Hitze zu tragen ſcheute — würdt' er
denn erndten?‟

Zoar ſchwieg gerührt ſtill. Er wollte,
ſagt er endlich, nicht mehr darüber klagen,
Gott verziehe indeß die Schwächen der Menſch=
heit. In gewiſſen Augenblicken ſey es unmög=
lich, die Folgen im Auge zu behalten, weil
der Eindruck des Gegenwärtigen zu ſtarck ſey.
Er wolle künftig jeden Tag nehmen, wie ihn
Gott gebe; wolle ſich ganz unterwerfen und in
ſeinem Leiden nicht bloß den Allmächtigen ſon=
dern auch den Allgnädigen erkennen; jede Ge=
legenheit

legenheit nutzen Gutes zu thun; immer mehr
Liebe immer mehr Duldung lernen und üben,
und auch die Freuden des Lebens, so viel er
zu genießen fähig wäre, mit dankbarem Her:
zen annehmen.

O daß dir alle Leidende ähnlich würden!
— dachte Philotas, und verließ ihn mit
Thränen im Auge.

Anekdote.

Lord Baltimore hatte seine bekannte Reise
durch Arabien geendigt, und kam nach
Lindau an den Bodensee. Die Gegend ge:
fiel ihm, er entschloß sich, da zu bleiben, und
ein Gut in Bestand zu nehmen. Verschiedne
Güter wurden ihm angeboten und von ihm be:
sichtigt; ein jedes hatte seine besonderen Schön:
heiten in der Lage, und in der Einrichtung; er
durfte nur das schönste sich aussuchen. Zuletzt
führte man ihn auf eins, minder anmuthig ge:
legen, als die übrigen mit einem kleinen, ver:
fallenen Hause, und seinen Phantasien am we:
nigsten

nigſten gemäß. Es war ein Erbtheil armer
Waiſen, von ihrem Vater unter der Bedingung ihnen hinterlaſſen, daß ſie es nicht verkaufen ſollten. Dennoch waren einige Grundſtücke davon bereits in fremdem Beſitze. Der
Lord, welchen nur das Verlangen, in einer
reizenden Gegend, nach ſeinem Geſchmacke, zu
wohnen, am Ufer des Sees aufgehalten, opfer-
te ſeine liebſte Neigung der Begierde wohlzu-
thun. Er nahm das Gut der armen Waiſen,
baute das Haus, verbeſſerte die Länderey, kauf-
te die veräuſſerten Grundſtücke wieder an: blieb
einige Jahre: darauf zog er weg, und übergab
alles unentgeltlich den erſten Beſitzern.

Angenehme Lectüre
für
Hessens Töchter.

An den Mond.

den 15. April 1780.

Du, der Liebe Vertrauter,
   Keuscher verschwiegener Mond,
Dem der leidende Jüngling,
Dem das liebende Mädchen
Seinen Kummer entdeckt!

   Siehst du im Auge des Jünglings,
Wie ihm die Thräne entrinnt?
Ha! sie rinnt nicht vergebens.
Opfer dem edelsten Mädchen,
Stürzt sie die Wange herab.

Komm

Komm, o goldene Stunde,
Komm, ach! noch einmal zurück,
Wo beim Blick der Geliebten
Heiliger Schauer der Liebe
Meine Seele durchdrang!

Ha! wie Schlummer des Morgens,
Verscheucht vom lärmenden Tage,
Ist die Stunde entflohn.
Wünsche, Gebete, Gelübde
Bringen sie nimmer zurück.

Blick durch heitere Wolken,
Mond, mit lächelndem Scheine
Auf mein Mädchen herab.
Schick ihr erquickenden Schlummer,
Bis der Morgen sie weckt.   H.

Eine Anekdote.

Einst, als Nushirvan * ganz allein, und
durch fremde Kleidung unkenntlich gemacht,
in eine der öffentlichen Tabagien eintrat, saß
er in dem hintersten Winkel des Saals einen
jungen

* Ein würdiger persischer Monarch.

jungen Perſer ſitzen, deſſen Turban eine anſehn⸗
liche Kriegswürde bezeichnete, und auf deſſen
Geſichte eine tiefe Traurigkeit herrſchte. — Der
Anblick derſelben auf dem Antlitz eines ſeiner Un⸗
terthanen, und der heimliche Wunſch, ſie ſchon
zerſtreut zu haben, das waren nach Nushir⸗
vans Charakter zwey untrennbare Dinge. Er
nahte ſich daher ihm ſogleich, ſprach mit der
Miene des Zutrauens, die immer wieder Ge⸗
genzutrauen erweckt, mit ihm, fand jede ſeiner
Antworten edel und gut, und fragt' ihn end⸗
lich um die Urſache ſeiner Schwermuth.

Der Jüngling ſtockte lang', endlich ſprach
er: „ Ich kenne dich zwar nur erſt ſeit wenig
Augenblicken; aber du haſt etwas in deinen Mie⸗
nen und im Ton deiner Worte, was mir's Herz
öfnet. Hör' alſo meine Geſchichte! — Ich
liebt' ein Mädchen, ſchön wie die Sonn' am
Morgen, roth wie die Abendwolke, und weiß,
wie die weiße ſiebenfach gebleichte Seide — Ein
anderer Jüngling warb zugleich mit mir um ſie:
er war vielleicht ſchöner, als ich; aber — ohne
Eigenliebe kann ich's ſagen — mein Herz war

beſſer

beſſer, als ſeines. — Sie war Herr über ihre
Hand, und wählte lang; bald ſank das Züng-
lein in der Wage zur rechten, und bald zur lin-
ken Seite; doch endlich ſchien alles zu meinem
Vortheil entſchieden, der Tag unſrer Verbindung war anberaumt, und ich dünkte mir bereits der glücklichſte unter meinen Brüdern zu
ſeyn, als der Ruf zum Kriege tönte. — Ich
und mein Nebenbuhler verließen die Stadt,
eilten zum Heer, und kämpften beid' in der letzten Schlacht dicht neben einander. Der Streit
war da, wo wir ſtanden, am hitzigſten; der
Weichling floh zuerſt, mit ihm einige Nach-
barn, dieſen folgten mehrere, und immer noch
mehrere, und ſchon wichen an die Hundert von
unſern Brüdern, als ich und vier andere Jüngling' uns in die Lücke warfen, durch Zurufun-
gen und eigenes Beyſpiel den weichenden Glie-
dern wieder Muth einflößten, und endlich die
Ordnung erneuerten, welcher bald nachher ein
völliger Sieg folgte. — In dieſem Getümmel
entfiel mir ein Turban, und eine tiefe Wunde,
von der du noch hier an der Stirne die Narbe
ſehen

sehen kannst, streckte mich bewußtlos zu Boden; doch die Sorgfalt meiner Kameraden rettete mein Leben.

Wir kamen zurück; — meinen feigen Nebenbuhler befreyeten mächtige Freunde von der so wohl verdienten Strafe. — Freudig eilt' ich Wiedergenesener zu meiner Geliebten, und glaubte mich fester um sie schlingen zu können, als um den Ulmenbaum die Weinranke. — Aber, Himmel! welcher Wechsel! — Eben dieses Denkmaal meines Muthes machte mich häßlich in ihren Augen; ich ward verschmäht, und er — er, dieser Niederträchtige, mit Freuden angenommen. — Ha! nicht sowohl der Verlust meiner Liebe, nur die Ursache dieser Verschmähung, die Unwürdigkeit derjenigen, für die ich tausendmal mein Leben aufgeopfert hätte, und das unverdiente Glück des mir vorgezognen Elenden schlägt mich darnieder."

„Und soll gerächt werden!" rief Nushirvan, indem er voll Hitze sich emporhob, und der Jüngling ihn staunend anblickte.

„Wie? Was? Wer bist —

M 3   „Folge

„Folge mir, und du sollst draußen, wo keine Zeugen uns stören können, mehr erfahren."— Sie giengen.—„Ich bin Nushirvan, sprach der Monarch, und hielt den Krieger, der niederfallen und anbeten wollte. — Wie heissest du?"

„Ali."

„Hast du wahr gesprochen, so erschein nach Verlauf dreyer Stunden vor meinem Thron, und sieh dich belohnt durch eignes Glück und durch fremde Strafe."

Seiner guten Sache bewußt, erschien der Jüngling in der bestimmten Zeit, und fand bereits den Feigen und die Treulose knien vor dem Throne Nushirvans, der ihn gar nicht zu bemerken schien.

„Ich habe dich rufen lassen, Mädchen; sprach der König. Dein Vater diente mir ehmals treu, und ich liebt' ihn. Ein Zufall machte, daß ich deine Neigung für den Mann, der neben dir kniet, erfuhr; liebst du ihn wirklich, so sag es mir hier laut, und gieb ihm alsdann bey einem festlichen Mahle meines Hofes, das

ich

ich so eben anzustellen willens bin, als Gattinn
deine Hand!"

„Erster unter den Königen —

„Keine Lobeserhebungen! Ich möchte sie
nicht von dir verdienen. Antworte mir sonder
Umschweife! — Liebst du diesen Mann?"

„Ja!

„Liebst du keinen außer ihm?"

„Keinen."

„Hat auch nie ein Würdigerer, als er,
deine Hand gesucht?"

„Es haben's viele Männer, und unter
solchen manche sehr würdige. — Aber keiner, der
edler und mir werther als dieser ist."

„Wolan! so geh und verbinde dich sofort
mit ihm; die Priester meines Hofes mögen dieses Bündniß schließen, und euch sodann wieder
hieher zu meinem Throne führen."

Man führte sie ab; auf Nushirvans Gesichte
glüht' eine Hitze, die alle befremdete, welche ihn
genauer kannten. — Ernst blickt' er unter dem
Haufen umher, der seinen Thron umringte, erkannte den Jüngling, und winkt' ihm näher.

„Staunst

„Staunst du vielleicht über diese Rache?"

„O nein! Zwar ergründ' ich dein Vorha=
ben noch nicht, größter der Monarchen; aber
gewiß muß es gerecht und weise seyn, weil du
es hegest"

„Meynst du? — Vielleicht! Bleib hier
stehn."

Das Geflüster der Höflinge mehrte sich;
wenige Minuten nachher kamen die Neuver=
bundnen zurück. Das Angesicht der Braut
flammte von der Farbe der Freude, und sie
knieten wieder nieder an dem Fuße des Throns,
um ihren Dank zu stammeln.

„Spart eure Worte!" rief der König mit
einem Zorne, den er nicht länger verbergen
konnte. — „Blick auf, Weib, und sprich;
Kennst du diesen Mann da?"

Die Rosenrothe ward bleich — „Ja,
Großmächtigster, es ist Ali, meines Nachbars
Sohn."

„Warb er nicht ehmals auch um dich?
Sagtest du ihm nicht auch bereits Hand und
Treue zu?"

„Das

„Das that ich — aber —

„Und warum hielteſt du dein Verſprechen
nicht?"

„Weil — Weil —

„Ha, Unwürdige! weil er mehr ein Mann,
mehr treuer Unterthan , mehr tapfrer Soldat,
als dieſer elende, weibiſche , ſchwurvergeßne
Flüchtling war ; weil eine Narbe, des Krie=
gers ſchönſter Schmuck, die Glätte ſeiner Stirn'
entſtellte. — Wohl ! Du haſt jenen gewählt,
und ſollſt ihn auch beſitzen. — Dein Band ſey
nnauflöslich! Ich gab' dir Raum zur Buße;
büße jetzt! — Du kannſt rühmliche Narben
auf der Stirne deines Gatten nicht dulden; laß
einmal ſehen, ob die Narbe des Schimpfes ihn
beſſer kleide! — Hinweg mit dieſem Elenden, der
ſeinen Poſten in der Schlacht verließ, die Glie=
der meines Heers in Unordnung brachte, und
aus Feigheit beynahe ſein Vaterland ins Ver=
derben ſtürzte! — Man brandmarke ſein Ge=
ſicht mit dem Zeichen der Landesverräther, brin=
ge dann beide in die Brautkammer, und führe
des andern Morgens das glückliche Paar durch

M 5   alle

alle Straßen dieser Stadt, unter dem Ausruf
des Herolds: So müsse jedes Mädchen ge=
straft werden, die den redlichen Mann
verschmäht, weil äusseres Flitterwerk
ihm fehlt, und die den Nichtswürdigen
ehlicht, weil er schön, oder reich, oder
vornehm ist!"

Weinend, halbtod warf die Unglückliche
sich zu den Füßen des Monarchen; zitternd
flehte der Verbrecher um Schonung; großmü=
thig bat Ali selbst für beide; aber Nushirvan
winkte, und die Diener vollzogen den Befehl.

Gnädig hingegen wandte der strenge Rich=
ter sich zu Ali: „Dir ist der Staat, sprach er,
ein besseres Weib für das reizende, das du sei=
nethalben verlorst, schuldig. Wähl' unter den
Schönen meines Hofes, und nimm die nächste
erledigte Statthalterschaft zum Lohn deiner
Tapferkeit und Treue.

Etwas

Etwas über gezwungene Ehen. *

Einen Vater, sagt' ich heute, da man in einer
Gesellschaft von einer gezwungnen Ehe
sprach — einen Mann, sagt' ich, der seine Tochter
wider ihren Willen verheirathet, würde ich wie
einen Mörder bestrafen. Man sah mich an, aber
mein Herz war voll, und ich sprach laut und
nicht ohne Wirkung, wie es schien. Warlich,
Bruder, man kann nirgends hinkommen, wo man
nicht von unglücklichen gezwungenen Ehen sprä=
che. Daß Fürsten, daß weise Minister nicht auf=
sehen auf das Elend so vieler Guten! Väterliche
Gewalt wird zum Ungeheuer. Geh in Deutsch=
land herum, überall wirst du den Sklavenhan=
del verabscheuen hören — und Lieber! kann's ei=
nen

*) Da die Lehre von den Eheverbindungen, die aus Zwang,
oder andern politischen, gewiß mehrentheils dem Glück
der Ehe zu wieder laufenden Absichten geschehen, und
wo ebenwohl unväterliche Drohungen zum Grund liegen
so sehr practisch wird, und nur hier und da manchmal
ein Paar auftritt, das die Ehre der Menschheit und wah=
rer Liebe rettet; so erlaube man mir diese Stelle, aus
einem unserer neuesten Schriftsteller hier einzurücken,
um dadurch vielleicht auch nur vor ein edles Paar geseg=
nete Wirkung zu schaffen.   d. H.

nen schändlichern Handel geben, als den, den
unfre Väter mit ihren Kindern treiben? Der
Kaufmann kalfulirt, wieviel er mit dem Töch=
terhandel gewinnen kann, und die herausgekom=
mene Summe bestimmt das Wohl oder das
Weh seiner Kinder. Der Edelmann zählt die
Ahnen seiner Schwiegersöhne und ihr Vermö=
gen; wer in beiden die andern übertrift, ist
der Gewählte. So gehts durch alle Stände,
und das Uebel greift, wie die fürchterlichste Pest,
immer mehr und mehr nm sich. Freiheit zu wol=
len, das edelste aller göttlichen Geschenke, wird
mit Füssen getretten, und die Bürger und Müt=
ter des künftigen Staats werden wie Thiere zu=
sammengesperrt, sich zu begatten. Es ist Sache
der Menschheit, die Schädlichkeit und den ganzen
Umfang der Niederträchtigkeit eines solchen
Zwangs zu zeigen — und wie sehr ist es zu wün=
schen, daß einer unter uns, oder mehrere auf=
stünden, und öffentlich um der entehrten gedräng=
ten Menschheit Rechte eiferten.

Es ist nicht Ueberspannung, es ist einleuch=
tende Wahrheit, daß der Staat und die Welt
einen

einen unerſeʒlichen Schaden durch dieſen Zwang
leiden. In einer Familie, wo Uneinigkeit —
und wie kann das anderſt ſeyn bey Leuten, die
nicht für einander leben können? — wo mit je=
dem Morgen Zank oder Gram erwacht, da kann
unmöglich Betriebſamkeit der Geſchäfte ſeyn;
wenigſtens iſt gewiß nicht all der anhaltende
Fleis, die Ordnung der Geſchäfte, die ſeyn konn=
te; gewiß werden nicht all die Fäden angeſpon=
nen, die das Ganze verketten und erweitern.
Wieviel verliert da der Staat! — Und dann die
Kinder! — ſieh ſie an, ob ſie nicht überall die
Spuren des elterlichen Grams an ſich tragen,
und wenn ſie blühen friſch wie Roſen, ob ſie
nicht im Innern einen Feind verbergen, der
an ihrem jungen Leben nagt.

Laß das aber alles ſeyn! Nimm an, dieſer
Zwang hätte auf ihre Kinder und für die Nach=
kommenſchaft keinen Einfluß. Iſt's nicht ſchon
genug, ein, zwey Menſchen unglücklich zu machen!
Ich hab' euch meine Thränen nie verſagt, euch
Armen, die ihr, durch die Ketten grauſamer Ge=
ſetze in eine ewige Sklaverey gefeſſelt, euer elendes
Leben

Leben verseufzet und in der herrlichsten Blüthe
dahin welkt, wie die gedankenlos gepflückte,
am Wege zertretne Blume. Es ist ein Tag
der Erlösung, eine Zeit, wo ihr wieder frey
und glücklich seyn werdet, da umarm' ich euch,
und ein inneres Gefühl, das euch mitten in eu=
erm Schmerze den Trostgedanken gab, daß ihr
nicht unbedauert leidet, wird euch nun all die
zeigen, die für euch weinten — und Heil auch
mir dann!

Die Gesetze, rief mir gestern einer in den
Weg, die Gesetze sichern vor allem Zwang.
Aber nicht vor allen Kunstgriffen, fiel ich ihm
ein. Lassen Sie das Mädchen ans Konsisto=
rium gehen — es wird sie freisprechen vom el=
terlichen Konsens, wenn der Vater keine gegrün=
deten Einwendungen gegen ihren Geliebten vor=
bringen kann. Aber — haben ihre weisen Ge=
setze auch ein wachsames Auge auf ungerechte,
das Herz eines frommen unschuldigen Mädchens
angreifende Drohungen von Enterbung, dem
väterlichen Fluche und all den schönen Sachen?—
Es ist wahr, die Gerechtigkeit hilft dem ge=
drückten Klagenden; aber sie sollte auch so viel
als möglich Rücksicht darauf nehmen, daß nie=
mand gedrückt würde.

Ich glaube, Uebel zu verhüten, Uebel,
die von Vorurtheilen entspringen und Menschen
unglücklich machen, dies sey eine der ersten
Pflich=

Pflichten der Geiſtlichkeit. Iſt's denn nicht
Sache der Menſchheit, Menſchen weiſer, ge=
ſitteter, menſchlicher zu machen? Dieſe ſollten
ſichs alſo vorzüglich zur Pflicht machen, oft
über die Rechte der Eltern gegen ihre Kinder,
und dieſer gegen ihre Eltern öffentlich zu reden.
Sie ſollten laut reden, daß Eltern, weil ſie
die Kinder geboren und erzogen haben, kein
Recht deswegen beſitzen, ſie unglücklich zu ma=
chen, und ihren Leidenſchaften aufzuopfern —
ſie ſollten zeigen, was zum Glück einer geſchloß=
nen Ehe gehöre. Welch ein weites Feld würde
ſich ihnen da eröfnen, und — wieviel könnten
ſie da ſagen, was die Menſchen wiſſen ſollten,
wenn ſie glücklich ſeyn wollen — und ſo wenig
wiſſen! — Ich erſchrecke, Bruder, wenn ich
denke, daß Gottes Segen zu einer Handlung
geſprochen werde, die die niedrigſten Leiden=
ſchaften bewirken. Daß der Segen des Allſe=
henden nicht über euch zum Fluche werde, die
ihr ſie zum Traualtare zwangt, und über euch
um Rache ſchreie, die ihr's verhindern konntet!

Ueber den Mörder, der ſeinen Feind mit
Schmeicheleien einſchläfert und ihm dann den
Dolch in den Buſen drückt, ſchreit eine ganze
Stadt, eine ganze Nation Rache; aber einen
Vater, der ſein Kind mit liſtigen Kunſtgriffen
zu einem Leben hinführt, das tauſendmal elen=
der iſt, als ein ſchneller Tod, ein tauſendfacher
Tod

Tod ist — den Bösewicht laßt ihr unter euch ungestraft herum gehn! Wär' ich Fürst, oder ein mächtiger Minister, ich würde Väter belohnen, die ihre Töchter mit Klugheit ausbilden. Ich kenne keinen mir ehrwürdigern und heiligern Anblick, als einen guten Vater, eine wahrhaft zärtliche Mutter. — Ein vernünftig Mädchen wird nie einen Mann wählen, der sie unglücklich machen sollte. Rath, Leitung der Eltern ist nöthig, ist heilsam. Aber ich würde auch den belohnen, der mir einen Vater zeigte, der mit schändlichen Mitteln seine Tochter oder seinen Sohn in eine Ehe zwang. Er sollte eine Schande der Menschheit werden, weil er die schönsten Bande der Natur befleckte.

Unmenschliche Eltern mögten mir dann über die Eingriffe in ihre geglaubten Rechte fluchen; ich würde wieder Thränen fliessen sehen, die mich segneten, und eine gesunde frohe Nachkommenschaft würde mir noch danken.

Nachdeme nunmehro die halbjährige Pränumeration zur Lectüre für Hessens Töchter sich geendiget, und künftiges 13te Stück der Anfang zum neuen halben Jahr eintritt. Als hat man um Uebersendung der Pränumeration mit einem Gulden bitten wollen.　　　　　　Krieger Senior.

Nro. 13.

Angenehme Lectüre
für
Hessens Töchter.

In der letzten Stunde des
Jahres 1779.

Warum heulst du, Vogel schwarzer
Nächte, *)
Dumpfen Todessang?
Fürchterlich tönt dem erschrocknen Ohre
Deines Liedes Klang.

Nicht vergebens schwirrst du. Dieses Jahres
Jüngste Stunde reißt sich los,
Und versinkt, gleich ihren ältern Schwestern,
In der Ewigkeiten Schoos.

          N   Schre-

) Eine Eule in der Nachbarschaft des Pfarrhauses zu B
wo ich schrieb.

Schreckenvoll begann das Jahr. Es weinten
    Mütter auf der Söhne Grab,
Und der Todesengel sah mit Schaudern
    Auf verheerte Gegenden herab.

Bräute zitterten für ihre Lieben,
    Sahn mit Ahndung in die Zukunft hin,
Fluchten dann dem blutgen Krieg, und sahen
    Ihres Lebens Freude fliehn.

Aber unsers Vaterlandes Vater,
    Er und König Friederich,
Wurden endlich müd des blutgen Haders,
    Eilten und versöhnten sich.

Dankt des jungen Jahres Engel, Deutsche!
    Dank ihm, Vaterland!
Bange Ahndung für der Zukunft Morgen
    Hat er weggebannt!

                      H.

Schrei-

Schreiben eines Freundes in ** an seinen Freund in **

Mein Freund! ich weiß dir eine Schöne,
    Ich weiß, daß diese dir gefällt:
Vor dich, den besten aller Söhne
    Sei so ein Kind allein bestellt.
Komm nur, sie wird dich schon entzünden,
    Wenn sie vor deinen Augen stralt.
Ihr Bild, man braucht nichts zu erfinden,
    Sei nach der Wahrheit abgemahlt:
Nicht allzugros und nicht zu kleine,
    Gebauet nach der Simmetrie
Ist sie die Schöne die ich meine,
    Die, der der Himmel Reiz verlieh,
Ja Reiz genug, zu überwinden,
    Und mit der zärtlichsten Gewalt
Sich Herzen ewig zu verbinden,
    Durch ihre siegende Gestalt.
O welch ein anmutsvolles Wesen
    Zeigt nicht ihr sitzen, gehen, stehn!
Sei krank, ich weiß, du wirst genesen,
    Wann dir es glückt, diß Kind zu sehn.

Zwei

Zwei Augen, die mit sanften Blicken
  Ein Herz voll ädler Zärtlichkeit
Recht fühlbar wissen auszudrücken,
  Sind Zeugen ihrer Treflichkeit;
Ein holdes Lächlen ist ihr eigen,
  Und eine küssenswerthe Hand:
Auch dieses darf ich nicht verschweigen,
  Das Beste noch, sie hat Verstand,
Ist witzig, scherzhaft, aufgeheitert,
  Von finstrem Trübsinn ungequält.
Wenn meine Hofnung nur nicht scheitert,
  So wird sie einst mit dir vermählt.
Sie spielt und singt die schönsten Lieder
  In himmlisch süßer Harmonie,
Und siehst du ihres Huts Gefieder,
  Ich weiß, du fühlest Simpathie.
Noch eins, das sei dir ohnverholen.
  Sie zählt nicht mehr als zwanzig Jahr
Die Schöne, die ich dir empfolen,
  Und trägt ein dunkelblondes Haar.
Mit Nahmen heißt sie Constantine
  Das allerliebste schöne Kind,
Und daß ich dir auch damit diene
  Sie ist vor Dich recht gut gesinnt.

Noch etwas zu dem lezten Abschnitt des 12. Stück's. *)

Heute bin ich Augenzeuge einer Szene ge=
wesen, die mir mit all ihrer Kraft und
Schrecklichkeit bis ins innerste meines Herzens
gedrungen ist. — Ich war beim Magister
N* als man ihm nach dem angrenzenden Dor=
fe B — z, welches sein Filial ist, zu des
Schulzen sterbender Tochter rufte. Er bat
mich mitzugehen. „Die Pazientin leidet mehr
„ an der Seele als am Körper — sagte er —
„ aber troz aller angewandten Mühe — hab
„ ich die genauern Umstände ihrer Krankheit
„ bis jezt noch nicht erfahren können." —
Wir giengen hin. Im Eingange des Hauses
saßen zwei kleine Mädchen — und bereiteten

N 3

uns

*) Unter anhoffender Verzeihung meiner theuer=
sten Leserinnen liefere ich noch einen Beytrag
zu der Skizze des 12ten Stücks vom vätterli=
chen Zwang in Rücksicht der Liebe und einzuge=
henden Ehen. Möge doch auch dieses eindrin=
gend und nur vor einige in diesem Punckt be=
druckten seegensvoll seyn.   d. B.

uns durch ihr Weinen und Schreien zu dem
Auftritt, der uns in der Stube erwartete.
Der Schulze kam uns entgegen — sein Blik
verrieth die peinlichste Unruhe — er ward
bleich wie ein Gespenst — seine rothgeweinten
Augen starrten fürchterlich aus dem Kopfe heraus. Mit einem tiefanstöhnenden Seufzer
öfnete er die Thüre — und mit einem Sprunge
war er am Bette des Mädchens, neben dem
er sich auf die Knie hinwarf. Die Mutter
sas zu den Häupten des Bettes — und blikte
mit einem unaussprechlichen Blicke des Mitleids auf ihre leidende Tochter herab. — Ferdinand wie mir der Anblik ans Herz grif! —
Ein abgezehrtes hagres Magdalenengesicht, auf
dem hin und wieder, wie auf einem niederge-
hagelten Blumenbeet ein einsames Blümchen
noch eine Spur ehemaliger Reize hervorschim-
merte. Mine und Blik — war Mine und
Blik der vollkommensten Resignation und Ergebenheit in den Willen des Himmels. Zuweilen faltete sie langsam ihre ausgemergelten
Hände — hob ihr erlöschendes Auge gen Himmel

mel — und seufzte so leise und langsam, als
ob sie sich scheute, die Entzückung zu unterbre-
chen, in die sie der Blik dorthin versenkt hatte. — Der Pfarrer fing an von der Ruhe zu
sprechen, die den Tugendhaften auch bis in die
lezte Stunde des Lebens begleitete — von dem
leicht übergleitenden Hingang einer gottergebe-
nen Seele in die seligern Wonungen des Himmels — und von dem Wiederfinden und Wie-
dererkennen der seligen Verklärten oben am
Throne. Alles war in solch eine feierliche Stille
um ihn versenkt — und er sprach das all so in
einem erhabnen herzandringenden Tone — daß
mir's dünkte, als ob meine Seele schon entle-
digt vom irdischen Körper einen Seraf zuhorche.
Das Mädchen lag so ruhig, und mit einer Mine, als ob sie alle Töne von seinen Lippen aus-
saugen wolte — über ihre Wangen war eine
mildglänzende Röthe verbreitet, die ich die
Morgenröte des ewigen Lebens hätte nennen
mögen. Die Mutter weinte unaufhörlich, und
blikte bald ihre Tochter, bald den Pfarrer —
bald mich — bald ihren Mann an, welcher

zu

leztere zu den Füßen seiner Tochter kniete. End=
lich da der Pfarrer, dessen tiefdringenden Blik
nichts zu entwischen schien, von der Pflicht der
Versöhnlichkeit auf dem Sterbebette redete, und
sie bat, allen, die sie etwan jemals beleidigt ha=
ben könten, recht herzlich zu vergeben — da
konte sich der Vater nicht mehr fassen — er
sprang auf wie ein Verzweifelnder, entfaltete
die Hände seiner Tochter, und drückte ihre Rechte
fest wider seinen Busen. Ach — so vergieb
mir denn auch — rief er — vergib mir Rös=
chen — ich bin dein Mörder — Thränen er=
stikten ihm die Stimme. Röschen vermogts
nicht so viel zu ertragen — Vater — Vater —
stammelte sie — und sank in eine Ohnmacht
dahin. — Durch kaltes Wasser und Reiben
der Schläfe und Handgelenke brachten wir sie
wieder ins Leben zurück. Der Pfarrer und ich
konten uns der Thränen nicht enthälten — als
auf einmal ein mäsiger Bube zur Thür herein=
geschlichen kam, sich dem Richter näherte und
ihm ein paar Worte ins Ohr flüsterte. Mit
den Zeichen der sichtbarsten Bestürzung eilte
dieser

dieser zur Thüre, aber eh' er sie noch erreichen
konte — wurde sie von einem jungen Kerl in
Soldatenuniform aufgerissen, der mit der ver‑
zweiflungsvollsten Mine auf den Richter zu‑
trat. — Unmensch! schrie er — indem er sei‑
ne Hand ans Degengefäß legte — wärst Du
nicht Röschens Vater — Röschen hatte nicht
sobald den jungen Soldaten erblickt, als sie ei‑
nen lauten Schrei aussties. — Wild flog der
Soldat an ihr Bette — schlos sie in seine
Arme, und dike — volle Thränen rollten über
seine Wangen herab — Röschen, rief er —
muß ich dich so wiederfinden! — ich hatte so
gewis gehoft, Dich zu meiner Frau zu machen,
und nun seh ich Dich am Rande des Grabes —
Gott möge es denen verzeihen, die mich von
Dir rissen — und Dich dem Tode aufopfer‑
ten. Die liebe Sterbende strekte ihre Arme
nach ihm aus — sah ihn heiter und lächelnd
an — und wie ein Säugling an dem Busen
der Mutter in Schlummer sich wiegt, so —
schlummerte sie in den Armen ihres Geliebten
ins bessere Leben hinüber — Der junge Mann

N 5 riß

riß sich mit einem fürchterlichen Ton vom Bet=
te empor — starrte den entseelten Leichnam
seines Röschens mit weitaufgerißnen Augen
an — streckte die Arme gen Himmel — als
ob er den entflohenen Geist noch aufhalten
wolte, und sank auf einmal in Ohnmacht zu=
sammen. Länger konnt ichs unmöglich aus=
halten — mein Herz war voll, und da must
ich ihm Luft schaffen im freien. Mit bethrän=
ten Wangen, und dem Fluch wider alle Vä=
tertirannei im Herzen verlies ich diesen Schau=
platz des Elendes, und lief als ob Feinde hin=
ter mir wären, bis ich in meiner Stube mich
in einen Lehnstuhl werfen, und meinem geeng=
tem Herzen durch einen Thränenstrom Erleich=
terung schaffen konte. Endlich kam ich aus
meiner Betäubung wieder zu mir selbst,
und gieng hinunter. Da war denn der
Pfarrer auch wieder da. Er erzählte, daß,
nachdem man den Soldaten mit vieler Mühe
von seiner Ohnmacht wieder hergestellt hät=
te — so habe er sich durch kein Bitten länger
aufhalten lassen, sondern sey mit dem Anzei=
chen

chen der äuſſerſten Verzweifelung fortgegan=
gen. — — — — Vätertirannei, Lieber,—
was das für ein abſcheuliches häßliches Ding
iſt — faſt noch häßlicher als Fürſtentirannei.
Mir ſchauderts, wenn ich mir das Wort ſo
in all ſeiner Fülle denke; und doch — wie viel
erkannte und unerkannte giebts nicht im Men=
ſchenleben, wie viel ſolche, wider die ſelbſt die
Geſeze nur eine ſchwache, leicht zu umgehende
Schuzwehr ſind.   Die Geſchichte des Mäd=
chens, von der ich Dir lezthin *) ſchrieb, iſt ein
ſo reichhaltiger vielumfaſſender Beitrag dazu,
als ich nur je einen gehört oder geleſen habe.
Und ob ich denn über den Vorfall ſchon ſo viel
ſpintiſirt, und noch empfunden habe, daß ich
nicht viel Wolluſtkitzeldabey fühlen werde, wenn
ich ihn noch einmal rekapitulire, ſo glaub ich
Dir doch einen Gefallen damit zu erweiſen, und
alſo ſeis, wenn ich auch ein paar Stunden
Spleen haben ſolte. Röschens Vater iſt ei=
ner der begüterſten Bauern im Dorfe; wies
denn

*) Es ſind nemlich zwey verſchiedene Briefe, wor=
   aus dieſe Stellen gezogen worden.   D. H.

denn nun überall geht, da reiche Väter immer
auch reiche Schwiegersöhne haben wollen, so
wars auch hier. Das Mädchen hatte verschiedene Freier, aber durch sein reifliches Gegen-
einanderhalten der Vermögensumstände der
Freier — und seine öconomischen Berechnun-
gen dabei, wuste er den Anwerbungen immer
ein Ende zu machen. Röschen fülte denn auch
wol zuweilen gewisse Ahndungen der Liebe, die
ihr manche trübe Stunde verursachten, aber
das vierte Gebot befahl ihr den Zug der Liebe
dem Gehorsam aufzuopfern. Unter solchen
Umständen trafs sichs denn, daß Friedrich als
Knecht in das Haus kam. Er erwarb sich in kurzer Zeit durch seine Aufführung die Gunst aller
Hausgenossen — und so denn auch Röschens
Gunst — Freundschaft — und endlich, wies
denn wol nicht anders geschehen konte, auch
ihre Liebe. Durch den alltäglichen Umgang
und die Uebereinstimmung ihrer Denk- und
Handlungsart, ward denn das Liebesband immer fester und fester, sie wurden vertrauter,
und also auch unvorsichtiger, bis sie endlich einmal

mal der Vater im Garten belauschte, da sie
im Grase neben einander sasen, und miteinan=
der schökerten. Friedrich muste augenblicklich
den Dienst verlassen, und Röschen wurde mit
Schlägen und Einsperren auf das grausamste
behandelt. Friedrich hielt sich im Dorfe bey
einer Muhme auf, und hofte immer, daß der
Alte sich wol mögte wieder besänftigen lassen,
aber alles war vergebens. Weder Röschens Fle=
hen, noch der Mutter Vermittelung, noch
Friedrichs Demüthigung konten ihn bewegen,
günstigere Gesinnungen anzunehmen. So viel
sah er nun wol, daß die jungen Leute nie im
Guten von einander lassen würden. Um also
dem Dinge ein Ende zu machen, und zugleich
seine niederträchtige Rachsucht zu befriedigen,
brachte er es bei der Gemeinde dahin, daß
Friedrich als ein unnützer dem Dorfe überlästi=
ger Müßiggänger unter die Soldaten gestekt
wurde; und nun, da er seine verfluchte Absicht
erreicht hatte, gieng der Bösewicht mit einer
hönisch triumfirenden Mine in Röschens Kam=
mer, und erzählte ihr mit den Zeichen der sicht=
barsten Freude: „daß er der Kerljagd nun ein
„Ende gemacht — und der Schlingel nun der
„Trommel nachlaufen könne.“ Das arme
Mädchen vermogt' es kaum zu ertragen, sie
sank beim Schlusse seiner Erzälung in Ohn=
macht; ward von Tage zu Tage kränker, bis
                                              sie

sie endlich in ein hitziges Fieber verfiel, das ih=
rem Dulderleben ein Ende machte. — Das ist
aber noch nicht das tragische der Geschichte. Du
wirst Dich noch aus meinem vorigen Briefe be=
sinnen, daß Friedrich (welcher nicht wie ein
Deus ex machina, sondern auf einen Brief
seiner Muhme nach B—z gekommen war) nach
dem Tode seines Mädchens sich durch nichts län=
ger wolte aufhalten lassen. Er war aber nicht
weit gegangen, in R* haben sie seinen Körper
gestern früh im Flusse gefunden, in den er sich
aus Verzweiflung gestürzt haben mag. — Wenn
ich ein Fürst wäre — o Ferdinand solch eine Ge=
schichte lies ich bekant machen — in alle öffentli=
che Blätter einrüken, vielleicht daß sie doch ir=
gend einen Menschen, der nun einmal das Recht
hat eines andern Glückseligkeit zu hindern, auf
das aufmerksam machen würde, was wol aus
dem strengen Gebrauch seines Rechts für Nach=
theil erwachsen könte. O daß unsre Gesezgeber
doch recht scharf nachgedacht hätten, wie sie das
Verhältniß der väterlichen Gewalt zur kindli=
chen Unterwürfigkeit bestimmten! — Wie viel
Elend — Thränen, Seufzer und Jammer wür=
den sie der leidenden Menschheit erspart haben —
wie viel Unglükliche, die jezt holäugigt und
milzsüchtig herumkriechen — oder übermannt
vom Schmerz, durch diese oder jene Todesart
ein klägliches freudeleeres Leben enden, würden
sie

ſie durch ihre heilige Bruſtwehr wider alle Ti=
rannei geſichert haben.   Väter Väter — die
ihr verblendet durch thörigten Stolz oder Ei=
gennuß — den Abgrund nicht ſeht, in den ihr
eure Kinder hinabſtürzt, wenn ihr ſie widerna=
türlich von dem Lieblinge ihre Seele trennet —
des Geſchreis und der Klagen der armen Hülf=
loſen nicht achtet — und ſie euern ſtörriſchen
Launen aufopfert — o daß ihr am Sterbebett
eines durch Vätertirannei gemarterten Mäd=
chens geſtanden hättet — daß ihr die unter=
drükten Seufzer der armen gehört hättet —
die, ſo leiſe ſie ſein mögen, doch laut genug
am Throne Gottes blutige Rache auf euch her=
abflehen — daß ihr den Jammer geſehn hät=
tet, der ſie in der lezten bangen Todesſtunde
ergreift — wenn ſie geriſſen von dem Mann
ihres Herzens — durch euch von ihm geriſ=
ſen — all ihre Träume, all ihre frohen Erwar=
tungen in ein Grab verſchlungen ſieht — das
ihr — Barbarn — ihr öfnet! — O wenn
ihr mehr Tieger wäret als es Afrikas Tiger
ſind — ihr würdet gerürt werden — würdet
nicht mehr ſo verſchwenderiſch mit dem Schik=
ſale eurer Kinder umgehen — nicht mehr Her=
zen, die die Natur für einander ſchuf, von ein=
ander trennen — nicht mehr das blühende
Mädchen in die Umarmungen eines vornehmen
Schurken oder eines reichen entkräfteten Alten
ver=

verkaufen — oder den kraftvollen Jüngling ei=
ner versiegten Matrone verkuppeln. — Ich
sprach heute mit dem Pfarrer darüber. Er stand
so anfangs unsers Gesprächs hie und da noch
aufm Scheideweg — aber da sein Sistem mehr
im Herzen als im Kopfe seinen Siz hat, so
währt es nicht lange, daß er nicht auch meiner
Meinung vollkommen wurde — und mirs sogar
zugestanden, daß ein Mann, der seinen Sohn
oder Tochter, durch Drohungen oder eitle Ver=
sprechungen betrügt, und durch eine übelge=
schloßne, oder aus dummen Stolz, oder schmu=
zigen Eigennuz verhinderte Ehe unglücklich. —
und mit ihm vielleicht eine ganze Geschlechts=
folge unglücklich macht, den Tod eher verdiene;
als ein Mann, der im Jast seines aufwallen=
den Zorns seinen Feind übern Haufen stößt.

Nachdeme nunmehro die halbjährige Pränume=
ration zur Lecture für Hessens Töchter sich geendi=
get, und künftiges 14te Stück der Anfang zum neuen
halben Jahr eintritt. Als hat man um Uebersen=
dung der Pränumeration mit einem Gulden bitten
wollen.   Krieger Senior.

Angenehme Lectüre

für

Hessens Töchter.

Zurückerinnerung.

Ach wohin o Stunde schön
 Bist entflohn ins weite?
Bist so schnell, so schnell entflohn,
 Mit dir, meine Freude!

Stunde dich vergeß ich nicht,
 Wo zum erstenmale
Ich Sie schön Vergißmeinnicht
 Pflükken sah' im Thale.

O   Schüch

Schüchtern stokt' und fragt' ich Sie
    Wenn Sie Blümchen pflückte?
Wessen Kuß für diese Müh
    Lohnte und entzükte?

„Meinem Lieben! „ sagte sie
    „Zu der Kirmesfeyer;
„Keiner war auf Erden nie
    „Als wie er, getreuer.

„Fünfmal ist der Sonnen schon
    „Und die Blum verstiebet;
„Fünfmal blüht' der Bäume Kron
    „Seit ich ihn geliebet."

Und da sah Sie mir ins Aug,
    Reichte mir ein Rösgen;
Duftend stieg der Blüten Hauch
    Auf, von jedem Sprösgen.

Ach wie schlug das Herz mir schnell
    Als ich ihr's erblikte!
War so schön, so blau und hell,
    Daß es mich entzükte.

Wie wenn Morgenröthe jung
    Wald und Thal verguldet;
Stralt' ihr Aug Beseeligung,
    Meisterhaft gebildet.

Edlen Sinn und sanften Muth
    Truge Sie im Auge;
Ware bieder treu und gut,
    Hold, nach väterbrauche

Und sie gieng ins Dörfgen fort
    Und mit Ihr mein Glücke.
Traurig floh ich jenen Ort
    Schimpfend aufs Geschikke

Doch auch jede Erdenfreud,
    Jede Wonne schwindet;
Eben wie sich Jahr und Zeit
    Um die Angel windet.

Emma und Eginhard. *)

Eginhard.

Dort komt sie, wie ein Stern der Nacht.
— Willkommen, meine süße Wonne!
Dein harr ich hier seit frühster Morgensonne
Wie quälte schon mein Herz Verdacht!

Emma.

Befürchte nichts! die kühle Stunde
Hält noch, berauscht vom Morgentraum,
Den Kaiser und das Hofgesind in Pflaum.
— Nim diesen Kuß vom durstgen Munde.

Eginhard.

Wie pochts in mir so ungestüm!
Wenn izt mein Herr und Kaiser wüste,
Daß Fürstin Emma ihren Diener küste,
Gott! wie entkäm' ich seinem Grimm?

Emma.

*) Eginhard ward Secretarius bey Carl dem Großen und verliebte sich in die kaiserliche Princeßin, die er auch nachher heurathete. Nach ihrem Tod stiftete er die Benedictiner-Abtey zu Seligenstatt, wo man auch sein und Emmens Grab zeigt.

Emma.

Kann er allmächt'ger Liebe wehren?
Vergiß zur Stunde deinen Harm!
Nim nur getrost dein Mädchen in den Arm,
Nichts soll uns heut im lieben stören.

Eginhard.

So komm, laß dich in süßer Ruh
Auf meinem Schoos in Schlummer wiegen;
Laß unsre Lippen sich zusammenfügen,
Und wenn ich weine, schlummre du.

Emma.

Wenn du mich zärtlich an dich drückest,
Dann, Eginhard, frohlockt mein Herz;
Doch ach! wie tobt in ihm der Liebe Schmerz,
Wenn du so thränend auf mich blickest!

Eginhard.

Nur zögernd wisch' ich Thränen ab,
Die meinen Gram zu lindern scheinen.
Laß mich sie dir in deinen Busen weinen,
In dieß ihr köstlich Marmorgrab.

O 3   Emma.

Emma.

Ach könnt' ich deinen Kummer heilen?
Laß hören, Süßer! ob ichs kann?
Und kann ichs nicht, o Engelgleicher Mann,
So kann ich doch ihn mit dir theilen.

Eginhard.

Vernimm denn, was mich trauren macht:
Zur Königstochter du erkohren,
Und ich als dein geringer Knecht gebohren.
O Wort voll finstrer Todesnacht!

Emmma.

Laß unsern Gott und Schöpfer walten,
Der nicht nach blöder Menschen Art,
Nach Stand und Gut der Menschen Her-
zen paart.
Wird dessen Güte denn erkalten?

Eginhard.

Ach! lockend schimmert Kronenglanz.
Wenn deine jezt so warme Liebe — —
Verzeih, verzeih mir, wenn ich dich betrübe!
Nun weißt du meinen Kummer ganz.

Emma.

Emma.

Ha! Sänd' ein Fürst mir seine Bitte,
Mit ihm zu theilen Königsglück;
Bedenkzeit braucht' ich keinen Augenblick!
Ich folgte dir in eine Hütte.

Eginhard.

O Emma! — — Namenlose Lust! —
Nimm, Süße, denn und gib aufs neue
An Eidesstatt den Kuß der ewgen Treue!
Und sink' — und sink' an meine Brust!

Emma.

Wie still umher! dieß Feyerschweigen
Der um uns schlummernden Natur.
Muß, trauter Eginhard, an Stille nur
Der liebenden Umarmen weichen. — —

Eginhard.

So trenn' uns denn nichts als der Tod!
Soll ich um dich als Wittwer trauern;
Verschließ ich mich in einer Zelle Mauern,
Und wein' um dich jed Morgenroth.

O 4   Emma.

Emma.

Dort ruh mein Staub in stillen Grüften,
Und wenn in frommen Schauern einst
Du bethend kniest auf meiner Asch' und
weinst,
Soll ihre Blume Danck dir düften.

Buri.

Liebste Christiane! *)

Endlich habe ich es doch wieder einmal so
weit gebracht, daß ich meinem Harm
Schranken setzen kann. Aber wie viel Kampf
es mich gekostet, wie viele nächtliche Stun=
den ich schlaflos dahin geweint, durchgeseuf=
zet, und im bängsten Kummer keine Ruhe
genossen; kanst du dir vorstellen, wenn du
meine

*) Ich fande diesen Brief auf einem Spaziergang auf
der Landstraße. Seiner Warnungen wegen die er
enthält, dachte ich gleich, ihn dieser Wochenschrift
zu übergeben. Vielleicht hat er Nuzen. Verschiede=
ne Umstände, und die Personen sind verändert, damit
kein Aergernüs entstehet, dies nur noch zur Nach=
richt. Henriette ist in ein Stift gegangen. Hein=

meine Geschichte ließt. Und doch weint mein
Herz noch oft, wann ich von ohngefähr ei=
nen Ort betrette, der mir eine Erinnerung
verflohener süser Minuten in welchen ich das
entzückende der Liebe mir dachte, und in die=
sen Gedanken von meinem Heinrich über=
rascht wurde. Dann regt sich noch so ein
Ueberbleibsel von Empfindung in mir, die
ich sonst gegen ihn hatte, und mich oft nach
der angenehmsten Zukunft heiße Wünsche
denken hiese. Ach! daß er lasterhaft seyn
konnte! — O wie wol thun Liebende, daß
sie sich eins dem andern in wahrer Gestalt
zeigen, und unter prächtige Schmeicheleien
ihr boshaftes Herz nicht verstecken. Dann
würden sie in der feurigsten Liebe diejenige
Wonne finden, welche so viele kaum dem
Namen nach schmecken. Dann würden sie,

O 5 wie

rich hat geheurathet, und lebt mit seiner Gattin ver=
gnügter als es ihm Henriette wünschen wird. Chri=
stiane harrt noch auf die Stunde ihrer Erlösung.
Alle Personen sind fremd und weder aus hiesigem
noch einem angränzenden Lande.

* * Eb.

wie das erschafne Paar vor dem Fall, in
dem vollsten Vergnügen, die reizendste Liebe
geniesen. Aber — leider! geschiehet dieß
in unserm Reich, kaum in hundert Jahren
einmal, wol gar nicht. Gemeiniglich wann
eine Mannsperson ein wolgebildetes Mädchen sieht, sucht er Gelegenheit mit ihm bekannt zu werden, lügt ihr dann auch gleich
eine Liebe vor, nennt sie seine Göttin, ver-
meidet aber sorgfältig seine Lasterseite zu zeigen, und affektirt den Scheinenden so lange
bis er seinen Zweck erreicht, um sich alsdann
desto niederträchtiger zu zeigen, und über
seine eigene Schande frolocken zu können.
So war Heinrich beschaffen. Es war keine
Tugend die er nicht zu lieben, die er nicht
zu besitzen schien. Aber keine besaße er;
wol aber jedes Laster und dabey die Kunst
es als Tugend zu zeigen. So war der den
ich liebte, mit dem ich angenehme Tage zu
verleben wünschte, dem ich mein ganzes
Herz schenkte. Ach daß wir Mädchen weniger leichtglaubig wären, und nicht bey der
ersten

erften Unterredung uns fangen liefer, dann
würden wir hernach nicht zu fpät bereuen
dörfen, nicht vorfichtig genug gewefen zu
feyn. Wir würden alsdann den Zug der
Schlinge die uns gelegt ift, eher fühlen,
als fie fich zuzieht. Chriftiane, ich rathe
dir, meide den Umgang mit Männern, die
du nicht ganz genau kennft. Und noch mehr
den heimlichen Umgang, mit folchen vor
welchen du weift, deine Eltern billigen die
Wahl nicht. Ueber das, daß ein folcher
Umgang keine Ehre macht, hat er noch ei=
ne Seite die fehr gefährlich ift. Mehren=
theils fitzen wir da mit dem Gegenftand un=
fers Wunfches, ohne Zeugen, und wo ein
Belaufcher fein horchendes Ohr nicht anle=
gen, und keines Neiders Auge uns entdek=
ken kann. So fitzen wir in zärtlichen Um=
armungen, fchmachten Wolluft und werden
ganz Empfindung, find aber auffer Stand,
den fchreklichen Augenblick zu argwöhnen
und zu fchwach ihm auszuweichen, der uns
zur Verzweiflung bringen kann. Dann

fchützt

schützt uns nicht Religion, nicht Tugend
für den Fall, und die Heldenschaft in der
Liebe, gewährt uns keinen Trost. Verach=
tung für der Welt, schrekende Gewissensvor=
würfe, sind die Boten unsrer Strafen, für
deren Empfindung wir zittern müssen. Wir
verachten in solchen Fällen mehrentheils den
freundschaftlichen Rath aufrichtiger Freun=
den, kehren uns nicht an die Warnungen
unserer Eltern, wann sie auf uns argwöh=
nen; sondern unterhalten ihren Verbotten
zum Troz, den Umgang der uns Schande
wird. Uns wird von dem männlichen Ge=
schlecht, List und Vorstellung angedichtet;
Allein nicht wir, sie sind Meister dieser
Kunst, und uns viel zu schlau, als daß
wir unser Unglück vor ihnen befürchten kön=
nen, das doch der Zweck ihrer ganzen Be=
mühung ist. Warne alle deine Freundinnen
Christiane, für einer Liebe, welche nicht mit
der öffentlichen Verlobung und Verbindung
anfängt, und hauptsächlich dafür, daß sie
sich mit keinem einlassen, welcher nicht auf

der

der Stelle sie zur Gattin nehmen und Standesmäsig ernähren kann. Wir sind immer am schlimmsten dran, gewohnt unser Wort zu halten, verscherzen wir uns öfters ansehnliche und liebenswürdige Gelegenheiten; und zu gewissenhaft die Schwüre zu brechen, harren wir auf den Augenblick, wo es unserm Geliebten gefält, einmal den ehrlichen Mann zu machen. Und wann wir glauben, dem Tag unsers Glücks nah zu seyn; dann fälts ihm auf einmal ein, uns sitzen zu lassen, an seine Schwüre nicht mehr zu denken, und sich zu freuen daß wir so thörigt waren seinen Worten zu glauben, die er nie zu halten im Sinn gehabt. So gehts fast einem jeden Mädchen, so ist es mir gegangen, und dich warne ich, damit es dir nicht so ergehen möge. Gottlob daß ich hoffen kann das Ende meiner Tage bald zu sehen, und mit diesem allen meinen Kummer geendiget finde. Leb wol meine Liebe und besuche bald deine

Henriette.

Der

Der Fürst und das Schauspiel.

Ein junger Fürst, fieng an den Trunk zu
lieben. — Seine Unterthanen murr=
ten; seine Räthe schüttelten oft bedenklich
den Kopf, und sein Hofprediger eiferte am
ersten hohen Festtage auf öffentlicher Kanzel
gegen dies Laster. Jedermann, und selbst
der Prinz, verstand den Wink dieses neuen
Chrysostemus; aber sein Eifer fruchtete
nichts. — „Was erfrecht dieser Schwarz=
„rock sich, mir Regeln vorzuschreiben?"
sprach der Fürst zu seinem Günstling, und
berauschte sich noch am nämlichen Abend stär=
ker, als jemals.

Der Günstling, der, was so selten ist,
in seinem Monarchen nicht nur den Fürsten
sondern auch den Menschen liebte, schwieg.
Aber auf seinen heimlichen Befehl führten
wenige Tage drauf die Schauspieler dieses
Hofes ein Schauspiel auf, in welchem ein
trunkner Fürst mit vorkam. — Die Nie=
drigkeiten, zu denen er sich in diesem Zu=
stande

stande herabließ; die Verspottung der Höf=
linge, die Leichtigkeit, mit der er sich jezt
zu Verbrechen verleiten ließ, vor denen er
nüchtern zurückbebte, wirkten so stark auf
den zuschauenden Prinzen, daß er sich ganz
verstohlen in eben der Minute, als Logen
und Parterre über einen komischen Auftritt
laut lachten, ein paar Zähren aus den Au=
gen wischte.

Kaum war er in seinem Zimmer, als
er seinen Vertrauten ganz allein zu sich rief. —
„Ich mag nicht untersuchen,“ sprach er,
„ob die heutige Vorstellung ein Werk des
„Zufalls oder der Verabredung gewesen; nur
„so viel befehl' ich dir, mir bey jedem Glase
„Wein, das du über Durst mich trinken
„siehst, das Wort Schauspiel! ins Ohr
„zu raunen. — Der erste Rausch, den ich
„in deinem Beisein, ohne deine Warnung,
„mir trinke, bringt dich des nächsten Tages
„um deinen Posten und meine Liebe.“

Der Höfling bückte sich und versprachs;
aber er kam nie in den Fall, seinen Fürsten

an Mäßigung zu erinnern: er war sich selbst
Erinneres genug.

* * *

„Was soll dann dies simple Geschicht=
„chen mitten unter Fabeln?" ruft hier ein
Kunstrichter aus.

Weh den Feinden des Schauspiels, die
dessen Nutzen nirgends finden können, wenn
dies einer simpeln Geschichte so ähnlich
sehn sollte! Welche Unwahrscheinlichkeit
wär's dann, daß sie sich wirklich zugetragen?
Und wer ist dann so starrblind, den Nutzen
zu verkennen, den ein gutes Schauspiel durch
Einflus auf den Prinzen über Unterthanen
und Nachkommen haben kann — Ludewig
XIV, der nach Aufführung des Britannicus
nie wieder auf der Schaubühne tanzte, könnte
mir wohl den ersten Gedanken zu allem die=
sen geliehen haben.

Angenehme Lectüre
für
Hessens Töchter.

An den Freyherrn von Spiegel.

Laßt uns leben! laßt, mit Ruh, uns lieben
    Was nur schlummert! Spiegel! o die
        Zeit,
Weiser als die Weißen, alle sieben,
Läutet stündlich, uns zur Fröhlichkeit!

   Horch! sie läutet: daß wir pflücken sollen,
Was so kurz, auf kurzem Wege blüht;
Daß wir spielen unsere Pilgerrollen,
Eh der Todt den Vorhang niederzieht!

             P   Das

Das Gebäu von unsern Seufzern allen
Ist fürwahr! auf Menschengrund gestellt.
Wähnst du, wann wir selbst uns nicht gefallen
Daß dem Himmel unser Thun gefällt?

Wähnst du, daß ein Meer von edlen
Thränen
Löschen kann auch eine Silbe nur
In dem Buch der Schickung? armes
Wähnen!
Schickung ist so ewig als Natur!

Nein; so wahr du mit verweinten
Wangen,
Sein Geschick wär's noch so klein, versühnst.
Frisch und fröhlich seinen Weg gegangen
Ist und bleibt der höchste Gottesdienst!

Blick umher! die Wesen alle dienen
So dem großen Schöpfer, Tag und Nacht;
Gottes Erde so, in ihrer grünen,
Gottes Sonn' in ihrer goldnen Pracht!

Freude

Freude brüllt aus dumpfen Tieger=Höhlen;
Freude tönt vom blüteweissen Ast!
Selbst der Staub hat myriaden Seelen,
Jedes des Genusses froher Gast!

Und der Mensch vertraur'te sich, im Stillen,
Der geliebte, hohe Mensch allein?
Ach! und alles ist um seinetwillen,
Alles wird um seinetwillen sein!

Uns zu freuen, einer mit dem andern,
Rief uns Gott, in all die Herrlichkeit!
Unser Stab, wenn dermaleinst, wir
      wandern,
Sey der Trost; wir haben uns gefreut!

K. Schmidt.

Antwort an Herrn Schmidt.

Freund! dem Wechsel muß sich alles beugen,
   Alles, Freund, was Gott auf Erden
   schuf!
Thränen aus der Brust ins Auge steigen
Könten nicht, wär Freude nur Beruf!

Freudenrollen hat sie mir gegeben,
Sie die schlummert, o unzählig viel!
Aus sind sie, und dies mein armes Leben
Ist fortan ein langes Trauerspiel!
Seufzer alles was ich jezt noch habe,
Sollten die dem Gott, der Schmerz empfand
Nicht gefallen? ihm der selbst, am Grabe
Seines Freundes, voller Mitleid stand?
Wahr ist's! nicht durch Thränen nicht
              durch Jammern
Wird des Schicksals fester Schluß verdrängt;
Doch entspannen kan's des Herzens Klammern
Und den Schmerz der blutend es verengt!
Goldner Sonne läßt der Wolken Schleier
Oft nicht einen Blick, der Glanz verräth!
Und was wird aus kurzer Frühlingsfeyer?
Ach! im Herbst ein trauriges Skelet!
Mißmuth ist's, in Lindennach gefüllet,
Die der Sprosser aus dem Herzen zieht?
Ungewisheit, ob ich sein noch werde?
Ist's nicht Stof zu hoher Traurigkeit,
Wann der Spaden einen Hügel Erde
Ueber deinen hohen Menschen streut?

                              Mit

Mit dem Stab' aus Thränenthau geschossen,
Schreiten, sicherer, wir zu jenen Höhen,
Als mit dem, den Freudebundgenossen
Sich aus einem Rosenhain ersehn?

Freyherr v. Spiegel.

Ursprung der weiblichen Herrschaft am Sylvestertage.

Ich will Ihnen gern etwas erzählen, meine Leserinnen. Aber lassen Sie uns vorher ausmachen, daß alles friedlich und schiedlich abgehen soll. Die Frauen, welche glauben, daß ihnen nicht allein am Sylvestertage, sondern das ganze Jahr hindurch, die Herrschaft gebühre, haben in meinen Augen vollkommen Recht, und die Männer, die ihre Herrschaft nicht einmal am Sylvestertage aufgeben wollen, verdienen dieselbe das ganze Jahr nur dem Namen nach zu besitzen. Durch diese Erklärung hoffe ich die Bescheidenen und Hochdenkenden von Ihnen befriedigt zu haben. Ich wollte ungern

Kra=

Krakel haben, (verzeihen Sie mir biesen
hübschen Provinzialausbruck) zumal in den
lezten Tagen des Jahrs *).

Die vornehmen deutschen Frauenzimmer der ältesten Zeiten glichen den jezigen
nicht. Von den vortreflichen Eigenschaften,
die diese besitzen, hatten jene nur wenige.
Sie waren so wenig empfindsam, daß sie
sogar ihren kriegerischen Männern beistehen
konnten, wenn die Wunden derselben verbunden wurden; daß sie sich in den Fin-
ger schnitten, ohne die Gesellschaft durch
ihr Geschrey zu erschrecken; und gaben mehr
solche Beweise der Härte, die mich zweifeln
lassen, ob es ein deutsches Frauenzimmer damals verstanden, wenn man von ihrem zar-
ten Nervensystem gesprochen hätte. Sie
waren nicht belesen, nicht gelehrt, denn das
waren die Männer nicht einmal. Sie gin-
gen ganze Meilen zu Fusse, trugen weder
Son-

---

*) Dieser Aufsatz erschien in einem Intelligenzblatt am
Ende des Jahrs.

Sonnenhüte noch Pelzsaloppen, sie bereite=
ten selbst ihren Männern das Essen, säug=
ten selbst ihre Kinder, und hatten die lär=
menden verdrieslichen Geschöpfe den ganzen
Tag um sich, sie spielten kein Spiel — auf
meine Ehre, gnädige Frau, nicht einmal
Triset. Deutschlands Töchter, sagt man,
waren damals blos schön und tugendhaft.
Das erste glaub' ich nicht. Denn nicht zu
rechnen, daß sie weder Friseurs noch Puz=
macherinnen, diese großen Stützen der Schön=
heit hatten, so war ihre Taille, durch keine
Schnürbrust gebildet, sie wuschen sich nur
aus dem klaren Bache, sie sezten sich ohne
Rücksicht auf ihren Teint der Luft aus, und
thaten alle häusliche Arbeit selbst. Tugend=
haft mögen sie gewesen seyn, denn die Tu=
gend gehört für jene Zeiten.

Für jene Zeiten, sag' ich, denn die
Einfalt darin war unerhört. Sie werden
mir Recht geben, Madame, wenn ich Ih=
nen sage, daß damals von einem Ende

Deutsch=

Deutſchlands bis zum andern geglaubt wur=
de, daß die Frau dem Mann gehorchen
müſſe, daß man gar nichts von der ſo ſanf=
ten und angenehmen Herrſchaft der Damen
wuſte, und daß man ſogar den Sylveſter=
tag nicht kannte. Das war freilich arg.
Aber die deutſchen Ehemänner waren nun
eine ſolche Art rohe Leute, deren Ungeſtüm
alles vor ſich wegwarf, und die deutſchen
ohngeachtet ihres feſten Nervenſyſtems, gut=
herzig und einfältig genug, ihre Männer ſo
lieb zu haben, daß ſie ihnen nachgaben, auch
wenn dieſe auf Sachen beſtanden, die gera=
de gegen ihre Neigung waren. Wenn indeſ=
ſen Muthmaſſungen in der Geſchichte ge=
braucht werden dürften, ſo wollte ich doch
wohl ſagen, daß manche geſchickte Frau ein
Hülfsmittel gewuſt, ihren Mann, ohne
daß ers ſelbſt geglaubt, zu dieſer oder jener
klugen Handlung zu leiten, auf welche er
ſonſt nicht gefallen wäre. Aber dergleichen
Konjekturen möchten mich zu weit von mei=
ner Geſchichte abführen.

Auf

Auf dem Wege von Braunschweig nach
Goslar liegt, wenn man nicht weit von der
Stadt ist, linker Hand auf einem hohen
Berge ein alter Thurm.   In diesen Gegen=
den wohnte zur Zeit der Regierung des Kai=
sers Tiberius ein edler, von seiner Nation
sehr geschäzter Cherusker, mit Namen
Waldmann. Er war sehr reich nach der da=
maligen Art, und hatte einen einzigen Sohn,
der schönste Jüngling, der je in dem Harz=
walde einen Wolf gejagt. Schon hatte er
sich den Blumenschild erworben, als ihn die
Römer in einem Scharmüzel mit seiner Na=
tion gefangen bekamen, und nach Rom
führten. War es Mitleiden mit dem edlen
Jüngling oder Staatsklugheit, genug Ti=
berius lies nicht zu, daß er als Sklave ver=
kauft würde, sondern gab ihn an den Kal=
purnius Krassus, einen Römer vom höch=
sten Adel, und befahl ihm einen Versuch an=
zustellen, den jungen Deutschen sein Vater=
land und seine Sitten vergessen zu machen.
Rom war damals geschickter, als jezt Paris

P 5   oder

ober London iſt, aus einem vernünftigen
Mann einen gepuderten Thoren zu machen.
Indeſſen wäre es dem Kraſſus vielleicht
ſchwerer geworden, dem jungen Waldmann
Geſchmack an Roms Galanterien beizubrin=
gen, wenn ihm nicht die ſchönen Augen ſei=
ner Tochter, der Kalpurnia, zu Hülfe ge=
kommen wären. Der rohe Deutſche wurde
dadurch ſtufenweiſe in einen römiſchen Stu=
zer verwandelt.

Kalpurnia kam damit ſo völlig zu Stan=
de, daß er ſogar ſeinen ehrlichen deutſchen
Namen nicht mehr leiden konnte, und ſich
anſtatt Waldmann Sylveſter nannte, wel=
che lateiniſche Benennung die deutſche bei=
nahe überſezt. Ihre fernere Geſchichte iſt
weitläuftig. Sie heiratheten endlich einan=
der, und Sylveſter ging mit ihr nach ſeinen
Harzgebirgen zurück, in der Abſicht, ein
Geſandter des feinen Geſchmacks zu werben,
die Deutſchen zu überreden, ihre Haare und
ihren Bart mit Aſſyriſchem Balſam zu po=
madiren,

madiren, Schauspieler, Tänzer und andre
Werkzeuge des feinen Geschmacks unter sich
aufzunehmen, die sanften römischen Sitten
mit ihren rauhen zu vertauschen. Der gute
Waldmann war zu manchem Schritte gelei=
tet, den er nicht recht gut vor dem Richter=
stuhl seines deutschen Gewissens vertheidigen
konnte, und als er das ehrwürdige Blau,
welches seine erste Wohnung beschattete, in
der Ferne erblickte, so schlug ihm das Herz,
daß seine Landsleute lachen möchten, wenn
sie seine gekräuselten Haare, seinen auf die
Erde fliessenden Mantel erblickten, oder sei=
ne duftende Pomade röchen. Aber Kalpur=
nia war eine Frau von Verstande. Sie hat=
te über solche kleine Schwächen schon oft=
mals triumphirt, und beruhigte ihren Mann
auch diesesmal. Waldmann hatte sich nie
einfallen lassen, daß seine Frau über ihn
herrschte, und er glaubte stets, daß er den
Gründen der Vernunft folgte, wenn er ihr
nachgab. Kalpurnia vermied eine Untersu=
chung hierüber sehr sorgfältig, und war zu=
frieden,

frieden, daß das geschah, was sie wollte.
Freilich hatte sie zuweilen den Verstand ih=
res Mannes sehr verstopft gefunden, und
ihn nicht anders als durch eine aufrichtige
Thränenflut überzeugen können, daß sie blos
sein Bestes wollte, Andre Mittel aber, die
sonst von der besten Wirkung zu seyn pfle=
gen, als ein achttägliches Maulen, ein
muntres Gezänke von zwo oder drey Stun=
den, und dergleichen Hebebäume der weib=
lichen Herrschaft, waren nur im Braut=
stande nöthig gewesen, und Kalpurnia be=
diente sich derselben allein in desperaten Fäl=
len, wo etwa ein jetziger Chirurgus den Tre=
pan brauchen würde.

Der galante, süße, sanfttönende, bal=
samduftende Waldmann, mit dem auslän=
dischen Namen, wurde von den rohen
Deutschen nicht so aufgenommen, als wir
ihn aufnehmen würden, da unsre Sittlich=
keit durch ihre weise Regierung, meine Le=
serinnen, verfeinert ist. Er war unter
seinen

feinen Landsleuten ein Wunderthier. Man
fpottete feiner allenthalben, und da der deut=
fche Wiz damals noch nicht fo fein war, daß
man jemanden auslachte, ohne daß er böfe
darüber werden konnte, Sylvefter auch bey
feinen Schwachheiten gleichwohl das Herz
am rechten Orte hatte, fo hätten ernfthafte
Auftritte daraus entftehen können, wenn
nicht Kalpurnia ihren Mann überzeugt hät=
te, daß die Duelle eine höchft barbarifche,
unter polirten Völkern nicht übliche Sitte
fey. Sie wies ihm dabey fo deutlich, daß
es beffer fey, in Rom auf dem abgelegen=
ften Gäschen zu wohnen, als unter diefen
Deutfchen, die ohne alle Spur einer artigen
Lebensart wären, daß feine Bemühung, fie
zu beffern, ohne allen Nutzen fey, und daß
der Schmerz, ihn täglich in Verdrus zu fe=
hen, ganz gewis ihr Leben verkürzen würde,
daß diefer Apoftel der feinen Lebensart ihren
vernünftigen Gründen nachgab, die Ehre
der Märtyrerkrone in den Wind fchlug, und
nach Rom zurückkehrte.

Seine Landsleute vergaffen ihn indeffen
fo wenig, als der Bauer den groffen Kome=
ten. Sie waren ungerecht genug, alles,
was fie Fehlerhaftes an ihm gefunden, auf
Rechnung feiner ausländifchen Frau zu
fchreiben. Daß eine Frau viel über das
Her,

Herz eines Mannes vermöchte, daß sie daſ=
ſelbe zärtlich, mitleidsvoll, fertig zum Ver=
geben machen, daß ihr Lächeln den heftig=
ſten Kummer ſtillen, ihre Thränen den ra=
ſcheſten Zorn mildern könnten, gaben ſie
zu. Daß ihre Herrſchaft aber ſich über ſei=
nen Verſtand erſtrecken, und ſeine Schritte
in den Geſchäften und in dem bürgerlichen
Leben leiten könnte, das war ihnen eine un=
begreifliche Erſcheinung. Einer von ihnen
hatte den ihm wenig Ehre machenden Ein=
fall, Sylveſters Betragen in ein Spiel zu
bringen, dergleichen bey den Alten nicht un=
gewöhnlich war. Die mit einander umge=
henden Familien verſammleten ſich zu einem
Schmauſe am lezten Tage im Jahr in einer
gaſtfreien Hütte. Die Männer übertrugen
den Frauen die Herrſchaft, und dieſe gaben
ihnen allerley lächerliche Befehle, und ſtraf=
ten ſie, wenn ſie ſie falſch ausrichteten. Sie
nannten dieſes Feſt, dem guten Waldmann
zu Ehren, den Sylveſtertag. Die Zeiten
wurden zwar aufgeklärter, die Sitten ver=
beſſert, und das jetzige Regierungsſyſtem
der Damen allenthalben eingeführt; dieſe
Luſtbarkeit aber wurde dennoch beibehalten,
und der lezte Tag im Jahr behielt davon ſei=
nen Namen, zum Beweiſe, wie wenig Ar=
tigkeit unſre Vorfahren hatten.

Die

Die edle Erstattung.

(Häusliche Heldenthat eines schweizerischen Greises.)

Ein zürcherscher Landmann zwischen sechzig
und siebenzig Jahren, der sich durch
Fleiß und gute Wirthschaft ein beträchtliches
Gut erworben hatte, dachte darauf, bey zu=
nehmender Schwachheit seines Körpers alle
seine Sachen in Richtigkeit zu bringen, und
stieß unter dieser Beschäftigung zufälliger wei=
se auf eine alte Rechnung eines Zimmerman=
nes, der ihm vermuthlich vor vielen Jahren
eine große Portion Holz verkauft, oder ein
Haus gebauet hatte. Auf den ersten Blick,
den er gleichsam im Vorbeygehen darauf warf,
ahndete er, daß die Summe der Rechnung
für die Posten zu klein wäre; rechnete nach
und fand, daß sich der Zimmermann um neun
Carolinen zu seinem Schaden mißrechnet.
„Guter Gott! wie hat sich der ehrliche Mann
„geirret! — Ists möglich, daß ich beym
„Empfange der Rechnung einen so großen
„Fehler übersehen konnte? — wie leyd
„thuts mir, daß ich ihm, Gott weiß es, un=
„wissend, so viel zu wenig bezahlte, und
„diesen Fehler erst itzt, 44 Jahre nach sei=
„nem Tode, bemerke, und noch vergüten
„kann. Seine Kinder und Kindeskinder le=
„ben noch. Diesen gehört schleunige Erstat=
„tung." Gedacht, gethan. Er bath, weil

er selbst nicht mehr von Hause kommen konn=
te, einen Freund, diese Summe den Hin=
terlassenen zuzustellen. Ich war so glücklich,
dieses unsichtbaren Gerechten (dann bis auf
heute weiß ich seinen Namen noch nicht)
sichtbare Hand zu seyn, und diese 9 Caro=
linen unter fünf Nachkömmling des Zimmer=
manns zu vertheilen. — Wem zittert nicht
eine Zähre der Freude über diesen Stral der
Menschheit ins Auge! — Sey dieß ein
Theil deiner Belohnung, redlicher Mann,
daß die Erzählung von deiner That, an die
du gewiß nicht dachtest, und die dir vermuth=
lich nie zu Gesicht kommen wird, viel Gutes
wirken, viel Menschlichkeit wecken wird! —
was wärest du zu thun fähig, Redlicher?
und der, so es nicht fühlt, was der? —
Nur solche Gerechtigkeit, Menschen, und
ich will euch alle Großmuth schenken. Nicht
jeder hat Gelegenheit groß, aber jeder Ge=
legenheit gerecht zu handeln.

Druckfehler im 14ten Stück.

Seite 219 Zeile 9. statt vor lies von. Seite 220.
Zeile 14. statt Vorstellung lies Verstellung. daselbst Z. 17.
statt vor lies von.

Angenehme Lectüre

für

Hessens Töchter.

Lally

an eine halbverblühte Rose.

Süßes halbverblühtes Röschen!
Komm ich will dich pflücken für den
Einen,
Den ich im Verborgnen lang geliebt;
Der dem blöden, liebesiechen Mädchen
Liebe nicht für Liebe wiedergiebt.
Welke hin, mein liebes, blasses Röschen,
Welke langsam hin, an seinem Herzen
So wie ich von Sinval ungeliebt.

Q.   Süßes,

Süßes, halbverblühtes Röschen!
Lieblich in dem schönsten Purpurglanze,
    Doch nicht lange hast du hier geblüht.
So auch schwindet Lally, die für Sinval
    Ach mit unvergoltner Liebe glüht.
Duft' ihm noch, mein liebes, blasses Röschen
Deinen letzten Duft an seinem Herzen
    Sanftes Bild, des Mädchens das verblüht,

Dann mein liebes, blasses Röschen!
Gießt sich ihm die Ahndung in die Seele,
    „Lally auch wird bald nun nicht mehr seyn.
Ach! er weiß es nicht, daß ich ihn liebte,
    Doch der Freundin wird er Thränen weyhn.
Welke hin, mein liebes, blasses Röschen,
Welke langsam hin, an seinem Herzen;
    Die dich brach, wird bald nun nicht mehr
        seyn.

Phi=

Philippine Gatterer in Göttingen an einen
Unbekannten, der beim Tanze, wo zugleich
Illumination war, durch pöbelhaften Witz
die Ehre der Gesellschaft beleidigt hatte.
1777. Noch ungedruckt.

Das war mir einmal ein Witz: so kräftig,
       als der Wein,

Durch den er mag ans Licht gekommen sein.

Der gute Mensch muß aus Erfahrung wissen,

Wie schwer ihms' wird, im dunkeln nicht zu
       küssen.

Drum macht er, als ein Herr Philosophus,

Sogleich den hochgelehrten Schluß,

Daß jedes Herz dem seinen gleichen muß.

Hätt' er in leichten feinen Reimen

Uns vorerzählt, wie oftmals im geheimen

Verschwiegnen Heckengang, bey lauer Som-
       mernacht,

In tugendleerer Brust ein schlechter Trieb
       erwacht,

Und wie von Spröden oft der strenge Schein
       entflieht,

Und man erstaunt sie gütig sieht:

So hätt' ich, Beyfall lächelnd, es gelesen,

Und wäre still dazu gewesen.

Zwar

Zwar gieng es ihn nichts an. Allein es ist der Lauf

Der Welt und gar nichts seltnes von den Dichtern.

Sie warfen sich von jeher gern zu Richtern

Der ganzen Erde auf.

Doch konnte sich der Versemann entblöden

Von jedem grob und pöbelhaft zu reden,

So steht auch jedem, der es kann, die Antwort frei:

Man sieht, mein Herr, Sie waren nicht dabei.

Sonst hätt' Ihr Forscherauge es gesehen,

Wie rund um uns unzählge Lampen hiengen,

Bey deren Schein gehäufte Truppen giengen,

Wie voll der ganze Raum von Menschen wallte,

Und wie in jedem Gang Gesellschaft schallte.

Dies geh ich ein: wer kann für Jedes stehen?

Und Sünde kann an jedem Ort geschehen.

Da, wo der Ewige, der um uns lebt und webt,

Vielleicht noch näher uns umschwebt,

Im Tempel Gottes selbst ist manches Herz nicht rein:

Und hier — von Eitelkeit umringt — solt's reiner sein?

Allein

Allein von Starken und von Schwachen,

Den Schuldigen und denen, die nur der Ver=
füßrung lachen,

Muß billig jeder Dichter Ausnahm machen.

Doch um mich nicht mit Ihnen zu entzwein.

Und um die Leier nicht durch Zanken zu
entweihn,

Bitt ich nur: Sein Sie ja ein andermal zu
gegen;

Dann können Sie, sich auf das Schildern
legen.

Fortuna mag für die Finanzen sorgen;

Denn Wacker*) pflegt nicht gern zu borgen.

Das Ende Nushirvans. **)

Nushirvan nahte sich endlich auch derjenigen
Stunde, welcher einst wir alle uns nä=
hen werden, und welche für die Fürsten der
sicherste Beweis ist, daß sie nichts mehr und
minder, als Menschen sind, — die Stun=
de des Todes. Er blickt' ihr mit unerschüt=
terter Ruhe, ganz Persien sah ihr mit Zit=

Q 3

tern

*) Gastwirth zur Krone in Göttingen.
**) Siehe das 12te Stück.

tern entgegen. Er war grau geworden unter
Glück und unter Sorgen. Man hoffte von
seinem Alter noch Segen und langen Frieden; aber ein Fall auf der Jagd beschädigte
seinen Fuß; die Kunst der Aerzte bot vergebens alles zu dessen Heilung auf; der Schaden ward mit jedem Tage gefährlicher, und
man fieng an, für sein Leben zu zittern.

Von diesem Augenblick an ward seine
blühende Königsstadt ein Sitz des Trauerns;
weinende Schaaren knieeten in den Tempeln
und auf den Straßen; verliebte Jünglinge
schoben ihre Hochzeitfeier auf; Schwelger
fasteten, und Kranke vergaßen ihrer eignen
Schmerzen. — Eine Stadt, vor deren Thoren ein erbitterter Feind liegt, und die beim
ersten Sturme seiner Wuth und seinem Mor-
den sich preisgegeben zu seyn fürchtet, kann
nicht banger zagen, als Ispahan; und das
sonderbarste war, daß Nuschirvad *) selbst
aufrichtige Thränen weinte, und mehr fühlte,

---

*) Nushirvans erstgeborner Sohn.

te, daß er einen Vater, als daß er einen
Vorfahren verlöre.

Nushirvan, als er die Gefahr seiner
Krankheit zu fühlen begann, hatte seine Aerzte
oft um ihre Meinung befragt; man nahm
diese Sorgfalt für Furcht auf, und verbarg
ihm lange die Wahrheit; aber endlich konnte
Hafi, der oberste unter ihnen, sich nicht länger überwinden, den gütigsten Herrn durch
eine Unwahrheit, so gutgemeint sie immer
seyn mochte, zu täuschen, und er kündigte
ihm das schreckliche Urtheil des Todes an.
Der Monarch hört' ihm gelassen zu. — „Du
„sagst mir nichts, was nicht mein Herz mir
„schon gesagt hätte. Doch wie viel Zeit bleibt
„mir wohl noch mit Gewißheit übrig?"

„Fünf bis sechs Stunden höchstens."

„Böser Mann, wofern du das gestern
„schon wußtest, und mich beinah um einen
„der süßesten Augenblicke meines Lebens, we-
„nigstens um einen der wichtigsten gebracht
hät-

„hätteſt!" — Er befahl ſogleich, durch
Trompeter die Einwohner Iſpahans vor ſein
Schloß zu berufen, und in minder als einer
Stunde Zeit war der weite Platz mit vielen
Tauſenden angefüllt.

„Bringt mich, (war dann ſein zweiter
Befehl) „bringt mich auf den Altan, von
„welchem ich ſonſt oft mit dem Volke zu reden
„pflegte; und du, Nusſchirvad, ſteh mir zur
„Seite. Die Stunde der erſten Rechenſchaft
„iſt da: beſteh' ich in ſolcher, dann geh' ich
„der zweiten und ernſtern mit heitrer Seele
„entgegen." — Umſonſt that man ihm Vor-
ſtellung, daß ſo heftige Bewegung ſein Ende
ſchmerzhafter machen würde; er beſtand drauf,
und ſeine Diener mußten ihn ſchwebend auf-
recht halten, indem er alſo zu Menge redete:

„Meine Kinder! Fünf und dreißig Jahre
„habe ich über Perſien geherrſcht; der Um-
„fang meiner Staaten hat ſich mittlerweile
„nicht verengt; zwanzig Tagereiſen Landes
„mehr hinterlaß' ich meinem Nachfolger
dienſt-

„ dienſtbar, als mein Vorfahr mir hinterließ.
„ Aber nicht Vergrößerung meines Gebietes,
„ gerechte Verwaltung deſſelben war meine
„ Pflicht, mein Wunſch und mein Augen-
„ merk. Die Stunde der Trennung rückt
„ heran. Meine gezählten Minuten ſind noch
„ wenig, und dieſe wenige ſind noch koſtbar. —
„ Giebt es noch eine unter euch, denen ich
„ weniger war, als ich ſeyn ſollte ; die ich
„ nicht hörte, als ſie um Gerechtigkeit riefen;
„ denen ich nicht vergalt, als ſie mir redlich
„ dienten, ſo ſey ihnen dieſe kurze theure Friſt
„ geweiht. — Auf ! naht euch ! Euer liebe-
„ voller, euer ſterbender König redet mit
„ euch; bittet euch, ihm noch abzufodern,
„ was er überſehen oder überhört hat.

Eine Stille, wie die Stille der Mitternacht, oder die Oede des Grabes iſt, war
lange die ganze Antwort auf Nushirvans
Frage — Unterdrückte Thränen, ſchluch-
zende Angſt unterbrach ſie endlich. — „ Keiner da, " rief der Monarch noch einmal mit
einer Stärke der Stimme, die ſeine erlö-

ſchenden

schenden Kräfte weit überstieg; „keiner da,
„der Anspruch an mir hätte? Er komme!
„Er komme! Er komme!" — Ein Soldat
drang sich hindurch|, kam bis dicht zu Mus-
hirvan hin, fiel nieder, betete an, und sprach
dann also:

„Du willst es, Herr, und ich rede. —
„Mein Näm' ist Nakir. Ich war Haupt-
„mann unter deinem Heere; mein Muth
„blieb dir nicht fremd, und bey einem deiner
„letzten Feldzüge traf mich das Loos, dein
„Serail zu begleiten und zu bedecken. —
„Ich weiß selbst nicht, durch welches Unge-
„fähr mich Narun Nihar, die vorzüglichste
„deiner Günstlinginnen zu seyn bekam, und
„noch minder begrif' ich, wie derjenigen ein
„Knecht gefallen konnte, die der allgemein
„beneideten Liebe ihres Herrn genoß. Den-
„noch geschah's. Eine Sklavinn berief mich
„ingeheim des Abends in ihr Gezelt; sie er-
„schien in ihrer ganzen Schönheit, (sie er-
„schien in ihrer ganzen Schönheit,) und trug
„mir Lieb' und Seligkeit in ihren Armen an.

So

„So unendlich mich ihr Reiz entzückte, so
„standhaft blieb ich doch in der Treue gegen
„meinen Monarchen. Ich entriß mich ih=
„rer Umarmung, floh, und sah noch im
„Fliehn auf eben dem Gesichte, wo die Liebe
„mir zu thronen schien, alle Wuth eines
„beleidigten Weibes hervorbrechen. — Des
„andern Tages ward ich zu dir gerufen; ich
„fand dich ernster, als je ein Feind im Tref=
„fen dich finden konnte. — „Nakir! riefst
„du mir entgegen; du hast mich bitter be=
„leidigt. Jeder Fürst an meinem Platze
„würde sich an deinem Leben rächen; aber
„ich will dran denken, daß ein Mann dann
„nicht ein Mann bleibt, wenn Liebe ihn
„mit sich dahinreißt. Doch hättest du be=
„denken sollen, wem das Weib angehöre,
„das du begehrtest; daß sie dir anvertraut
„worden, und daß meine Zuversicht deine
„Schuld erschwere; ich entlasse dich daher
„meiner Dienste. — Mein Entsetzen war
„einige Augenblicke starr und stumm; Mo=
„narch, hub ich endlich an: „erlaube mir
einige

„einige Worte zu meiner Vertheidigung! —
„Hab ich nicht schon alles gesagt, was dich
„vertheidigen könnte? Oder bist du kühn ge=
„nug, die ganze That zu läugnen? Bist du
„nicht gestern Abends mit Gewalt ins Zelt
„der Nahun = Nihar eingedrungen"? — Ich
„bin in Nahun=Nihars Zelte gewesen, aber
„nicht...." „Entferne dich, und reize mei=
„nen Zorn nicht noch mehr!"— Ich gieng,
„und mein bisheriges Leben war unverdien=
„ter Gram. Nicht, Monarch, um mich
„zu rechtfertigen, nicht um deine lezte Stun=
„de — möge sie doch noch weit entfernt
„seyn! — zu verbittern, sondern um dich
„zu verhindern, mit einem falschen Argwohn
„in jene Welt zu gehen, erschein' ich jezt hier;
„erschein' auf dein zwiefaches Gebot."

„Man rufe Nahun = Nihar!" ergieng
Nushirvans Befehl. Sie kam und gestand —
wer hätt' auch einen so ehrwürdigen Sterben=
den belügen können? — gestand ihr Ver=
gehn. — „Ich liebte dich einst," war des
Monarchen Ausspruch, „wie meine eigne
See=

„Seele; Treulose, und beinahe hätteſt du
„mich verleitet, meine Hände mit dem Blute
„eines Unſchuldigen zu beflecken? Sey von
„nun an dieſes Mannes Sklavinn, und das
„große Vermögen, das du mit meinem Vor=
„wiſſen ſammleteſt, ſey ſeine Vergütung!‘‘

Ein freudiger Jubel dankte Nushirvan
für ſeinen Anſpruch. — „Iſt noch einer
„unter dieſer Menge, deſſen Zähre mich
„drücke, deſſen Herz mich verklage? Er rede!
„Er eile! denn meine Kräfte ſchwinden!‘‘
Alles ſchwieg. — Er wiederholte ſeine Frage;
aber kein Mund, der ſich aufthat; kein Fuß,
der ſich nahte.

„Wohlan! ſo ſey noch eines mir ver=
„gönnt. Ich habe mich nach meinen Schul=
„den erkundigt , nun darf ich mich ja wohl
„auch nach dem erkundigen, was ich auslieh.
„Iſt irgend jemand hier, dem mein Wohl=
„wollen nüzlich, meine Vaterliebe heilſam
„war? der erkannte, wie nah die Pflichten
„des Regenten mir am Herzen lagen? der
„bereit iſt, mir an jenem Tage, wo wir uns
wie=

„wieder finden werden, zu zeugen, daß ich
„nicht ganz unwürdig diesen königlichen
„Stuhl besessen haben? — Ist einer hier,
„so geb' er mir ein Zeugniß davon, es sey
„nun durch Thränen, oder Zuruf!"

Welch ein herrlicher Anblick, als jetzt
die ganze Menge niederstürzte! als das Auge
eines jeden von Zähren überfloß, und aus
Aller Munde die Worte: Vater! Erhalter!
Größter aller Könige! Unser Retter im Mangel! Unser Schützer im Kriege! Unser Gott
auf Erden! erschollen. — Kleine, kaum lal-
lende Kinder streckten ihre Händchen empor;
Mütter zerrissen im Schmerz ihren Busen,
unbesorgt für den Säugling, der zu Hause
ihrer harrte; Greise warfen den Stab weg,
und knieten nieder. — „Gott erhalt' unsers
„Vaters Leben, und nehme dafür das unsrige
„hin!" so rief eine Stimme im Volk, und
eben so schnell riefen alle Tausende mit:
„Gott erhalt unsers Vaters Leben, und neh-
„me dafür das unsrige hin!" — Nushirvans Auge ward hell, wie ein Stern, er
                                    winkte

winkte mit der Hand, aber er mußte drei=
mal winken, eh' das Getümmel schwieg;
dann kehrt' er sich mühsam gegen Nusschir=
vad hin.

„Mein Sohn, die lezten Reden eines
„Menschen haben mit seinen ersten gemei=
„niglich die Aehnlichkeit, daß sie ungekün=
„stelte wahrhafte Ausdrücke seiner Empfin=
„dungen sind. — Hoffentlich wirst du mir
„daher Glauben beimessen, wenn ich dich
„versichre, daß ich diese lezte Frage, die mir
„so rührend beantwortet ward, mehr deinet=
„wegen, als meinethalben that. In wenig
„Minuten steh' ich vor einem Richterstuhle
„wo mir ohnedem gewißlich kund gemacht,
„wird, ob ich gut oder übel hausgehalten
„habe. Aber für dich sey dieser Anblick eine
„Lehre, wie du künftig zu herrschen habest.
„Der Schmerz dieses Volkes bey unsrer
„Trennung verringert mein körperliches Lei=
„den; sein dankender Zuruf ist der schönste
„Lohn meiner durchwachten Nächte; er sey
auch

„'auch das Ziel, nach'bem du künftig ringen
„müſſeſt."

Er wollte noch mehr ſagen, aber ſeine
Kräfte waren erſchöpft; ſeine Zunge ſtockté,
ſeine Augen ſchloſſen ſich, und ſein Licht
ſchien auszulöſchen. Die Sorgfalt ſeiner
Diener rief noch auf wenige Sekunden ſeine
fliehende Seele zurück. — Sein ſchon ge=
brochner Blick ward noch einmal ſonnenklar;
er erhob ihn empor und rief: „Das iſt
„mehr, als ich verdient' und hoffte! Ich
„zittre vor Freuden, wo Andre vor Angſt
„und Schmerzen zittern. Gott der Güte,
„mein lezter Odem danke dir!" — Hier
neigté er zum zweytenmale ſein Haupt und
verſchied.

Angenehme Lectüre

für

Hessens Töchter.

Gefilde des Todes
  Gefilde der Ruh!
  Euch wanket voll Sehnsucht
  Der Leidende zu;
Er steht am Gestade
  Verkannt und allein,
In der Wüste des Lebens,
  Allein, allein

Er kam zu den Menschen
  So willig und gut,
Er trug in den Adern,
  So glühendes Blut:

R   Er

Er ſah nach Gefährten,
  Nach Antwort ſich um,
Doch alles war öde,
  Doch alles war ſtumm.

Im Mondſchein wird blinken
  Sein mooſigtes Grab;
Doch war wo ein Auge
  Das Thränen ihm gab;
Es rauſchen, vergeſſend,
  Die Tritte beyhin,
Vergeſſend, wen decket
  Des Hügelchens Grün.

Laß rauſchen die Tritte,
  Laß Menſchen ſich freun,
Einſt hüllt auch das Dunkel
  Des Grabes ſie ein;
Es rollen die Jahre,
  Es ſchwindet ihr Lauf,
Einſt trinkt ihren Moder
  Die Sonne mit auf.

Gefilde

Gefilde des Friedens,
Gefilde der Ruh,
Nur ihr weht Vollendung
Dem Leidenden zu:
Die Träume der Todten
Sind kühle und leicht;
Wohl dem, der vom Ziele,
Nicht ferne mehr schleicht!

Die Nacht.

Schöner senkte auf die Erde,
Sich die Nacht noch nicht herab,
Wenn sie nach des Tags Beschwerde
Der Natur Erquickung gab.
O mein Herz fühlt ganz die Pracht
Dieser schönen, heitern Nacht.

Sanftes, schauervolles Schweigen
Deckt die schlummernde Natur,
Kaum noch hörbar in den Sträuchen
Kühlt der Weste Hauch die Flur.
Leise schleicht durch frisches Grün
Murmelnd jener Bach dahin.

R 2   Wie

Wie in seiner Silberwellen
Sich das Bild des Mondes malt,
Wie das Dunkel zu erhellen,
Sanft sein Licht herniederstrahlt:
Wie erfrischt der Seegensthau,
In ihm schimmernd, diese Au.

Blumen die sich jetzt enthüllen,
Oefnen sich mit süssem Duft;
Frische Wohlgerüche füllen
Labend, stärkend ganz die Luft.
Wollustvoll fühl ich die Pracht
Dieser schönen, heitern Nacht.

Wie in glänzend Blau gekleidet,
Still und heiter wie die Flut,
Jetzt der Himmel ausgebreitet
Auf erfrischten Fluren ruht;
Wie so schön des Mondes Licht
Flimmernd durch die Sträuche bricht.

Hoch in unermeßner Ferne,
Wo das Auge sich verliert,
Glänzen zahlenlose Sterne,
Nie aus ihrer Bahn verirrt.

Wel=

Welten finds, wie diese Welt,
Wo mich Gottes Huld erhält.

Welche tiefe, heilge Stille
Schwebet jezt auf der Natur,
Schöner schloß in ihre Hülle
Keine Nacht noch je die Flur.
O mein Herz fühlt ganz die Pracht
Dieser schönen, heitern Nacht.

Doch vielleicht zum letztenmale
Sank sie mir so schön herab,
Mit der Sonnen ersten Strahle
Deckt vielleicht mich schon das Grab.
Doch es sey, die Nacht entflieht,
Und ein ewger Morgen glüht.

Timon an Philotas.

Wenn du Trost für mich hast, so gieb
mir ihn, oder ich muß ihn suchen,
wo ihn die Elendesten gesucht, ich weiß
nicht ob gefunden haben. Siehe da den
glücklichen, geehrten, geschmeichelten Timon — unglücklich, verachtet, verspottet.

Ha!

Ha! so etwas zu erleben! Und da reden sie
doch von Vorsehung! Zwar ich bin wohl zu
unheilig gewesen, ihr Gegenstand zu seyn.
Aber bey Gott, ich war was die meisten
sind, und ihr schwatzt ja ohnehin von ihrer
Allgemeinheit.

Philotas wenn du mich sehn solltest!
wie ich da stundenlang hinsitze, mein gan=
zes Elend vor mich hinversammle, und dann
das Bild der vorigen Tagen, die Leiche mei=
ner gestorbnen Glückseligkeit daneben stelle!
O das Glück, das Glück! Gestern im ge=
wähnten Besitz aller meiner Reichthümer,
heute die Nachricht, daß alles verlohren sey!
Gestern in sichrer Erwartung der Gunst mei=
nes Herrn und durch sie eine der wichtigsten
Personen für viele hunderte; sie alle vor
meinen Blicken hangend, sie alle vor mei=
ner finstern Stirn zitternd und heute —
Nichts!. der Triumph meiner Nebenbuh=
ler; das Hohngelächter der Glücklichen.

Wenns

Wenns mir um Unterdrückung der
Schwächern zu thun gewesen wäre, wenn
ich von dem Schweiß des Armen mich hätte
bereichern, und Menschen unglücklich machen wollen — ich wollte die Hand auf den
Mund legen und rufen : Gott du bist gerecht! Strafe! Strafe! Ich hab es verdient! „Aber nun? frage doch die Armen,
denen ich half, ob ichs verdiente? Frage
doch die Verachteten, ob ich sie niedertrat,
wie jene die nun über mich frohlocken? Freylich habe ich nach euren strengen moralischen
Lehrgebäuden mich nicht bilden wollen. Sie
mögen für Engel gut seyn! Ich war ein
Mensch, und begehrte nicht mehr zu seyn.
Wenn sie mich deswegen lasterhaft nennen. —
Philotas du sollst mir zeugen, ob ich es
war oder nicht.

Ich trüge ja wohl den Verlust meines
Vermögens; und ob ich mehr oder weniger
Ehre hätte — es ist doch nur Last. Was
kümmert michs? Aber diese — diese fürch-
terliche

terliche Einsamkeit, diese Todtenstille in der
ich leben muß! Wie mir sonst meine Tage
hinflossen — ein beständiger Tanz von Freu=
den! Ich wußte nichts von Unbehaglichkeit,
denn so bald ich sie fühlte , eilt ich in die
Gesellschaften der Freudigen, und vergaß
meine Launen. Fehler thun wir Menschen
doch auch, und ich that es wie alle, gieng
zuweilen weiter als ichs erst vorhatte, und
ward hinterher ungehalten auf mich selbst.
Welch ein unfehlbares Mittel war mir dann
die Zerstreuung, und wie manche Grille hab
ich auf Bällen und bey Spieltischen vergef=
sen. Du bist, hoff ich, zu weise, um die
Stirn darüber zu runzeln, und Ball und
Spiel zu verdammen. Vergnügt seyn, und
sein Vergnügen suchen, wo man es finden
kann, das ist doch die Summe aller wah=
ren Philosophie des Lebens.

Das ist nun alles dahin! Mich zurück=
ziehn, die Aufmerksamkeit von mir weglen=
ken, ist das einzige was mir übrig ist, ist
wenig=

wenigſtens der Rath, den mir mein Kopf
giebt; aber wie ſchwer iſts ſolchen Rath an=
zunehmen, ſo lang ihn Herz und Neigung
verwirft. Denke dir meine Lage; die eh=
maligen Genoſſen meiner glücklichen Tage
fliehn mich. Wer kanns ihnen auch verden=
ken: niemand hat Luſt an langer Weile. Die
moraliſchen Herrn machen Anmerkungen über
mich, zucken die Achſel, und gehn vorüber?
Wen hab ich nun als — mich ſelbſt? Mich
mit allen den Erinnerungen, an das was
ich hatte und nicht mehr habe! Mich mit al=
len dem Ueberdruß des Lebens darin nichts
mehr Reiz für mich haben kann! Mich mit
den Vorwürfen über manche Handlungen,
die, weil wir ſie von Jugend auf verdam=
men hören, immer etwas unangenehme Ein=
drücke in uns zurück laſſen! — —

Ach Philotas, ich muß abbrechen
hilf mir! Du biſt wohl durch mein langes!
Schweigen berechtigt, kaltſinnig zu ſeyn!
Aber du biſt zu gut, um dich an einem Elen=

R 5   den

ben zu rächen, und ich bin mirs zu sehr bewußt, daß ich bey der größten Ungleichheit der Denk= und Handlungsart, dich doch immer liebte und achtete. Gieb du mir Trost, oder — ich will es nicht hinschreiben, was mir durch die Seele fuhr. Leb wohl. *)

Tägliche Verhaltungsregel, aufgezeichnet von Pater Joseph S. J. **)

Hier, mein theurester und liebenswürdiger junger Freund! haben sie die tägliche Verhaltungsregeln, die Sie von mir verlangt haben. Behalten Sie sie zur immerwährenden Erinnerung ihrer Pflichten bey

*) Die Antwort des Philotas kommt im folgenden Stück.   d. H.

**) Es gereicht zur Ehre der catholischen Religion und wird unserm tolerant Jahrzehend angemessen seyn, nachfolgende Verhaltungsregeln eines Geistlichen jener Religion, die einem biedern Jüngling zugeschrieben worden, näher bekannt zu machen, da sie es wirklich verdienen, auch jedem Protestanten tief ins Herz eingegraben zu seyn.   d. H.

bey sich, lesen Sie sie oft, und prüfen sie
sich jeden Abend nach denselben. Die leben=
dige Weisheit schreibe sie mit unauslöschli=
chen Zügen in ihr Herz, und stärke Sie all=
mächtig, sie, trotz dem wiederstrebenden
Fleische, trotz der Verhinderung der Welt,
getreu zu beobachten.

1.

Ihr erster Gedanke, wenn sie erwachen,
sey Gott. Keiner ist der menschlichen Seele
würdiger, keiner ist ihr nöthiger. Ihr Er=
wachen vom Schlaf ist eine neue Schöpfung
für Sie; und sie sollten nicht zuerst an ihren
Schöpfer, an denjenigen denken, dem Sie
ihr neues Daseyn zu danken haben? Ohne
dessen Allmacht und Güte Sie nichts seyn,
nicht sich ewig fühlen würden? Aus ihm
sind Sie entsprungen, zu ihm werden Sie
zurückkehren; Ihr ernstliches Bestreben also
sey: sich ihm immermehr zu nähern, und in
seiner Empfindung, in seiner Betrachtung
Seligkeit zu finden. Ihre erste Empfin=
dung also sey Gott und Ihr Danck an ihn.
Dan=

Danken Sie ihm, daß er Ihren Odem be=
wahrte, da Sie sich selbst unbewußt, ohn=
mächtig sich zu schützen, da lagen, Alsdenn
weihen Sie sich ihm, seinen Dienst, dem
Dienst ihres Nächsten, und befehlen Sie
sich übrigens seinem allgewaltigen Schutz.

2.

Ihr zweites Geschäft sey die aufmerk=
same Lesung der heiligen Schrift, so sehr die
Kirche Ursache hat, sie den Laien zu unter=
sagen, doch immer nur unter gewissen Ein=
schränkungen; so sehr habe ich Ursach und
dringende Pflicht, sie Ihnen, und über=
haupt Personen von aufgeklährtem Verstan=
de zu empfehlen. Sie können gar nicht
glauben, wie kräftig, wie fühlbar der Geist
der Wahrheit, durch das Lesen der heiligen
Schrift auf Ihren Verstand und auf Ihr
Herz würken wird. Sie werden so über=
zeugend unterrichtet, mit einem so lebendi=
gen Zutrauen zu Gott belebt, und so mäch=
tig zu allem Guten gestärkt werde, daß Sie
freudig Ihre vorkommende Pflichten er=
füllen,

füllen, und in dieser Erfüllung glücklich
seyn werden. Ich meinerseits wenigstens
würde zu allen Verrichtungen des Tages un=
geschickt, zum Leiden zu schwach, zu jedem
Guten zu träge, und unschuldiger Freuden
ganz unfähig seyn, wenn ich dieses erste
heilsame Geschäfte unterlies. Ueberhaupt
kann ich Ihnen die fleißige Lesung der heiligen
Schrift nicht eindringend genug empfehlen,
bey Unterlassung derselben werden Sie bey
allen Kenntnissen und guten natürlichen An=
lagen sich einer gewissen Trägheit zur Tu=
gend, Kälte und Gleichgültigkeit in der Re=
ligion nicht erwehren können, werden kei=
nen Trost im Leiden, in Traurigkeit keine
Ermunterung zur Freude haben. Die öf=
tere Lesung hingegen frischt alle schon erkann=
te Wahrheiten in Ihrem Verstand, und
alle gute Triebe ihres Herzens, immer wie=
der an, macht sie ihrem Bewußtseyn stets
gegenwärtig, und erfüllt ihr Herz mit ei=
nem solchen Eifer, mit einer solchen Wär=
me, mit einer solchen Freudigkeit und Hei=
terkeit

terkeit nicht blos im geiſtlichen, ſondern in
allen ihren weltlichen Geſchäften, daß ſie
über Ihre Veränderung erſtaunen werden.
Glauben ſie mir, liebenswürdiger junger
Freund! dieſes iſt nicht blos eine durchdach=
te, aber nicht ſelbſt empfundene Wahrheit
aus der Studirſtube der Theologen: es iſt
eine Wahrheit, von der ich durch eigene Er=
fahrung weit lebhafter überzeugt worden
bin, als durch die Schlüße meines Ver=
ſtandes. Inzwiſchen glaube ich, daß es
Perſonen gibt, bey welchen dieſe Wirkun=
gen nicht erfolgen werden, und dieſe ſind
von dreierlei Gattung. Einige leſen mecha=
niſch, ohne zu wiſſen, wie und was ſie le=
ſen müſſen, blos weil ſie glauben, daß es
ein verdienſtliches Werk ſey, und dieſe ha=
ben den Selbſtbetrug ihrer Unwiſſenheit zu
ihrer Belohnung. Andere leſen blos zur
Befriedigung ihres Hochmuts, das fällt
auf, und doch iſt es ſo — blos um ihre
Kenntniſſe und Wiſſenſchaften zu vermeh=
ren, um in den Augen der Welt zu glän=

zen,

zen, aber nicht um sich zu bessern. Sie
können nichts weiter erlangen, als wenn
sie erhalten, was sie suchen. Die dritte
Art liest zu ihrer Verstockung. Sie liest
um Stof zu witzigen Anspielungen und
Spöttereien zu sammlen. Auch sie errei=
chen ihren Endzweck zu ihrer Verdammnis.
Von Ihrer Gutartigkeit bin ich überzeugt,
daß sie keinen dieser Wege betreten, son=
dern daß sie lesen werden, um Gott, sich
selbst und ihre Pflichten kennen zu lernen;
um sich zur Tugend, zum Kampf wider
das Laster zu stärken, ihr Herz zu bessern,
Freudigkeit in der Ausübung ihrer Pflich=
ten, Klugheit in dem Genuß des Glücks,
Trost im Leiden, Ergebenheit in den Wil=
len der Vorsicht Ruhe der Seelen in jeder
Situation des Lebens, und Stärke auf die
Stunde des Todes zu sammlen.

3.

Nie gehen Sie hernach an Ihre Ar=
beit ohne sich vorher den Segen Gottes
seine Mitwirkung und seinen Beystand er=

beten

beten zu haben. Und wenn dieses beson=
dere Gebet, dieser stille Seufzer auch kei=
nen unmittelbaren Einflus durch Gott auf
die glückliche Ausführung Ihrer Geschäfte
hätte: so wäre es Segen genug, sich da=
durch das Andenken der allmächtigen Güte
Gottes, die Erinnerung ihres natürlichen
Unvermögens, und Ihrer Abhängigkeit
von ihm, immermehr gegenwärtig zu ma=
chen; Ihr Vertrauen zu stärken, und bey
der Beruhigung, unter dem Beystand Got=
tes zu arbeiten, Ihr Geschäft freudig und
entschloßener zu verrichten.

(Die Fortsetzung folgt in einem der
nächsten Stücke.)

Angenehme Lectüre

für

Hessens Töchter.

Philotas an Timon. *)

Gesegnet sey die unsichtbare Hand, die meinen Timon aus dem Taumel des Lebens in diese Stille geführt hat! Und du selbst, mein Freund, sey meinen Armen, meinem Herzen, dem du zurückkehrst, mit voller Seele gesegnet! Ich wuste, daß du mich nicht verkanntest, und wenn du mich verkannt hättest — wer wollte nicht gern andern thun, was er von andern wünschen würde.

S

Du

*) Siehe das vorhergehende Stück S. 261.

Du kennst meine Theilnehmung an al=
lem was dich anging, und so darf ich dir
nicht sagen, wie innig ich das traurige dei=
ner Lage empfinde, deinen Verlust bedaure,
und zu jedem was ihn dir erleichtern kann,
von Herzen bereit bin. Ich schreibe dir da=
von nichts mehr, weil du ohne Versicherung
weißt, daß was mein ist, dein ist, und —
weil ich von etwas wichtigern zu schreiben
habe.

Nicht sowohl darum, lieber Timon,
weil du dein Vermögen und weil du deine
Aussichten verlohren hast, bedaur' ich dich.
Das ist auch bloß mit ein wenig Philosophie
angesehn, etwas so Unwichtiges, hat im
Grunde so überaus geringen Einfluß auf
deine wahre Glückseligkeit, daß du es selbst
zu fühlen scheinst, wie gerade dis, wenn es
sich von so vielen begleitenden üblen Folgen
absondern ließe, leicht zu ertragen wäre.
Aber die Lage deiner Seele, die Trostlosig=
keit eines Herzens das Trost begehrt macht
dich

dich elend.   Und selbst in diesem Elend stös=
sest du noch mit Gewalt' von dir ,   was dir
Ruh verschaffen könnte.

Der Ausbruch deines Unwillens, den
du mehr zu unterdrücken scheinst,   als wirk=
lich unterdrückst,   hat mich geschreckt.   Ich
fürchte von dieser Seite nichts von deinem
Mißmuth.   Timon ist der Mann nicht,
der so leicht unterliegt ;   Timon wird sich
über verlohrne Güter nicht todt härmen,
und der Ehre hat er auch nicht Lust als ein
Opfer zu bluten.   Wer noch so viel raison=
nirt, wem noch die ganze Sprache des Wi=
ßes zu Dienste steht ,   der ist weit vom letz=
ten Entschluß.   Aber um so mehr mißfällt
mir das Spielen mit Ausdrücken ,   die dis
aufs äusserste gebrachte Elend doch nur halb
zittern ausspricht.   Du bist noch lang nicht
da, wo die Sprache Mitleid verdient!

Du hast über die wichtigsten Sachen
vor der Welt (selbst als Vorurtheil einer
Menge verständiger Menschen sollten sie dir

S 2   ehr=

ehrwürdig seyn!) mit so viel Leichtsinn gere=
det, daß ich wohl von dieser Seite wenig
zu deiner Beruhigung.sagen kann. Gleich=
wohl kenn ich keinen andern Trost, als der
aus diesen Quellen fließt. Hast du also
würklich Achtung gegen mich, so habe sie
auch jetzt wenigstens so weit, um mir zuzu=
trauen, daß ich nie etwas für wahr hielt als
was ich geprüft hatte, und halt es denn
auch einmal der Mühe werth, mich zu hö=
ren. Der Kranke, dem man helfen soll,
muß nicht fragen, ob die Arzney gut oder
schlecht schmecke. Ob dir also meine Gedan=
ken angenehm oder unangenehm seyn wer=
den, ist jetzt nicht die Frage. Die Frag ist,
ob sie wahr, und wenn wahr, dir heilsam sind.

Wo fließt denn wohl die Hauptquelle
deiner Leiden? Ach Timon, ich fürchte in
dir! Du hast es selbst gestanden, und dein
Geständniß hat mich bis zu Thränen gerührt,
ob es wohl nicht in dem Ton der Selbster=
kenntniß gesagt war! Wie unglücklich mußt
du

du seyn, der du dich selbst nicht mehr er=
tragen und nicht ruhig seyn kannst, wenn
du mit dir allein bist. Und woher dis?
Weil dich die Erinnerung der vorigen Tage
deines Lebens quält! — Und doch nanntest
du es immer ein so glückliches Leben! Und
doch waren wir andern immer solche Thoren,
und scheinen es dir noch zu seyn, die wir
dis Leben so wenig zu brauchen wusten?
Wir, denen das Andenken an die Vergan=
genheit vielmehr angenehm als quälend ist?
Wir, die eben dis Andenken sogar in bösen
Tagen beruht? Es scheint, diese Erfah=
rung hat dich an deinen Meinungen über
Tugend und Sittlichkeit noch nicht irre ge=
macht. Wir sind dir noch immer verächtli=
che Leute, moralische Herren, Anmerkungs=
macher, Moralisten für die Engel. Und
doch — wer bey seiner Weisheit elend ist—
das bist du! Und wer bey seinem Wahne
glücklich ist — das sind wir.

Ich will noch nichts von dem, was du
Vorurtheil der Erziehung und was andre

Ge=

Gewiſſen nennen, ſagen... Rechne die un=
angenehme Eindrücke, die dir die Erinne=
rung an die verlebte Zeit macht, von der
Summe deiner Leiden ab; bleiben nicht noch
genug übrig? Nicht noch immer jene Leer=
heit des Geiſtes? Nicht jene dich quälende
Einſamkeit und Armuth an Freunden, die
nun die Genoſſen deiner traurigen, wie der
glücklichen Tage wären? Nicht jener Man=
gel an allem, wodurch du dir dein Elend
erleichtern könnteſt? Mit dem Verluſt dei=
nes Anſehns und deines Vermögens, ſind
alle Quellen von Freude und Glückſeligkeit
für dich verſiegt,

In den Fall kann der nicht kommen,
dem die Moral, welche du verachteſt, hei=
lig iſt. Darum lieben wir ſie, darum ver=
ehren wir ſie ſo, wie man einen treuen
Freund, den man im Leiden geprüft hat,
werth hält. Sie macht uns nicht unem=
pfindlich gegen die Vergnügungen des Le=
bens; aber ſie verwahrt uns in ihnen trun=
ken

ken zu werden! Sie giebt unserm Geist eine
beständige Beschäftigung,. bey der die Ein=
samkeit selbst etwas angenehmes für ihn hat.
Wir sind zu stolz um unsre ganze Zufrieden=
heit von etwas so Zufälligem, als Reich=
thum und Ehre ist, abhängig zu machen.
Da wäre ja jeder Unredliche, oder doch je=
der Fürst, Herr von unsrer Ruhe. Solche
Rechte gestehen wir keinem Menschen ein;
auch Königin nicht i Wir sind immer reich,
auch wenn wir nichts haben; reich an Be=
ruhigungsgründen, reich an guter Hofnung,
reich an den Gütern der Seele, die uns
nichts rauben kann, reich an Freunden, die
alles mit uns theilen. Gesteh mir hier we=
nigstens ein, daß unser System uns glück=
licher macht. Ihr liebt euch um eures Ei=
gennutzes willen; wir lieben uns um unsrer
Tugenden willen. Ihr kommt zusammen,
weil ihr die Lustbarkeiten, die Reichthümer,
die Wacht andrer, zu eurem Vergnügen
nutzen könnt. Wo das aufhört, ists mit
euren Freundschaften vorbey, und eure Ge=

sell=

sellschafter sind nun die langweiligsten Men=
schen von der Welt. So ists nicht bey uns.
Das sind nicht die Tage, wo wir den hohen
Begrif von Freundschaft uns ganz zu den=
ken vermögen; es ganz empfinden wie groß
der Mensch durch Tugend werden kann.
Denn nun ist das Leiden unsers Bruders
das unsre; nun ists unser erstes liebstes Ge=
schäft, ihm jede trübe Stunde, so viel wir
können, aufzuhellen. Nun kann uns nichts
abhalten, und mit Aufopferung unsrer Be=
quemlichkeit und Freude, die Genossen sei=
ner Leiden zu seyn; ihn an unsrer Brust den
Jammer des Lebens ausweinen, und sich—
wenn wir sonst nichts für ihn thun können
— an unserm Anblick, dem Anblick von
Menschen, die ein Herz und Thränen
für ihn haben, erquicken zu lassen. — Ti=
mon sage mir, ob dich das nicht an deinem
System irre mache? Oder wenn du glaubst,
daß das leere Worte sind, so komm und
siehe!

Laß

Laß aber auch seyn , daß wir alles dis
nicht hätten — noch immer bleibt uns et=
was, das uns nie mehr werth ist, als wenn
wir leiden. Wir sehen mit Ruh in die Ver=
gangenheit zurück ; wir unterwerffen uns
dem allein Weisen, ubd danken ihm , daß
diese Leiden wenigstens nicht die Folgen un=
srer Thorheiten sind. — Aber du? — O
mein Timon , ich belchwöre dich bey diesrr
Freundschaft, die so warm in meinem Her=
zen glüht, bey deiner eignen Ruhe, bey dem
Wohl, deines unsterblichen Geistes, täusche
dich nicht selbst durch diese elenden Ausflüch=
te , als wäre Gewissen nichts als Vorur=
theil der Erziehung. Du bist zu weise und
zu gut, allen Unterschied zwischen Tugend
und Laster aufzuheben; glaubst selbst, man
könne durch Verbrechen die Strafe der Gott=
heit virdienen. Du solltest am ersten ver=
nünftig genug seyn, einzusehen, daß nicht
das nur Laster ist, was du so nennst, daß
jene menschlichen Schwachheiten, wenn man
sie so leichtsinnig behandelt, zu Krankheiten

S 5   der

der Seele werden, die sie unheilbar zerstören! „Wenn es mir um Umterdrückung der
Unschuld, um Erhebung über die Armen zu
thun gewesen wäre" — welche Sprache!
O Timon, ist das das einzige Laster? Dank
es dem, der dich zur Tugend schuf, daß er
dieeses fühlende Herz in dich legte, aber trage diese Fühlbarkeit, dabey du so wenig Verdienst hast, ja nicht wie eine Trophäe, die
dir viel Kampf zu erringen gekostet hätte,
zur Schau. Ich glaub' es, daß du keine
Seufzer der unterdrückten Unschuld auf dir
hast. Aber auch keine der verführten? Keine jener Unglücklichen, welche die Opfer deiner menschlichen Schwachheiten wurden?
Keine jener Verlaßnen (verzeih diese Offen-
heit deinem redlichsten Freunde!) die arm,
verachtet, bedeckt mit Schande, ohne Bildung, hingeworfen unter die elendesten Menschen, in der Welt herum irren, und den
nicht Vater nennen dürfen, der doch ihr
Vater ist? Der Wucherer kann seinen ungerechten Gewinn zurück geben; aber kann
man

man auch verlohrne Unschuld, gebrochne
Treue, unterdrücktes Naturgefühl — kann
man auch das erstatten? — —

Nein Timon — ich verdamme dich
um deines Spiels und deiner Bälle willen
nicht. Besser als jene Gesellschaften, wo
die Verläumdung und die Lieblosigkeit das
Wort führt. Aber wenn sie dir nicht sowohl
Aufheiterungen des Geistes, wenn sie nichts
als Zerstreuungen waren, darin du die treue
Stimme des Zeugen in dir überhören, wo
du vergessen wolltest, wer vielleicht in den
Momenten deiner aufgelassensten Fröhlich=
keit, am bittersten über dich seufzte — Und
ob, wenn du ruhig genug gewesen wärst, zu
überdenken was du schriebst, dann noch Herz
genug zu diesem Trotz auf deine Unschuld
urd das Unverdiente deiner Leiden gehabt
hättest? Antworte dir selbst; aber denke
dabey, daß es gefährlich ist sich immer zu
täuschen. —

O mein

O mein Freund, wenn du es wüßtest, wie schwer es wird diese Sprache mit dir zu reden! — Wenn du noch das Herz hast, das ich vordem an dir kannte, so mußt du selbst in diesem Ton nicht den moralisten, der sich freut einmal predigen zu können, sondern den Freund hören, der nur hart redet, weil er die Gefahr für dringend und den Schaden des Verzugs für unersetzlich hält; den Arzt, der dir keine Stärkungen geben kann, so lang die Krankheit dich nicht verlassen hat, weil er durch sie dich elender machen würde. Sie ist nicht für dich, die einzige Beruhigung die ich kenne, so lang du dich mit Ungeduld unter der Hand der Vorsehung sträubst, die dich unglücklich machte, um dich wahrhaftig glücklich machen zu können.

Gewiß Timon, das will er, der sich aller seiner Werke erbarmt. Darum segnete ich die Stille, in welche du geführt bist, denn sie ist das einzige Mittel, dich aus dem be-
ständi=

ständigen Taumel zu dir selbst zu bringen,
dich an die Reihe verlohrner Tage zu erin=
nern und dir in dieser Erinnerung, Gott
als den Gerechten zu zeigen. Unterwirf dich
nur erst dem Allgewaltigen, und lerne mit
voller Ergebenheit deiner Seele sagen:
„dein Wille geschehe!" — und ich bin ge=
wiß, die Ruhe nach der du ringst, wird in
deine Seele zurück kehren. Wie klein wird
dann, was du verloren, wie groß wird dann
was du gewonnen hast in deinen Augen
werden! Ein wenig Staub und ein wenig
Ansehn, was du meist diesem Staube schul=
dig warst, auf der einen, wahre Tugend und
die Achtung aller guten, die dir dein eignes
Verdienst erwirbt, auf der andern Seite.
Vorher ein unaufhörlicher Sturm in deiner
Seele von Leidenschaften und Entwürfen für
die Zukunft; nun ein stiller Friede, zuwei=
len vielleicht durch das Andenken an die vori=
gen Zeiten unterbrochen, (dann einige Vor=
züge muß der Frühtugendhafte doch behal=
ten) aber sobald durch den Gedanken, jenen

Laby=

Labyrinthen entronnen zu seyn, wieder hergestellt. Vorher bloß zum Schein von ei-
gennützigen gewinnsüchtigen Menschen geliebt; nun in dem Besitz der Freundschaft
der Besten und Edelsten, sicher nie von ihnen verlassen zu werden.

Das ist der Trost, den ich für dich habe,
mein Timon! Sieh ob du ihn beruhigend
findest. Mir kommt er so vor; auch dir
wird ers, wenn du deine bisherigen Ideen
und Vorurtheile (denn gesteh es nur, es
war wenig geprüftes darin) vergessen, wenigstens auf einige Stunden ohne sie, bloß
mit deinem natürlichen Wahrheitsgefühl und
der ehmaligen Lehrbegierde deines Geistes,
an die Untersuchung gehen wirst. Frage
dabey die Zeugnisse aller Jahrhunderte, frage
die Geschichte, und sie wird dir antworten,
daß „je besser der Mensch wird, desto glücklicher wird er auch.‟

Wenn dann der Gedanke an die verlohrne Zeit des Lebens dir zu bitter wird, und
du

du vergebens nach einer Möglichkeit, zu ersetzen was du verschwendet hast, aussiehst,
wenn die immer näher kommende Stunde,
welche dich vor den Richter aller Welt führen wird, mit allen ihren Schrecken vor dir
schwebt — o! dann mein Freund, stoß ihn
doch nicht zurück, den Kelch des Trostes,
den dir die Religion reicht. Du hast unsern
N... in der Nähe. Er wird dir mehr
darüber sagen, als ich in einem Briefe sagen kann, und er ist dabey so sehr der weise,
vernünftige Christ, der dich nicht mit Wahn
oder Menschenmeinungen, nicht mit Spielen der Einbildungskraft, nicht mit den Ge-
meinsprüchen der gewöhnlichen Tröster unterhalten wird; der seine Religion an der
Quelle geschöpft hat, und bey dem du so
wenig die Vernünfteleyen der Zweifelsucht,
als die Scheinberuhigungen der mißverstand-
nen Christuslehre zu fürchten hast. —

Lebe wohl, mein Geliebter! verkenne
mich nicht; du hast es nie gethan! Gott gebe dir so viel Beruhigung, als du durch

Demuth

Demuth und Unterwerffung zu empfangen
fähig seyn wirst. Kannst du, so komm in
meine Arme. Ich will alles thun, was dich
erheitern und wo möglich den Grund zu einer
ununterbrochnen Ruhe deines künftigen Les
bens legen kann.

Auf N**

Wenn N** spricht: "du hast mein Herz;"
So weiß ich wohl es ist ihr Scherz;
Denn wär's ihr Ernst so müßt ich denken:
Sie hätte zwanzig zu verschenken.

Auf Selinden.

Cypris Sohn spannt seinen Bogen,
Und schoß nach Selindens Herz;
Doch der Pfeil ist durchgeflogen;
Ganz durchlöchert war ihr Herz.

Angenehme Lectüre
für
Hessens Töchter.

Ueber den Werth des Lebens.

Ja, das Leben ist des Himmels Gabe,
    Ist des tiefsten Wunsches werth;
Sagt das nicht der schwache Greiß am Stabe,
    Der den Tod mit Zittern kommen hört?
Sagt das nicht der Säugling in der Wiege,
    Wenn der kalte Schauer ihn befällt,
Und der Todeskampf die kleinen Züge,
    Jedes Lächeln, jeden Reiz entstellt?
Sagt das nicht mit sanftem Flehn die Taube,
    Wenn des Geiers Mordsucht sie bedroht?
Sagt das nicht der kleinste Wurm im Staube?
    Ach! sich windend leidet er den Tod.
           T   Selbst

Selbst das Dasein, ist es nicht ein Gut?
 Auch die kleinsten Hälmchen auf den
  Matten
Sterben traurig unter Sonnenglut,
 Schmachten sterbend noch nach holdem
  Schatten,
Und aus Gräbern unter dichtem Moose
 Drängen Blumen eilend sich hervor.
Zwischen Dornen hebt die junge Rose
 Froh ihr glüendes Gesicht empor.
Zwar uns Armen drücken tausend Plagen,
 Von der Wiege bis zum frühen Grab;
Aber tausend, tausend Freuden sagen,
 Daß ein guter Gott das Leben gab,
Und gerührt in mütterlichen Herzen
 Steht am Wege die Glückseligkeit:
Trauert, wenn wir wählen, bittre
  Schmerzen,
 Statt des Seegens, den sie hold uns beut;
Trauert, daß uns Wahn und Ehrsucht thören
 Wenn uns glücklich seyn die Weisheit
  lehrt;
Daß wir ihren süßen Ruf nicht hören,
 Und verkennen unsern eignen Werth.

         Beut

Beut dem Hirten hinter seiner Heerde
　　Wie dem Fürsten ihre Freuden dar,
Liebt noch immer ihre kleine Erde,
　　Die ihr Sig in goldnen Zeiten war
Ja, das Leben ist des Himmels Gabe,
　　Werth, daß Dank in unsern Adern schlägt,
Fühlt das nicht auch bey der kleinsten Haabe,
　　Wer ein reines Herz im Busen trägt?

　　　　Demoiſ. Car. Rudolphi.

Die Stunde des Wiedersehns.

Oft beim Erwachen des Tages
　　Und am sterbenden Abend,
In des Haines Geflüster
　　Und am rieselnden Bach,

Rief ich Dir, Tochter des Himmels,
　　(Sterblichen Kummer zu trösten,
Schufen Dich gütige Götter,)
　　Stunde des Wiedersehns!

　　　　　Wann

Wann die einsame Mutter,
　　Fern auf tobendem Meere,
Ihren Liebling beweint,
　　Den sie mit Sorgen erzog,

Um ihr Alter zu stützen,
　　Wann sie in ängstlichen Träumen
Ihn ins Vaterland ruft:
　　Lächelst Du Ruh in ihr Herz.

Komm auf raschem Gefieder,
　　Stunde des Wiedersehns!
Daß ich die liebende Minna
　　Drück' an das bebende Herz! — n

Fortsetzung der täglichen Verhaltungsregeln. *)

4.

Der vornehmste Beweggrund aller Ihrer Handlungen — verstehen Sie mich recht: nicht der einzige, aber der vornehmste — sey der Gehorsam gegen Gott. Nichts aus Leidenschaft, nichts aus Empfindung —

bis

*) Siehe das 17te Stück Seite 266.

dis iſt gewöhnlicher Selbſtbetrug und nicht
Tugend — alles thun ſie aus Gehorſam ge=
gen den göttlichen Befehl. Dieſes iſt die
einzige zuverläßige Richtſchnur, die Sie auf
den rechten Weg leiten kann. Ein jeder an=
derer Bewegungsgrund iſt täuſchend, verlei=
tet zu ſelbſt beliebigen Ausnahmen, gebiert
gefährliche Folgerungen, leitet auf Abwege;
bey jedem andern machen Sie ſich der kräftig=
ſten Ermunterung zur Tugend, der ſchönſten
Belohnung derſelben, des göttlichen Wohl=
gefallens verluſtig, bey jedem andern kann
ihre Ueberzeugung nicht gründlich, Ihr
Glaube nicht feſt, ihre Religion nicht gewiß,
Ihre Tugend nicht Tugend ſein. Von die=
ſer Wahrheit werden Sie ſich am deutlichſten
aus dem Buche überzeugen, das Ihnen den
Umfang aller unſerer Pflichtern auf das deut=
liche zeiget, und die überredendſte, die einzig
richtige Bewegungsgründe an die Hand gibt;
in dem Buche das Ihnen den einzigen wah=
ren Weg zu Ihrer Glückſeligkeit zeigt,
das Ihnen nicht ſchwache irrende Begriffe
der

der Menschen , sondern Weisheit Gottes
lehret.

5.

Ein christlicher Kunstgrif in der Kunst,
das Leben sich angenehm zu machen, in der
grosen Kunst stets ruhig und frölich zu sein,
ist die Erkenntnis und lebhafte Erinnerung
der göttlichen Wohlthaten, und unser Dank
dafür. Die wiederhohlte Vorstellung dieser
Wohlthat erfüllt uns mit einem innern Vergnügen, und mit einer Zufriedenheit, die
das wahre Glück des Lebens ausmacht, indem wir bey dieser Vorstellung die Würflich-
keit unseres Zustandes, mit der Möglichkeit
desselben vergleichen, und durch diese Vergleichung finden, daß wir glücklicher, vielmahl glücklicher sind, als tausende, die es
mehr verdienen, wie wir, daß wir unendlich unglücklicher sein könnten, als wir sind.
Es diene Ihnen eine jede Situation Ihres
Lebens , zu einer Quelle der Zufriedenheit,
und des Danks an Gott, denn kein Augenblick Ihres Daseins ist leer von Wohlthat,
aber

aber in der Regel von unerkannter Wohlthat; denn danken wir oft genug für unser
Daseyn, für die Hofnung der Ewigkeit, für
die Mittel zur wahren Glückseligkeit, ohne
welche wir diese nicht erreichen können, für
den Gebrauch unserer Seelenkräfte, für die
Fähigkeit uns zu freuen, für das Licht des
Tages, und tausend ähnliche Dinge.

6.

Die Zufriedenheit, Ruhe und Frölichkeit, die Sie durch vorbeschriebene Tugend
mit erlangen können, sey Ihnen stets, nicht
blos um Ihrer angenehmen Empfindung,
sondern auch um der Erfüllung Ihrer Pflichten willen so wichtig, daß Sie nicht wie die
meresten Menschen, recht mühsam Veran-
lassungen suchen, sie zu zerstören. Benuzen
sie immer eine jede unschuldige Veranlas-
sung zur Freude, und vermeiden Sie sorgfältig, so viel es ohne Verletzung Ihrer
Pflichten geschehen kann, jeder Gelegenheit
zum Verdrus. Bemühen Sie sich eine Fertigkeit zu erlangen, alle Dinge besonders

die

die Sie selbst betreffen, von der guten Sei=
te zu sehen und zu empfinden. Verstehen
Sie mich recht: Ich empfehle Ihnen dieses
nicht in Absicht auf Ihre Handlungen und
Ueberlegungen derselben; da würde es Feler
sein; sondern in Absicht auf Ihre Empfin=
dungen, wenn Sie sich leidend verhalten.
Viele Menschen, ich getraue mir zu behaup=
ten die meresten, besitzen eine ganz ausser=
ordentliche Geschicklichkeit, in allem, was
sie selbst betrift, nur die schwarze, in dem
aber, was Andere angehet, zu ihrer Mar=
ter nur die schöne Seite zu sehen, und durch
diese unglückliche Vorstellungsart, bringen
sie es so weit, daß sie in einer jeden mögli=
chen Situation dieses Lebens unglücklich sein
müssen. Die hieraus entspringende Unzu=
friedenheit ist ein Gift, das nicht blos sei=
nem eigenen Besitzer das Herz abfrißt, son=
dern auch allen denen schadet, mit denen er
in Verbindung stehet, denn ihr Unglück
wird er nicht zu erleichtern suchen, er wird
sich nicht bemühen, ihnen Vergnügen zu
machen,

machen, ihr Glück zu vergrössern, sondern
er wird ein Störer ihres Vergnügens sein,
und keine einzige seiner Pflichten so wie er
sollte erfüllen. Ein fröliches Herz aber,
und eine zufriedene Miene, breiten Vergnü=
gen aus, wo sie sich zeigen, erheitern eine
jede Aussicht dieses Lebens, und stärken zu
einer eifrigen Erfüllung einer jeden unserer
Pflichten. Sie werden also durch diese Ge=
mütsverfassung nicht blos Ihr eigener, son=
dern auch anderer Menschen Wohlthäter
werden.

7.

Immer sey Ihnen der Endzweck, war=
um Sie da sind, gegenwärtig. Dieses
wird der kräftigste Bewegungsgrund sein,
Ihre Handlungen zweckmäsig einzurichten,
und die Unnützlichkeit derer kennen zu lernen,
welcher wegen wir dereinst Rechenschaft ge=
ben müssen. Der Endzweck ihres Daseins
ist der Gehorsam gegen Gott, vermittelst
dieses Gehorsams die Verrherrlichung der
göttlichen Ehre, die Beförderung des Glücks

T 5   Ihrer

Ihrer Mitbrüder die Vollkommenmachung
Ihres unsterblichen Geistes — und durch
dieses alles Ihr eigenes Glück. Aber tief
drücke sich der Gedanke in Ihre Seele: Ihr
Glück ist nur eine Folge von jenem, und
in der Erfüllung Ihrer Bestimmung allein
können Sie es finden.

8.

Zu einer gewissenhaften Erfüllung Ihrer Bestimmung ist nichts nothwendiger, als
der rechte der geizige Gebrauch dieser Zeit.
Wie kurz ist sie und wie viel haben wir in
derselben zu lernen wie viel zu thun! Erin=
nern Sie sich doch beständig, daß keiner der ge=
genwärtigen Augenblicke, wenn er einmal
verträumt ist, zu einem bessern Gebrauch
für Sie zurück kehrt, sondern daß er mit
dem Gepräge Ihrer Tugend oder Ihres
Mißbrauchs zum Richterstuhl Gottes eilt,
und Sie dereinst zur Verantwortung fodern
wird. Theuer und kostbar sey Ihnen also
ein jeder Augenblick der Zeit, nicht Einer
streiche

streiche Ihnen unbenutzt vorbey, damit er
nicht einst Ihr Richter wird.

9.

Die Kürze der Zeit bewege Sie, eine
jede vorkommende Verrichtung, einen jeden
guten Vorsatz schnell auszuführen, nicht
mit schwankender Ungewißheit einen Theil
Ihrer kostbaren Zeit zu verschwenden, nichts
auf Morgen, nichts auf den kommenden
Augenblick zu verschieben. Nur der ge=
genwärtige ist Ihre, Sie wissen nicht,
ob Sie in dem kommenden noch vermögend
sein werden, Ihren Vorsatz auszuführen;
Sie wissen nicht, ob Sie ihn erleben wer=
den. Die künftige Zeit ist zu Ausübung
neuer Pflichten bestimmt. Also frisch thun
Sie was Ihnen vorkömmt, nachher können
Sie etwas neues verrichten. Noch ein
Grund (ohne Rücksicht auf die Verhinde=
rungen die außer Ihnen sind) zur schnellen
Ausübung eines jeden Vorsatzes: Wie
schwach ist die menschliche Tugend! wie ver=
änderlich unsere Gesinnungen! Gleich etwas
gutes

gutes gethan, ſetzet ſie für der Gefahr in
Sicherheit es gar nicht zu thun. Mit Freu=
den und lebhafter Thätigkeit benutzen Sie
daher auch jede Gelegenheit etwas gutes
zu thun, und auf die Ewigkeit zu ſäen,
denn nicht immer haben wir Gelegenheit
wenn wir auch wollen, nicht immer haben
wir die Kräfte wenn auch Gelegenheit da iſt.
Machen Sie ſichs daher, um Ihrem na=
türlichen Unvermögen zu Hülfe zu kommen
zum ſtrengen Geſetz, jeden Tag wenigſtens
eine gute, der Ewigkeit würdige Handlung
zu ſtiften und nie legen Sie ſich zu Bette,
ohne den Tag etwas neues gelernt, ohne ihr
Gedächtnis mit einer neuen nützlichen Wahr=
heit bereichert, ohne wenigſtens eine Ihnen
ſchon bekannte Wahrheit, ſich lebhafter, oder
von einer neuen Seite eingedrückt zu haben.

10.

Die Erfüllung dieſes Vorſatzes wird Ih=
nen um ſo leichter werden, wenn Sie ſich
beſtändig daran erinnern, daß nichts —
auch nicht die Zeit Ihr Eigenthum, daß

alles

alles Ihnen nur geliehen, zur Verwendung auf das Glück ihrer Mitbrüder geliehen ist. Diese Anwendung ist der Wucher, den man von ihrem Pfunde fodern wird.

II.

Nie thun Sie etwas ohne Ursach, ohne Endzweck; oder mit andern Worten, thun Sie nichts, ohne zu wissen: Warum? Wozu? Von jeder auch von der kleinsten Ihrer Handlungen, ihrer Bewegungsgründe dazu, geben sie sich Rechenschaft. Diese Aufmerksamkeit wird Sie lehren, vernünftig zu handeln, wird Sie für vielen Uebereilungen bewahren, wird ihnen die Rechenschaft vor dem Richterstuhl Gottes erleichtern,

12.

Ihr Denkspruch in den gesellschaftlichen Handlungen des Lebens sey: Alles was du willst das dir die Leute thun sollen, das thue Ihnen auch; und was du willst daß sie dir nicht thun sollen, das thue ihnen auch nicht. Diese Erinnerung wird Ihnen Sanftmut, Verträglichkeit, Demut, Dienstfertigkeit,

Bil

Billigkeit und Gerechtigkeit lehren, und bey
der Befolgung dieser Regel wird es am er=
sten möglich, alle Menschen zu ihren Freun=
den zu machen.

13.

Endlich sey die beständige Erinnerung
des Todes der heilsame Sporn, welcher Sie
täglich reize. Er wird Sie antreiben, mit
Ihrer Zeit zu geizen, so lange zu wircken
als es Tag ist, da Sie nicht wissen ob sie
die kommende Stunde erleben Der große
Gedancke: Noch lebe ich, noch ist es Zeit
zuschaffen daß ich seelig werde: aber wie
lange? Vielleicht ist es jetzt der lezte Augen=
blick, der mir zur Erfüllung meiner Pflich=
ten, zur Vorbereitung auf die Ewigkeit
übrig ist — und denn das Gericht — von
jeder unterlassenen guten Handlung Rechen=
schafft! O! wie wird dieser Gedancke Sie
weise machen, keinen Augenblick zu ver=
schwenden, wie er sie eifrig machen, Gutes
zu thun, nichts auf die Zukunft zu verschie=
ben, immer fertig immer bereit zu sein zum
Tod

Tod und zum Gericht! Die Schmerzen die=
ses Lebens werden Ihnen leicht, die Freu=
den des Lebens doppelt schmackhaft seyn.
Sie werden eine jede derselben geniesen, weil
Sie nicht wissen, ob Sie in der folgenden
Stunde geniesen können — aber fromm und
weise, ohne Verletzung Ihrer Pflichten, mit
Dank gegen den Geber werden Sie sie genie=
sen und sich freuen, daß Ihnen dereinst noch
grössere Freuden bestimmt sind ; unschuldig
werden Sie sich freuen, denn ist es nicht der
gröste Dank gegen den Gott der Liebe, ihm
durch Vergnügen für unser Daseyn zu dan=
ken, und selbst in der Stunde des Todes,
der Ewigkeit mit frölichem Herzen entgegen
zu gehen? Und wären Sie ein Christ, wenn
Sie das nicht könnten.

14.

Und dann am Ende der Tage unterlassen
Sie die vorgesetzte Prüfung so wenig als das
Gebet. Wenn Sie danken, so fragen Sie
sich, was für einen Gebrauch sie von den
genossenen Wohlthaten gemacht haben. Kei=

nen

nen Gedanken nicht den heimlichsten Trieb
Ihres Herzens verbergen. Sie vor dem Urtheil Ihres Gewissens; forschen sie den
Quellen, dem Wachsthum und dem Gang
Ihrer Triebe nach: und alsdenn vergleichen
Sie das, was Sie gethan und unterlassen,
wie und warum Sie es gethan und unterlassen haben, mit dem, was, wie und warum Sie es thun sollten. Den Nutzen dieser Prüfung, die Sie aber nie unterlassen,
immer fortsetzen müsten, werden Sie in der
merklichen Verbesserung Ihres moralischen
Zustandes immer deutlicher bemerken. Wenn
Sie dann gelobt, gedankt, um Verzeihung
gefleht, für sich und andere gebetet haben,
können Sie ruhig auch mit dem schreckenden
Gedanken sich widerlegen, daß es das lezte-
mal seie, daß Sie Ihre Empfindung und
Bewustsein erst vor dem Richterstuhl Gottes wieder erhalten könnten. Aber nicht eher
legen Sie sich nieder, bis ihre Angelegenheiten in eine solche Ordnung gebracht sind, daß
Ihr Tod keine Verwirrung anrichten kann.

Angenehme Lectüre

für

Hessens Töchter.

An mein Mädchen.

Mir ist doch nie so wohl zu Muth.
   Als wenn Du bey mir bist,
Wenn deine Brust an meiner ruht,
Dein Mund den meinen küßt!
Dann schwindet alles um mich her;
Ich weis von keiner Welt nichts mehr.

   Im Freudekrais, beym Becher Wein
Da bin ich freylich gern. —
Doch fällst Du mir mein Mädchen ein,
Schnell ist die Freude fern!
Und bis ich wieder bey dir bin;
Kommt keine Ruh in meinen Sinn.

U   O wäre

O wäre doch die Zeit schon da!
Die noch so ferne scheint;
Da am Altar ein freudig Ja!
Auf Ewig uns vereint!
Dann wär ich Tag und Nacht bey dir!
Dann nähme nur der Tod dich mir! —

Miller.

Amor und Hymen.

Amor.

Mir wallt des Jünglings Busen, mir
blinkt des Mädchens Thräne
Schon oft im Flügelkleide
Ich bin's, der bunte Rosen auf dornenvolle
Pfade
Des Menschenlebens streut.

Hymen.

Mich ruft die schlanke Dirne; mir fröhnt
mit tausend Opfern
Der gluterfüllte Mann;
Mich fleht die junge Wittwe, eh noch der
Erste modert,
Und zweyten Gatten an.

Amor.

Amor.

Mich schreckt der Mütter Wachen, mich
scheucht der Väter Drohung.

Aus Mädchenbusen nicht;

Wo meine Flügel wehen, und meine Bluh-
men düften,

Schweigt jede andre Pflicht.

Hymen.

Nicht Glut der Bruderliebe, nicht Band
der Kindestreu,

Ist fester, als mein Band;

Die Gattin flieht durch Meere, durch Wälder und durch Wüsten

An ihres Gatten Hand.

Amor.

Wer malt des Kusses Wonne, wenn ihn
zuerst das Mädchen

Vom Jünglings Mund empfängt,

Mit schambeglühter Wange, mit mattge-
rungnen Händen

An seinem Nacken hängt?

Wenn schnell aus der Umarmung die Sprö-
de sich entwindet,

Jezt schnell im Fliehen stockt;

Und

Und mitten in Verweilen den kühngewords
      nen Räuber
Zu neuem Raube lockt.

Wie fliehn des Busens Bänder! Wie glänzt
      der Wollust Zähre
Im Auge blau und schön!
Sieh die zerstörten Locken, weich wie der
      Perser Seide,
In Lüften wallend wehn.

Hymen.

Doch süßer ist der Taumel, mit dem die
      Neuvermählte
An Männerbusen sinkt,
Wenn froh der Ueberwinder die halbvers
      siegte Zähre
Von ihrer Wange trinkt;

Wenn ihre Marmorhügel in Meeres Fluth
      und Ebbe
Jezt steigen, sinken nun,
Und die Beneidenswerthen, von meinem
      Becher trunken,
In süßen Träumen ruhn;

                      Dann

Dann fliehn die kleinen Schmerzen, wie
leichte Sommerwölkchen

Vor Bruder Zephyrn fliehn;

Dann gäbe die Entzückte zehn greife Men=
schenalter

Für meine Stündchen hin.

Amor.

Wie oft ließ ich den Stengel, entblößt von
Blüth' und Blättern,

Leichtgläubiger, für dich!

Ich schaffe Held' und Dichter; die Cäsarn,
die Platone

Und Heinrichs glühn für mich.

Von meinem Pfeil verwundet fliehn Hel=
den aus den Schlachten,

Fliehn Prinzen von dem Thron:

Du reizest kaum Sekunden, so folgt mit
schnellerm Schritte

Der Ueberdruß dir schon.

Hymen.

Und dir, wenn du die Grenzen der Tugend
überschritten,

Folgt Reu, von Nattern schwer.

U 3

Wo

Wo nähmst du Held' und Dichter, wo nähmst
    du Sklav' und Sklavin
Ohn' meine Gottheit her?

Du bleichst des Jünglings Wange, entfärbst
    der Jungfraun Blüthe
So oft mit kalter Hand;
Ich wink', und frohe Chöre der Knaben
    und der Mädchen
Durchtanzen rings das Land.

Dea Virtus.

Was zankt ihr euch, ihr Brüder? Beid'
    einer Göttin Söhne,
Beid' Einer Erde Glück?
Vereinet eure Fackeln, und eure Sieger=
    waffen,
So flieht der Zwist zurück.

Sey Hymens Freund, mein Amor, so flieht
    mit schnellem Fittich
Vor ihm der Ueberdruß;
Sey Amors Freund, mein Hymen! dein
    Taumelkelch verschönre
Der Liebe Feuerkuß.

                        Was

Was hilft das Band der Ehe, wenn Amors
        Pfeil die Herzen
   Zur Liebe nicht entglüht?
Was nüzt die Flamme Amors, wenn des
        Genusses Wonne
   Getreue Seelen flieht?

Und soll durch ferne Säckel noch Mann
        und Sohn und Enkel
   Euch preisen jubelvoll;
Nehmt mich in euer Bündniß, und glaubet
        daß es dauern,
   Auf ewig dauern soll.

*   *   *

So sprach der Tugend Göttin; doch, ach!
        die stolzen Brüder
   Verschmähten ihren Bund!
Und machen durch ihr Kämpfen noch jezt
        des Jünglings Busen,
   Das Herz der Mädchen wund.

                Meißner.

                     An

An einen neugebornen Prinzen.

Ja, weine nur! Du haſt zu weinen Recht,
  wie keiner von uns andern allen hat!
Unglücklicher, du ſolſt einſt König ſein!

Du ſolſt in allen Grenzen deines Reichs
der gröſte Herr und gröſte Sklave ſein!

Zu büſſen deiner Väter Miſſethat,
die rings umher die Welt zum Eigenthum
verlangten, Prinz, wird wiederum die Welt
von allen ihren Seiten rings umher
auf dich nur ſehn, und wer dich ſieht, von dir
verlangen, was du haſt und nicht haſt! Du,
du wirſt die Feſtung ſein, die alles ſtürmt!
Der Eine Mann, von dem, wohin du gehſt,
ein jeder deiner Hunderttauſende,
als wenn du Gott wärſt, alles haben will!

Der erſte Bürger deines Reiches, muſt
du Aller Sorge ſorgen! Alles ſchläft:
und du muſt wachen, der geplagteſte!
und thuſt du's nicht: ſo wird in deinem Reich
kein andrer gröſrer Sünder ſein, als du!

Und

Und keinem wird, von Jugend auf, so schwer
als dir doch werden, hellen Blicks zu sehn,
was Wahrheit ist, und groß und gut zu sein!

Des Tags am öftersten, so weit im Land
dein Zepter reicht, betrogen werden wird,
bist du! Bevor, o Prinz, zu deinem Ohr,
in Bitten deines treuen, guten Volks,
die Wahrheit komt, sind Hunderte bereit,
die Wahrheit deinem Auge zu entziehn,
und, was dein Irrthum dann Gewinn
                    trägt, still
im Winkel unter sich zu theilen. Du,
in Wonne taumelnd und im Ueberfluß,
verblendet von dem Schimmer um dich her,
wirst, mitten unter Seufzern deines Volks,
einwiegen dich in deinen goldnen Traum.

Dein Schatz wird Millionen sein. Doch,
                    Prinz,
o wenn du sähest, wie die Millionen
zusammenfließt! Mit Augen thränenvoll
bringt eine Witwe hier ihr Schärflein; dort
ein Tagelöhner seines Tages Schweiß.

U 5   Die

Die Hälfte giebt er dir; für's andre kauft
er Weib und Kindern Brod, und weis noch
nicht,

woher er Brod auf Morgen nehmen soll?
Sein Ruhebette giebt, um wenig Geld,
ein andrer seufzend hin. Der Winter zwar
ist vor der Thür: doch morgen frühe wird
der strenge Samler kommen, welcher nichts
erläßt, und nichts erlassen darf! — Das alles,
o Printz, ist Theil von deiner Million!

Daß menschlichern Empfindungen dein Herz
nicht offen bleibe, wird, zu rechter Zeit,
mit Hundeslärm und Ferngeschoß, die Jagd,
wie sie aus Gallien nach Deutschland kam,
(ein blutiges, unfürstliches Geschäft!)
all ihrer Grausamkeiten wilde Lust
vor dir verbreiten, daß zur Todesangst
des leidenden Geschöpfs, das röchelt, zuft,
und Blut hin vor dich strömt, du — lachen
lernst

Dein Lehrer, stolz auf seinen hohen Rang,
zu ziehen eines grossen Fürsten Sohn,
wird deiner ersten Schmeichler einer sein.

Ein

Ein Heer von ihnen, wenn dein Haar nur erst
in braunen Locken auf die Schulter fällt,
wird dich umringen, wo du gehst. Ihr Wort
wird sein, wie deins, und ihre Ferse schnell,
dem Wunsche, den du eben wünschen wilst,
zuvor zu fliegen. Offen wird ihr Mund,
und wenn du thust, was deines Sklaven Sohn
Tags zehnmal thut, zu deinem Lobe stehn,
als wär' es grosse, wunderseltne That,
Begleiter wirst du haben, wenn du Haus
und Hof, und Weib und Kind, und Pflug
und Stier
dem Nachbar nimst, dir sagen: du thust Recht!
und wenn du Blut, wie Wasser deines
Stroms,
vergiessen wirst, die sagen: du thust Recht!
und wenn du deinem Freund den Dolch ins
Herz,
weil seine Wahrheit dir nicht wohlgefiel,
im Taumel stössest, sagen: du thust Recht!

Wir werden uns indeß der Menschlichkeit
und ihrer Freuden, werden uns der Wahrheit,

der

der Freundschaft und der Lieb' erfreun;
und du
in deinen goldnen Kerker eingesperrt,
du hast von aller unsrer Freude nichts!

Schreiben einer Mutter über den Putz der Kinder.

Mein Herr!

Ich bin eine Mutter von acht Kindern, wo=
von das älteste 13 Jahr alt ist; und
mein Stand erfordert, daß ich solche mitein=
ander auf eine gewisse Art kleiden lasse, welche
demselben gemäß ist. Ich kann versichern,
daß ich Tag und Nacht darauf denke, alles
so mäßig einzurichten, wie es mir immer
möglich ist, und selbst seit meinem Hochzeits=
tage kein einziges neues Kleid mir habe ma=
chen lassen, auch vieles bereits von meinem
jugendlichen Staat für meine Kinder zer=
schnitten habe. Gleichwol bin ich nicht ver=
mögend, so vieles anzuschaffen, als die heu=
tige Welt bey Kindern aufs mindeste erfor=
dert.

dert. Ich mag ihnen die Rechnung von
demjenigen, was mir meine fünf Mädgen,
seitdem sie die Windeln verlassen, kosten,
nicht vorlegen. Sie würden darüber erstaunen. Und das geht alle Tage so fort. Wenn
ich mit der einen fertig zu seyn vermeine, so
muß ich mit der andern wieder anfangen, und
eine Mutter, die redlich durch die Welt will,
hat von Morgen bis in den Abend nichts
zu thun, als ihre Kinder nur so zu putzen,
daß sie sich sehen lassen dürfen. Vor einigen
Tagen mußte ich die Aelteste in eine feyerliche Gesellschaft schicken: so gleich mußten
18 Ellen Blonden, 12 Ellen Band, 6
Ellen grosse beaute zu Manschetten ꝛc. geholet
werden. Da solten schottische Ohrringe, ita-
liänische Blumen, englische Hänschen, Fäch-
tel a la peruvienne und Schönpfläsierchen
a la Condamine seyn. Der Friseur rief um
eau de Pourceaugnac, und um Puder von
St. Malo. Das Mädchen schimpfte auf
die Nadeln; die Porteurs auf das lange
Zaudern, und der Laquais auf das unend-
liche

liche Laufen. Kurz, die ganze Haushaltung
war in Aufruhr, und meine arme Tasche
war dergestalt a la grecque frisirt, daß wir
die ganze Woche Wassersuppen essen mußten.

Und gleichwohl waren die damaligen
Ausgaben noch nichts in Vergleichung derje=
nigen, welche ich auf ihr besetztes Kleid, auf
eine neue berlinische Schnürbrust, auf eine
petite Saloppe und andre wesentliche Klei=
dungsstücke hatte wenden müssen.

Ach! während der Zeit mir eine ungesehe=
ne Thräne entwischte, hatte das Mädgen
die unschuldige Leichtfertigkeit mir zu sagen:
sie müßte nun auch bald eine goldne Uhr ha=
ben, weil ihre Gespielinnen bereits derglei=
chen hätten.

O! dachte ich in meinem Sinn, möchte
doch ein Landesgesetz vorhanden seyn, wo=
durch es allen Eltern verboten würde, ihren
Töchtern vor dem funfzehnten Jahre Silber
oder Gold, Spitzen oder Blonden, Sei=
den oder Agremens zu geben! oder möchten
sich

fich patriotifche Eltern zu einem fo heilfamen
Vorfatze freywillig vereinigen! Mit welchem
Vergnügen würde fo denn manche beküm-
merte Mutter auf ihre zahlreichen Töchter
herabfchauen! die Ungleichheit der Stände
dürfte hier den Gefetzgeber nicht aufhalten.
Kinder find noch alle gleich, und wann die
Eltern mit einer folchen Einfchränkung zufrieden wären: fo würde ihre kleine Empfind-
lichkeit nicht in Betrachtung kommen. Wie
groß würde die Freude der Mädgen feyn,
wenn fie fich nun in ihrem funfzehnten Jahre
zum erftenmal der aufmerkfamen Neugierde
in einem feidnen Kleide zeigen dürften! Und
würde nicht diefe Oekonomie mit ihrem Vergnügen, ihnen bey ihrem Eintritt in die junge Welt taufend kleine Zierrathen in fo viel
reizende Neuigkeiten verwandeln, wenn fol-
che nicht in ihren dummen Jahren bey ihnen
fchon veraltet wären! Wir erfchöpften das
Vergnügen ihrer beffern Jahre durch unfre
unüberlegte Verfchwendung. Eine Uhr war
fonft für ein Mädgen fo viel als ein Mann.

Jetzt

Jetzt giebt man sie ihnen fast in Flügel=
kleide.

Ein Englischer Lord schickt seinen Sohn
bis ins zwanzigste Jahr ins Collegium, wo
er mit abgeschnittenen Haaren ungepudert
und ungeschoren in einem schlechten Kleide
bey Hammelfleisch und Erdäpfeln groß ge=
macht wird. In Italien läßt man die Töch=
ter in der Kindheit einen Ordenshabit tra=
gen. Die Römer, wie mein Mann sagt,
hatten aus einer gleichen Klugheit eine be=
sondere Kleidung für die Jugend; und es
war ein grosses Fest, wenn der Sohn zum
erstenmal ein Kleid mit Rabbaten anlegte.
Könnten wir diesen großen Exempeln nicht
nachfolgen?

Ueberlegen Sie es doch einmal. Die
Vereinigung des Adels wegen der Trauer
hat mich zu diesem Gedanken bewogen. Ich
bin ꝛc.

Angenehme Lectüre
für
Hessens Töchter.

Empfindungen.

Glücklich ist nicht, wer im goldnen Zauber
    Seiner Schlösser, schmachtet nach
        Genuß,
Wer bey Harmonien, wie ein Tauber
Gähnt, und seiner Herrschaft Ueberdruß
Auf sich schwer wie Felsentrümmer fühlet,
Gern dem Marterdiadem entsagt,
Das ihm nicht die heiße Stirne kühlet,
Wenn ihn schwarze Königssorge plagt.

Laß ihn, Schöpfer einer neuen Erde,
Felsen ebnen und Gebirg' erziehn,
Flüsse lenken, laß auf sein: Es werde!
Freudenlose Wüsten um ihn blühn;

                            Laß

              X

Laß ihn schweben auf der Purpurwolke,
Näher dem Olymp, verehrt im Hain,
Bang umzittert von dem blinden Volke,
Und der Gott der Odendichter seyn:

In dem kalten wonneleeren Herzen
Nagt der Eckel seiner Göttlichkeit,
Und er drängt sich, durch geweihte Kerzen,
Durch den Opferdampf, im Stralenkleid,
Ach! umsonst nach Freuden armer Hütten,
Seufzt nach Freunden, findet Knechte nur;
Blumen welken unter seinen Tritten,
Und vor ihm entfärbt sich die Natur.

Wer umlocket seine bleichen Wangen
Freundlich mit dem frühbereiften Haar?
Und wer hängt mit innigem Verlangen
Aus der feilen Odaliken Schaar
An dem hohen Blick der Göttersöhne,
Unter'm Weihrauch, den ein Sklave streut?
Ach! wer trocknet ihre stille Thräne
Durch den warmen Kuß der Zärtlichkeit?

Heil

Heil mir an der kühlen Felsenquelle,
Die zu Liedern reizet, und versteckt
Unter Blumen rieselt endlich helle
Silberarme durch die Fluren streckt,
Wenn ich oft des Tages Arbeit müde,
Einsam hier durch Eichengänge schlich!
Ach! dann fühl ichs, innrer Seelenfriede
Und des Herzens Unschuld lohnten mich.

Ist sie's, die in jenen Büschen lauschet,
Und die Lilienstirne schüchtern hebt,
Und nun leiser durch die Blüthen rauschet,
Und izt kühner durch die Zweige strebt?
Auch ich höre Vater! rufen, lallen —
An der Tochter Hand erscheint sie mir.
Und sie lächelt die Natur Gefallen,
Und der Weste Schweigen huldigt ihr!

Ha! an ihrem Busen hingerissen
Junge Freudenthränen auszuspähn,
Und den Thau der Wollust wegzuküssen,
Weil der Liebe warme Seufzer wehn,

X 2   Und

Und die Seele, aufgelöst, schon freyer,
Höher schwebt, die Erde schon verläßt,
Ist zu viel—O Nacht in deinem Schleyer
Hülle unsrer Liebe Siegesfest!

Sturz.

Der Weise.

Seruhig seines Weges gehn,
    Und wenn man kann, beglücken:
Die Blümchen die zur Seite stehn,
Mit leichtem Herzen pflücken.

Und, immer Himmel in der Brust,
Den Freunden Himmel geben:
Und edel seyn, der Menschheit Lust,
Gott und der Tugend leben;

Nicht abwärts weichen, wenn der Neid
Gleich seinen Fußtritt hemmet:
Und Bosheit der Gerechtigkeit
Viel Berg' entgegen dämmet;

Dies

Dies kann der Weise. Er allein
Bleibt jedem Sturme stehen,
Sieht ruhig sinkt mit Lächeln ein,
Wenn Welten untergehen.

Selbst die größte Königinn ist nur eine Frau. *)

Abgerißne Scenen aus Elisabeths Leben.

Elisabeth. Lord W.

Elisabeth. Ich hab' Euch rufen lassen, Mylord —

Lord W. Ja, Ew. Majestät, und dieser Ruf war mir desto erwünschter, da ich so eben aus Spanien eine Nachricht erhalten, die meiner Königinn nichts weniger, als gering scheinen wird. — Sichern Anzeigen zu folge soll die Flotte ⸗ ⸗ ⸗

X 3 Elisa⸗

*) Auf Verlangen eines verheyrahteten Frauenzimmers aus Meißners Skizzen Th. 2. S. 37. hier eingerückt.

d. H.

Elisabeth. O schweigt jetzt ein wenig von Staatsgeschäften, und hört auf das, was ich Euch fragen will. — Ihr wart vorhin bey der Audienz zugegen, die ich den holländischen Gesandten gab?

Lord W. Ja, Ew. Majestät.

Elisabeth. Einer von ihrem Gefolge, van Twiet, glaub' ich, soll er sich nennen, nahte sich Euch, und ihr spracht zusammen. Wovon? das will ich jetzt wissen — Ich habe meine Gründe, darnach zu forschen.

Lord W. (mit einer Verwirrung, die er zu verbergen suchen will.) O gewiß von etwas sehr Unwichtigem; denn ich entsinne mich dessen selbst nicht mehr.

Elisabeth. Ausflüchte, die ich nicht gelten lasse. Bin ich Euch unwichtig?

Lord W. (noch mehr betreten.) Sie, Ew. Majestät? —

Elisabeth. Ja: ich, denn ich bin gewiß, daß ihr damals von mir sprachet; das sagte mir der Blick des Fremden, das sagte mir

Euer

Euer Lächeln und Euer Auge, das gleichfalls sich auf mich wandte, aber erschrocken zurückfuhr, als Euch das meinige traf. — Heraus also mit der Wahrheit!

Lord W. (noch betretner.) Aber fürwahr, Ihro Majestät!

Elisabeth. Wie? Ihr weigert Euch noch? — Ohne Zweifel also war es schmähsüchtiger, boshafter Witz, war's ein Einfall, den der Unterthan von mir nicht anhören, und noch weniger belächeln soll? — Ist es dahin mit mir gekommen, daß selbst in meiner Gegenwart ein Fremdling mich ungescheut tadelt, und meine Höflinge sich dessen freuen? — Unwürdiger! —

Lord W. Verzeihung, Ihro Majestät! so strafbar bin ich nicht, werd's auch nie werden. Was van Twiet zu mir sagte, war höchstens Unvorsichtigkeit, war nichts, was nur von fern einem Tadel gliche. — Ha! wo wär auch der Elende, der es wagen dürfte, Elisabeth zu tadeln? Und wie nichtswürdig müßte der Unterthan seyn, der

dies

dies anhören könnte, ohne Rache von seinem
Blute zu fordern!

Elisabeth. Still mit Schmeicheleyen!
Gehorsam ist besser denn Opfer; ihn verlang'
ich jetzt; jene niemals.

Lord W. Wohl! Sie befehlen's, große
Königinn, und ich gehorche. — Lange schon
hatte van Twiet Ew. Majestät zu sehen ge=
wünscht, und mit inniger Freud' auf den
Tag gewartet, der zur Audienz bestimmt war.
Heut', als er dieses Glück wirklich genoß, gab
ich um desto genauer auf den Eindruck Acht,
den es bey ihm machen würde. — Lang', als
er hereintrat, starrt' er mit großen Augen
nach Ihnen hin, und als er endlich mich nicht
weit von sich gewahr ward, wand' er sich voll
Hitze zu mir, pries mit mehrerm Entzücken,
als je ein Maler fühlt, wenn ihm ein schö=
nes Gemälde geglückt ist, und er nun seinem
Freunde alle die Reize desselben zergliedert,
die Gestalt Ew. Majestät, und schloß end=
lich mit dem Schwure: „Bey Gott! die
„halbe Welt hält Elisabeth für eine trefliche
Köni=

„Königinn; auch ich stimme gern mit ein;
„aber sie ist noch ein treflicheres Weib!—
Dies ist alles was er sagte, und das Un=
schickliche dieses Ausdrucks = = =

Elisabeth (zornig.) Schweigt! Das
ist es nicht ganz, ist es wahrscheinlicherweise
gar nicht. Was er zu Euch sagte, war weit
mehr; das verrieth mir die Dauer eures
Gesprächs; das verräth mir noch jetzt dieser
ungewisse Blick Eures Gesichts — auch müß=
tet Ihr wohl ein großer Thor seyn, wenn
Ihr Euch im Ernst nur eine Minute gewei=
gert hättet, diese Kleinigkeit bey der ersten
Frage zu gestehen. — Denkt Ihr mich viel,
leicht mit Schmeicheleyen zu schweigen, wie
ein halbjähriges Kind? — Hinweg aus
meinen Augen, Unwürdiger, dem ich bis=
her zur Unzeit so viel vertraute! — Wagts'
nicht, euch ungerufen wieder vor solche zu
stellen!

Lord W. Nein! das ist zu viel — Die=
ser Drohung weicht jeder meiner Zweifel;
mit pünktlichster Genauigkeit will ich alles ent=

X 5   decken.

decken. — Aber Verzeihung alsdann, wenn vielleicht ein ungeziemender Scherz —

Elisabeth. (ungeduldig.) Schon wieder ein Eingang? Unschicklich, unvorsichtig und ungeziemend immer über's dritt' und vierte Wort! hab' ich's nicht schon gesagt, daß ich verzeihe? Aber sprecht endlich, und sprecht wahr!

Lord W. Auch meine vorige Erzählung ist es, obschon mit einiger Abkürzung. — Denn lächelnd fragt' ich ihn, von dem ich wußte, daß er ein Bräutigam sey, auf seinen Ausruf: ob wohl seine Braut in Amsterdam eben so schön, als Ew. Majestät sey? Er schwieg zwey Sekunden. „Bis jetzt erwiedert er, hielt ich sie für schön; von nun an blos für artig. — O, der Glückliche, der mit einem so reizevollen Geschöpf eine Brautnacht feyerte! Sieh, Lord W. Dein England ist ein schönes Land; aber man gebe mir die Wahl, ob ich ein Jahr lang darüber König, oder lieber eine Nacht der Wonnetrunkene in Elisabeths Armen

men seyn wolle; bey Gott! da möcht Kö=
nig König bleiben! Ich würde —" Hier
wurden wir gewahr, daß Ew. Majestät auf
uns blickten, und er schwieg.

Elisabeth. Ein feines Gespräch! Eure
Frage schon unbescheiden genug, und seine
Antwort es noch zehnmal mehr. Doch ich
hab' Euch im Voraus verziehen, und halte
mein Versprechen. — Man sagte mir ge=
stern, daß Ihr einige Absicht auf die Statt=
halterschaft von Irrland hättet; ich will an
Euch denken.

Lord W. O, Ew. Majestät! —

Elisabeth. Keinen Dank, Mylord!
laßt mich jetzt —

Lord W. Was aber die Nachricht aus
Spanien anbetrifft, von der ich vorhin Ew.
Majestät sagte = = =

Elisabeth. Morgen, Lord, morgen!
Ich habe jetzt wichtige Geschäfte, will allein
seyn.

Lord W. (küßt ihre Hand und geht.)

Elisa=

Elisabeth (allein.) Das hätte van Twiet gesagt? (Auf und abgehend.) Haha-ha! Sonderbar! sehr sonderbar! (Einige Sekunden schweigend, dann vor einen Spiegel tretend.) Wirklich guter Mann! wirklich? — Hat also meine Wenigkeit deinen Beyfall? — Du lieber eine Nacht hindurch in meinen Armen, als ein Jahr auf meinem Thron? Viel geboten, wenn's dein Ernst wäre! (Vom Spiegel weggehend.) Aber auch wirklich sehr frey, sehr wie Gleiches von Gleichem gesprochen! — Hm! — Ob ich mich darüber ärgre! — Ha! das lohnte der Mühe! — — — Er also ein Bräutigam? Fürwahr! ich möchte die Braut schon kennen! — Uebel sieht er nicht aus. Wenn = = = (Indem sie gleichsam erschrocken sich umsieht.) Still, liebes Herz, daß niemand dich höre. — Doch meinetwegen! Kannst ja so selten plaudern. Jetzt bin ich allein, bin nur Elisabeth; bedien dich dessen! — (Mit wechselndem Tone:) Nicht wahr, blos dieser Schmeicheley wegen liebst du ihn?

wärst

wärst es schon zufrieden, wenn ich zwey Tage lang seine Braut, und seine Braut Elisabeth wäre? — (Wieder vorm Spiegel.) Hm! Ob er wohl bey diesem Tausch verlieren sollte? — (Schwärmerisch.) O nein, guter van Twiet! nein! — Legt' ich nur erst Kron und Zepter von mir ab, und schlänge dann, von keinem Höfling belauscht, freudig meinen Arm um deinen Nacken, fest Lipp' auf Lippe, fest Busen an Busen; dann solltest du sehn, daß auch eine Königinn zärtlich lieben kann; dann solltest du in mir ganz eine Frau, ganz eine Frau! für dich, du Schwärmer, finden. — (Sie hört jemanden im Vorgemach.) O schon wieder jemand! Verdammt sey das Gewühl, das uns umsaust! Ha! das war ein Traum, den ich schon ein paar Sekunden länger geträumt hätte. ——

Des andern Tages.

Elisabeth giebt den holländischen Gesandten die Abschiedsaudienz. —

Nichts

Nichts für mich und den Leser! Aber das Ende, meine Herren und Damen erlauben Sie mir, zu unserer beiderseitigen Erbauung herauszuheben!

Elisabeth. Leben Sie wohl, meine Herren! Sprechen Sie günstig von mir und meinem Volke, wenn Sie in Ihr Vaterland zurückkommen; und damit Sie nicht ganz ohne Andenken von mir hinweggehen, so nehmen Sie diese Ketten von meiner Freundschaft an.

Es werden jedem von ihnen, Twieten ausgenommen, goldne Ketten gereicht; sie verbeugen sich stillschweigend.

Elisabeth. Van Twiet, treten Sie näher, wenn ich bitten darf.

Er thuts mit einiger Bestürzung; ein Wink der Königinn entfernt die umstehenden Höflinge um ein paar Schritte, und sie fährt fort:

Ist es wahr, was ich vernommen, so ist es billig, daß ein Mann, der so gütig von mir urtheilt, nicht ohn' ein vorzügliches Andenken von mir entlassen werde. Hier nehmen
Sie

Sie diese doppelte Kette, und das Bild an
solcher erinnere Sie jezuweilen an eine Köni=
ginn, von der Sie einst, wenn auch mit ei=
niger übertriebenen Schwärmerey, doch we=
nigstens mit freundschaftlicher Hitze, urtheil=
ten.

van Twiet (etwas betreten.) Ich erstau=
ne, Ew. Majestät. Sollte meine Kühnheit —

Elisabeth (lächelnd.) Keine Entschuldi=
gung, so wie ich meiner Neugier halber keine
machen will. Drohungen meiner Ungnade
haben dem Lord W. abgedrungen, was Sie
ihm anvertrauten. Sagen Sie Ihrer Braut,
daß eine Königinn Sie grüße, daß es viel=
leicht für sie und mich gut sey, daß ein Meer
England und Holland trenne. — (Bey Sei=
te.) Schwatzhafte Zunge, halt ein!

van Twiet. Größte Monarchinn, Ihre
Nachsicht durchdringt mich. Hier zu Ihren
Füssen —

Elisabeth. Nicht doch! halten Sie ein!
Schon unser Gespräch erregt ein Flüstern;
was Sie jetzt thun wollten, würde laute
Verwunderung erwecken.

van Twiet (mit Wärme.) Und doch,
größte Königinn = = =

Elisabeth. Weg mit dem Titel! Sie sa=
hen gestern nur die Frau in mir, warum
— — — O gehn Sie, mein Herr, gehn
Sie!

Sie! Ich wiederhol's, es ist für Sie, für Ihre Braut und mich ein Glück, daß Sie erst gestern mich sahen, ich erst gestern Ihr Urtheil erfuhr! Ich dürfte leicht um Ihren Besitz gerungen haben!

van Twiet (küßt ihre hingehaltene Hand, und geht fort.)

Elisabeth (sieht ihnen starr nach.) Da geht er hin! geht zum ruhigen Glück ohne Schimmer! läßt mich im Schimmer ohne Glück! — (Sieh steht auf, und sagt zu einem ihrer Höflinge:) Man rufe den Grafen von Essex in mein Kabinet! — (Für sich.) Zwar wird er in den nächsten sechs Tagen mir nicht gefallen. — Aber doch zum Zeitvertreib — — — O Natur, Natur! daß wir halbe Götter so gar zu treulich bloße Menschen sind!

(Geht ab.)

Angenehme Lectüre

für

Hessens Töchter.

An Betty. *)

Sie ist, sie ist herabgesunken,
    Die rothe Sonne sank ins Meer.
Schon blizten tausend goldne Funken
    Vom Glanzheer der Gestirne her.
Die Harmonie der Spähren klinget,
    Orions Wagen rollt im Chor,
Und mit dem Ernst der Nächte schwinget,
    Sich meine ganze Seel empor.
Sieh, Freundinn, durch die Epheulaube
    Strahlt ungehindert Mondenlicht;
Noch girrt darauf die Turteltaube,
    Noch singt darinn die Amsel nicht.

        Y   Nur

*) Auf Verlangen hier eingerückt.   d. H.

Nur Stachelbeerenreiser grünen,
  Der gelbe Crocus keimt herauf.
Von dir ein Lächeln zu verdienen,
  Sproßt hier und da ein Veilchen auf.
Schön, reizend, schön ist um sich alles!
  Des Morgens silberhelle Pracht,
Der Vögel Lied, des Wiederhalles
  Geliebter Klang, und — diese Nacht!
So sanft, so rein, wie deine Seele,
  Umdämmert sie die stille Flur;
Ich sehs, es freut sich deine Seele
  Und dankt dem Vater der Natur.
Mit freuen solt' ich mich! doch öde
  Staunt mein Gefühl, mein Sinn in mir!
Auf meinen Lippen stockt die Rede;
  Viel, wenn ich könnte, sagt ich dir!
Ich möchte deinen Garten grüßen! —
  Der Seegen Gottes schwängert ihn;
Bald werden Tulpen und Narcissen,
  Und dann die Rosen drinnen blühn! —
Doch keine Rose soll ich pflücken,
  Denn mit dem Lenz entflieh ich schon;

                                    Dam

Dann seyd ihr Stunden voll Entzücken
   Mit mir in Finsterniß entflohn!
Mich schreckt der Sterne bleicher Schimmer,
   Die Sonne sank! — Ich denk an mich! —
Wie wird mir? Ach wer weiß — auf immer
   Vielleicht, du Edle laß ich dich!
„ O Betty, Betty, dir zur Seite
   „ Empfand ich doppelt jede Lust;
„ Da sich dein Blick mit meinem freute,
   „ War gros mein Herz in dieser Brust!"
So seufzt in ferne Dämmerung
   Schon jezt versenkt, mein trüber Geist;
Kein Lied, selbst keins von dir gesungen,
   Besingt den Schmerz, der mich zerreißt.
Du beste von den Seelen allen,
   Die je mein fühlend Herz gekannt,
Dein Name wird am Ufer hallen,
   Das mich empfängt von dir verbannt!
Dann härm ich, im Genus des Glückes
   Der besten Freunde, dennoch mich,
Und dencke dieses Augenblickes,
   Der eilend wie ein Blitz entwich.

       Noch

Noch glücklich: wenn dein Angebencken,
  In der Entfernung mich besucht; —
Du wirst mir einen Seufzer schenken,
  Und eine Thräne meiner Flucht!
Das weis ich: wenn von jenen Linden
  Der Blüthenduft hernieder fließt,
Sehnst du dich, dort den Freund zu finden,
  Der ewig deiner nicht vergißt.
Oft wird mein Aug am Monde weilen,
  Vielleicht weilt auch dein Auge dran;
Dieß soll der Trennung Wunde heilen,
  Wenn irgend was sie heilen kann!
Mit Herzensinnigkeit durchdrungen,
  Wähl ich zu Freundschaftszeugen ihn;
Sein Glanz sei voll Erinnerungen
  Die Zeit, wo ich einst bei dir bin!
Sie kömt! ich werde dich einst finden,
  Dich wiederfinden Denckerinn.
Des Lebens krumme Pfade winden,
  Sich bald zum ofnen Grabe hin!
In tausend himmlischen Gestalten
  Werd ich — Ich werde dich einst sehn!
Und wenn, wie Alles, wir veralten,
  Mit dir in beßre Welten gehn!   Phi.

Philolaus und Kriton.

Ein Gespräch aus dem Griechischen

Philolaus. Wohin so eilig, Kriton? Kaum daß man dich einmal erhaschen kann. Eben so bin ich dir gestern und vorgestern über den Marckt nachgelaufen. Du mußt sehr wichtige Geschäfte haben.

Kriton. Für mich wenigstens. Ich gehe zur Lais. Kneon und Posidonius warten mein. Wir wollen auf ihr Landguth fahren, und dort eine rechte lustige Woche zubringen.

Philolaus. So ist's ja gut, daß ich dich noch treffe; denn vorgestern mogt' ich dich doch nicht aufhalten.

Kriton. (sich besinnend) Vorgestern? Vorgestern?

Philolaus. Das weißt du nicht mehr? und ich muß dich noch daran erinnern? das berühmte Schauspiel —

Kri

Kriton. Ach ja, das iſt wahr. Ver: gißt man doch eins über das andere.

Philolaus. Kein Wunder! Und ge: ſtern — auch da hatt ich Bedenken, dich zu ſtören. Du warſt ſo feſtlich geſchmückt.

Kriton. Ja! geſtern — da gab's ein Feſt bey Glyzeren. Wir ſchmaußten hoch, und hatten Sängerinnen, und tanzten bis an den lichten Morgen. Ohne Zweifel ſiehſt du mir's noch an, daß ich nicht geſchlafen habe.

Philolaus. Ei nun! kanſt du's doch heute nachholen.

Kriton. Vielleicht. Aber wie iſt dir? Siehſt du doch ſelbſt ſo nüchtern aus, als unſer einer, wann er die Nacht geſchwärmt hat. Wo biſt du geweſen?

Philolaus. (Er ſieht ihm ſteif ins Aug.) Beim Chriſipp.

Kriton. (ſchlägt ſich vor die Stirn.) Ich Elender! Abermal vergeſſen! Nun nur
bis

bis die nächste Woche Gedult! dann helf'
ich ihm gewiß. Hörst du, Philolaus? sag
ihm das.

Philolaus. (schlägt ihm auf die Schulter.) Sey ruhig, Freund! Er braucht's
nicht mehr. Er stirbt diesen Augenblick in
meinen Armen, und —

Kriton. Pfui!

Philolaus. Und sein Sohn —

Kriton. Nun! sein Sohn?

Philolaus. Ist auch versorgt.

Kriton. Versorgt? und wie das?

Philolaus. Ich nehm' ihn an als
meinen Sohn.

Kriton. Du?

Philolaus. Ja! du wunderst dich,
wie ich so was thun darf, da ich nicht reich
bin. Aber sieh! wer sich weder Landgut,
noch Schauspieler, noch Sängerinnen, noch
Gastmahle hält — der kann schon für andre was übrig haben.

Kri-

Kriton. Den Vorwurf verdien' ich. Der unglückliche Chrysipp! da hast du fürs erste 50 Drachmen für den Sohn.

Philolaus. Dacht' ichs nicht? Mit eurem Gelde! das kostet euch nichts. Aber sich um das Elend bekümmern — selbst Hand anlegen — sterben sehen — nein dazu seid ihr zu weich — zu grausam wolt' ich sagen —

Kriton. Du bist bitter, Philolaus und hast Recht. Armer Mann! In deinen Armen gestorben — man sieht dirs an, wie du gelitten hast.

Philolaus. Nicht doch. Beistehen in der Noth gibt Kraft. Mein elendes Ansehn, wann es wahr ist, kommt von einer ganz andern Ursache.

Kriton. Und welcher dann?

Philolaus. Weil ich eine Thorheit begangen habe.

Kri

Kriton. Eine Thorheit? du der du die Vernunft selber bist?

Philolaus. Spotte nur. Ich verdien' es. Du solst Richter seyn. War ich nicht sonst, bey meinen sauren Geschäften, bey meinen wenigen Bedürfnissen allezeit so gesund, und oben drein zufriedener und heiterer, als einer von euch Leuten aus der sogenannten fröhlichen Klasse?

Kriton. Das warst du in der That. Aber was denn weiter?

Philolaus. Ja sieh nur. Da gibt's mir ein Dämon ein, als fehlte mir etwasr als würd ich besser arbeiten, noch heitere, seyn wann ich dann und wann einige Tropfen stärkender Arznei nähme.

Kriton. Nun? daran seh ich noch nichts böses.

Philolaus. Recht. Aber weiter. Ich gehe zum Hegesias. Du weist er hat ein herrliches Elixier, das ihm die Götter unmit-

Y 5

telbar

telbar zur Stärkung der Schwachen geoffen=
bart zu haben scheinen.

Kriton. Ich weis.

Philolaus. Ich bitt' ihn um ein Fläsch=
gen davon. Der ehrliche Mann weigert sich
erst, weil ich der Arznei nicht bedürfe. End=
lich gibt ers mir auf mein Bitten, warnt
mich aber, nicht zu oft zu nehmen.

Kriton. Und du?

Philolaus. Ja, warum solt' ich dir
meine Schwachheit nicht gestehen? Ich
nahm' erst Tropfenweiß und selten, und so=
lang fühlt ich mich würklich ungemein ge=
stärkt, Ha! dacht ich, was wird das seyn,
wann du es öfter wiederholst?

Kriton. Nun merck' ich, und wieder=
holtest so oft —

Philolaus. Recht! so oft, so oft, bis
es statt mich zu stärken, unlustig machte alle
Nerven der Thätigkeit und gesunden Kräfte
abspann=

abspannte, und kurz, mich so herunter brach=
te, als du mich hier siehst.

Kriton. Ich erstaune. Und das sagte
dir deine Vernunft nicht, daß eine jede Arz=
nei, zu oft genommen, statt wohlthätig zu
sein, Gift wird? Philolaus! wenn ihr Leute
mit eurer Vernunft nicht besser daran seid,
was sollen denn wir thun?

Philolaus. Du hast recht, leider!—
Aber auf was anders zu kommen, eine Fra=
ge, ehe wir scheiden!

Kriton. Wie doch die Philosophen
aus dem Wege zu beugen wissen!

Philolaus. Richtig! jeder auf seine
Manier.

Kriton. Die Frage also — aber ein
wenig geschwind, wenn ich bitten darf.

Philolaus. Sag mir doch, wofür
hältst du das Vergnügen?

Kriton. Wofür ich das Vergnügen
halte? Wie kommt die Frage hieher?

Philo=

Philolaus. Je nun. Du weiſſeſt, wie ich bin, und daß ich oft eins in das andere zu mengen pflege. Alſo kurz: wofür hältſt du das Vergnügen?

Kriton. Ei, wofür denn anders, als ein Mittel, das uns die Götter anweiſen, unſer Leben angenehm zu machen, unſern Geiſt aufzuheitern, unſerm Körper ſelbſt neue Kraft zu geben, damit beide deſto geſchickter ſind, ihre Geſchäfte zu treiben, und unſern Mitbürgern zu dienen.

Philolaus. Hm! das wäre beinah die ſelbe Erklärung, die ſich auf unſers guten Hegeſias Elixier, oder auf jede körperliche Arznei anwenden lieſſe: ein von den Göttern angewieſenes Mittel, unſern Körper, wanns Noth iſt, zu ſtärken, damit er deſto geſchickter ſeye, ſeine Geſchäfte zu treiben, und unſern Mitbürgern zu dienen. Wars nicht ſo?

Kriton. Völlig ſo.

Philo=

Philolaus. Und umgekehrt wär alſ Vergnügen eine ſtärkende Arznei der Seele. Wie?

Kriton. Nun ja! dafür halt ichs allerdings.

Philolaus. Gut. Und jede Arzenei, ſagſt du, zu oft genommen, wird Gift, ſtatt wohlthätig zu ſeyn. Sagteſt du das nicht?

Kriton. Sophiſt und kein Ende! Ich ſehe, du biſt darauf ausgegangen, mich zum Beſten zu haben.

Philolaus. Nein! beim Himmel! ich frage dich und deine Genoſſen im Ernſt: ob das Vergnügen, wann ihrs ſo Tag bey Tag genieſet, noch Vergnügen bleibe?

Kriton. Nun freilich: —

Philolaus. Ob es ſo noch zur Arbeit, zum Dienſt des Mitmenſchen fähiger mache?

Kriton. Aber ich bitte dich. —

Philo

Philolaus. Ob du glaubſt, daß der Staat am Ende dabey beſtehen könne, bey lauter Bürgern, die nur für ihr Vergnügen leben?

Kriton. Aber ſo höre mich doch wenigſtens —

Philolaus. Ein andermal, Freund. Denn ſieh! jezt müſſen wir beide eilen. Ich, damit meine Seele durch Arbeit ſich wieder erhole; du, damit das Uebermaaß von Vergnügen und der darauf folgende Eckel dich deſto geſchwinder überzeuge, daß es Wahrheit iſt, was ich ſag.

Der Affe und das Pferd.

Ein Affe von bekanntem böſen Herzen ſchmäht' in König Löwens Gegenwart auf ein junges feuriges Roß, das ihn beleidigt hatte. — Wenig Tage nachher beſucht' ihn eben dieſes Roß, und dankt' ihm höflichſt für ſeine neuliche Empfehlung.

Ich

„Ich dich empfohlen?" fragt' er betre=
ten.   „Wo das? Wodurch?"

„Indem du übel von mir sprachest. —
„Noch den nämlichen Tag ließ unser Mo=
„narch mich rufen.   „Es muß doch viel
„Gutes in dem Roße liegen, weil ein Bö=
„sewicht es schmäht!" geruht er zu urthei=
„len, fand mich dann nach Wunsch, und
„übertrug mir eine wichtige Bedienung."

Man denke sich hier das Gesicht und die
Empfindung des Affen.

* * *

Daß doch jeder Nichtswürdige diese Em=
pfindung haben möchte, der den lebhaften
redlichen Mann lästert, weil er ihm nicht
gleicht! Und daß die, denen Gewalt auf Er=
den ward, zuweilen wie der Löwe schlößen!

Der Fuchs und der Leopard.

Ein Fuchs saß nachdenkend am Eingang
seiner Höle. — „Was sinnst du schon
„wieder?" fragt' ihn sein Weib.

Hm!

„Hm! Da gieng der Leopard vorbey,
„und grüßte mich so freundlich, grüßte mich
„zuerst, — Was das wohl zu bedeuten ha:
„ben wird?"

„Thor, was wird's denn gleich zu be:
„deuten haben?"

„Sicher einen Hofedienst! — Du kennst
„die Leoparden schön, wenn du glaubst, daß
„sie umsonst grüßen."

*   *   *

V So denke jeder Arme, wenn sich der
vornehmere, zumal der Mann mit Ahnen,
zuerst vor ihm bückt.

Angenehme Lectüre

für

Hessens Töchter.

Die frühe Herbstgegend.

Wie sie da liegt, die erstorbne Flur!
  Blätterlos die Büsche! nirgends
    Florens Spur!
Nackt die Hügel! falb die Triften!
Alles öde, wie in Todtengrüften!
Arme Flur, was ist mit dir geschehn?
Kömmt schon itzt dein Winter? Oder hast
    du lange
Meines Liebchens Antlitz nicht gesehn?

                              Meißner.

Lied

Lied an einem Herbstabend.

Dunkel wird um mich die Stille
    Der erstorbenen Natur,
Sonst der Freuden süsse Fülle,
Jezt der tiefsten Trauer Spur.
Ganz gestimt zu meiner Seele
Nur mit mehrer innrer Ruh;
Denn erst in des Grabes Höle
Eilt mir dieses Labsal zu.

Ruhig? Ruhig? — ach! wie lange
Ist es dieses Herz nicht mehr!
Sonst so frölich, nun so bange,
Sonst so vol und nun so leer!
O wo lebt auf dieser Erde
Noch ein Herz so krank, wie ich,
Dessen Kummer und Beschwerde
Dieser innren Marter glich?

Baum, du gleichest meinem Leben,
Warst noch kaum so schön belaubt;
Was der Frühling dir gegeben,
Hat der Winter dir geraubt.

Doch

Doch der Lenz erſetzt dir wieder
Was in Stürmen ſich verlor;
Aber ich! Welk' ich darnieder,
Grün' ich hier nicht mehr empor.

B.

Geſpräch zwiſchen einem Unglücklichen und ſeinen Freunden.

Freunde.

Was bebt o! Freund in dir,
    Was foltert deine Seele?

Unglücklicher.

Verzweiflung tobt in mir
Und Tod iſt's den ich wähle.

Freunde.

Entſtellt und wild biſt du;
Wir fürchten vor dein Leben.

Unglückliche.

Auch nur im Grab iſt Ruh
Und nie für mich im Leben.

Z 2

Freun=

Freunde.

Laß Freund nur nicht zu sehr,
Dich jeden Kummer rühren.
Sey starck, und nie entehr'
Religion, die laß dich führen;
Des Wißen stolze Ruh laß dir
Im tiefsten Schmerz nie gänzlich fehlen.

Unglückliche.

Sagt Freunde nichts.   Verzweiflung
tobt in mir,
Und Tod, — o! käm er — tod ist's den
ich wähle.

— — n.

Die Untreu aus Zärtlichkeit.

Eine Konversation und ein Brief.

„Die mir einmal den Korb gegeben hätte", sagte ein junger Advokat —
er war in seinem Gala, und sah heut so auf-
geblasen aus, als wenn irgend ein Herr von,
der vielleicht einen Prozeß aufzuhalten hatte,
weil

weil es ihm an Geld und Krebit fehlte, ihn dieſen Mittag zu Tiſche gehabt — „die mir einmal den Korb gegeben, mich ſo angeführt hätte, ſie ſollte mir kommen — ich wollte ſie!" —

„Aber", antwortete ein Geiſtlicher, der an der andern Ecke des Tiſches ſaß und es mit ſeiner Phyſiognomie ſo weit gebracht hatte, daß man ihm nur ohne Schwur glau= ben konnte, daß ihm nichts Menſchliches mehr wiederfuhr, „aber bedenken Sie auch, welch ein Mann er iſt? Ein Mädchen von der Straſſe ſollte ihn nicht anſehen, wenn ſie wüſte, was ich weis, wie er's getrieben hat! Daß ſie ihm vor ſechs Jahren, als ſie mit ihm verſprochen war, nicht Wort hielt — wer weis was ſie von ihm gehört hatte, wie er auf Univerſitäten mogte herumgeſchwärmt haben?,,

Der Advokat replizirte, was ich nicht behalten habe, hörte dann wieder die Gegen= parthie! aber da er, der Entfernung wegen, aus voller Bruſt ſchreyen muſte, und ſonſt

des

des Zankens im Gericht bequemer gewohnt
war, so kam es dießmal nicht über die Qua=
druplik; er submittirte und erwartete von der
Gesellschaft den Ausspruch. Weil aber noch
junge Herren da waren, die noch nicht auf
die Gesundheit der neuen Aktrize, die gestern
debütirt hatte, anstoßen, noch sich über so
viele skandalöse Anekdoten expektorirt hatten,
die sie entweder wirklich von ihr gehört, oder
auch nur erdichtet haben mogten, so blieb
das Endurtheil für dießmal noch aufge=
schoben.

Es war der Tag meiner Ankunft von ei=
ner Reise, die mich Jahre lang aus meiner
Vaterstadt entfernt hatte, und wie einem
dann alles so wichtig ist, ich konnte meine
Neugier nicht unbefriedigt lassen. Ich er=
kundigte mich, und erfuhr, daß die Rede
von Willbert war, der, selbst Wittwer,
seine alte Liebe izt als Wittwe geheyrathet
hatte.

Sonderbar genug! Willbert war vor=
mals mein innigster Freund gewesen. Ich
wuste,

wuſte, wie Mariane ihn angeführt hatte;
hatte auch von den Ausſchweifungen, wor-
auf ſich der Geiſtliche berief, vieles mit wahrer Betrübniß gehört, und ſo fing der Proceß in meinem Herzen von neuem an , das
ſich aber die zweydeutige Entſcheidung einer
Geſellſchaft im Kaffeehauſe nicht wollte gefallen laſſen.

Es kam nur auf zuverläßige Nachrich-
ten an, und ſo wie ich den Mann kannte,
durft' ich mir von ſeinem eigenen Berichte
mehr Wahrheit verſprechen , als wenn ich
ſie aus der erſten der beſten Hand nähme,
wo die Freundſchaft verſchweigen , oder die
Verleumdung vergröſſern konnte.

Hier iſt ſeine Antwort, die ich drucken
laſſe, weil Freunde mich verſichern, daß ſie
das Ding nicht ungern geleſen. Vielleicht
lieſt ſie auch ſonſt noch wol jemand , der
nichts beſſers zu thun hat , und wenn auch
nicht, das geht ja bekanntermaſſen nur den
Verleger an; wir Autoren bekümmern uns
um ſolche Kleinigkeiten nicht.

Z 4   Ja,

Ja, du guter Alter! Alles, meine Aus=
schweifungen, mein Glück, die ganze Ge=
schichte — alles, alles wahr! Mariane,
diese Mariane, die all die Bitterkeit in
mein Herz goß, die meine Jugend verschwin=
den machte in zehrendem Kummer, ist izt
in meinen Armen, ist — o, daß ich dir das
erst lang schreiben soll! Denke dir das Süs=
seste, das Zärtlichste, das dein gutes Herz
nur fühlen kann!

Da tritt sie herein! der Engel!

Ich muste ihr sagen, was ich vorhabe,
und nun prätendirt sie ein Wort mit hinein
zu schreiben, wenn's Noth thut, sagte sie;
o das böse Gewissen!

Wie ich sie liebte und wie sie mich lieb=
te, das must du noch aus der Zeit her wiss=
sen, wo du mein innigster Vertrauter warst.
Die ganze Geschichte unsers ersten Sehens —
weist du noch, mit meiner Flöte? und dann
das auf dem Balle? — Was solltest du
nicht? Du hast das ja tausendmal anhören
müssen, hast meine Briefe und ihre Briefe,

so

so gar meine Oden und Elegien anhören müssen, und was vergißt sich so nicht.

Das war eine goldene Zeit, die Zeit der ersten Liebe! wenn ich mir so einen Tag zu ihr hinaus machen konnte — früh vor Tages Anbruch war ich auf dem Wege, und wenn ich dann, da auf dem kleinen Berge, die Gegend überschaute in allmähliger Aufdämmerung, dann die Sonne kommen sah und all das Erwachen zur Liebe um mich her! wie ich da stand, liebender als das Alles, und das Bild der Einzigen überall in dem Stralenmeer der Morgenröthe mich umschwamm! Und wenn ich sie dann reizender noch am Eingang ihres Dörfchens fand, wo sie mir entgegenharrte, oder wenn ich sie überraschte in unserer Laube — ihr Vater hatte diese Laube am Tage ihrer Geburt gepflanzt; das Schauspiel seiner Jugend und Liebe sollte sich da einst erneuern, und er wollt es wieder genießen in dem Glücke seines Kindes; — wenn der gute Alte dann zu uns kam, und das alles erzählte,

wie

wie er Gott gebeten habe, diesen Stauden, diesen Rosen und Reben, lieber sein Gedeihen nicht zu geben, wenn die Erstgrborne seiner Liebe einst so glücklich nicht seyn sollte, und wie er Gott nun danke, daß er die Laube aufwachsen lassen uns zum Schatten! Wenn er dann auf seine Frau kam, wie sie diese Rosen doch noch einmal habe blühen sehen, als sie schon in seinen Armen verwelkte, und Mariane da noch als ein Kind in ruhiger Unschuld mit den Knospen spielte. — Der Tag war vorüber, so genossen und doch so unbemerkt! Des Abends begleiteten sie mich eine Strecke, und wenn ich dann mit ihrem Kusse, das Herz so voll, aus ihren Armen in die Deinigen flog, und du mich verstundest, wenn ich trunken und stumm an deinem Arm mit dir forttaumelte! welch eine Zeit!

Aber als sich nun alles geändert hatte, als ich von Göttingen wieder kam, guter, lieber Junge! Da, als ich dich gerad am nöthigsten hatte, wo warst da? Fern, fern!

Ich

Ich suchte dich, den Einzigen, gegen den
Untreue nach einer Liebe, wie Marianens
Liebe war, mich nicht mistrauisch gemacht
hatte; ich suchte dich, und suchte vergebens,
und muste das alles allein auf mich nehmen,
was mir das Schicksal so belastend aufwarf. –

— Mariane las das, wie sie denn da
mit ihrem grossen blauen Auge hinter mir
steht und aufpaßt, als wenn ich sie verkau=
fen wollte. Ich soll das nicht mehr Untreu
nennen, was sie gethan hat, behauptet sie;
und durchaus wollte sie hier schon alles hin=
schreiben, und mich dünkt doch, du must er=
fahren, wie ich es erdulden muste.

Wir haben uns verglichen. Ich soll dir's
nur noch verschweigen, wie es eigentlich mit
dieser Untreu aussieht: das hab ich gegen
einen herzlichen Kuß erhalten; aber ich soll
dagegen dir zum Voraus sagen, daß es eine
Untreu aus Zärtlichkeit war. Und ja, Lie=
ber! auch unversprochen; es war so! Eine,
die weniger liebte, konnte nicht so ungetreu
werden! —

Ich

Ich war in dem lezten Vierteljahre mei=
nes akademischen Lebens , und zählte schon
mit der ganzen Ungeduld der Liebe die Tage,
die Stunden, wo ich sie wiedersehen würde.
Was mir damals das Erwachen war, wenn
ich von meiner lezten Ueberrechnung mit der
ich eingeschlafen war, nun wieder so viel ab=
ziehen konnte — hätt' ich den Tag nicht über=
lebt, der mir den Engel in die Arme geben
sollte, so müst' ich sagen, daß ich nachher
nie wieder so erwacht bin.

Sie hatte mir lang nicht geschrieben.
Ich trug das schwer; aber mich ahndete nichts
von dem schrecklichen Grunde dieses Still=
schweigens. Ich wuste, daß ihr Vater krank
war. Seine äusserste Gutherzigkeit für ver=
armte Bauern und die äusserste Strenge des
Unbarmherzigen, dessen Güter er verwalte=
te, hatten ihn in Schaden und Verdruß ge=
stürzt. Ich wuste, welch eine Tochter sie
war; und so beruhigte ich mich, als auf ein=
mal — nein! ich kann mir noch izt das nicht
vorstellen, ohne meine ganze Seele zu er=
schüt=

schüttern. Liebe! Liebe! wie konntest du
das?

Sie weint, da sie dieses liest. Nun, was
wollt' ich auf diesen Lippen nicht begraben!

Dir meinen Zustand beschreiben zu wollen, als ich diesen Brief las. — Ich sollte
sie vergessen — — wir wären nicht für einander gemacht, oder, wenn wir's wären, so
müste sich das einst in einer andern Welt enträthseln. — Das wäre vergebens. Auch kann
dein fühlendes Herz so verältet nicht seyn in
den sechs Jahren, daß du das nicht selbst
nachfühlen solltest.

Eine Stunde nachher war ich schon zu
Pferde, ritt die zwanzig Meilen, die ich bis
nach Haus hatte, in einer Nacht und an-
derthalb Tagen ab, und kam des Abends an,
ohne mich noch selbst gefragt zu haben: was
ich hier nun eigentlich wollte?

Ich ritt nach unserm Hause. Man sagte
mir, daß meine Mutter da nicht mehr wohne,
eine Nachricht, die mich zu jeder andern
Zeit äusserst betroffen haben würde; izt war

sie

sie ohne alle Wirkung. Man zeigte mir ihre Wohnung. Auch der Anblick eines kleinen armseligen Häuschens, wenn ich es gar nur einmal sah, betraf mich nicht.

Meine Mutter wuste nicht, wie ihr geschah, als sie mich sah. Meinen lezten Briefen nach konnte sie mich noch in zwey Monaten nicht erwarten. Sie fiel mir lqutweinend um den Hals, fragte tausend Fragen, auf die ich, statt der Antwort, nur die einzige zurück that: Ist's wahr mit Marianen?

Ja, was wirst du denken? sagte sie, diesen Morgen ist sie dem jungen R*** verheyrathet.

Sie hatte noch nicht ausgeredet, als ich mich von ihr riß, die Treppe hinauf lief, und so ins erste das beste Zimmer, das ich hinter mir zuschlug, als sie mir folgte.

Ich hörte sie an der Thüre rufen, dann schreyen, weinen, laut heulen, alles wie man, in einer bringenden, oder anstrengenden Arbeit, das gleichgültigste Getös auf der Strasse hört.

Geger

Gegen Abend wurde das Zimmer aufgebrochen, und als ich zum erstenmal wieder zu mir selbst kam, sah ich einen Korporal vor mir stehen, der mit aller Hitze protestirte, daß ich mich aus seinem Zimmer wegpacken sollte. Es war seine Quartirstube. Meine Mutter stand neben ihm, meine Hand in der ihrigen, die sie, naß über und über von ihren Thränen, bald an ihren Mund, bald an ihre Brust drückte. O mein liebstes Kind! o mein liebstes Kind! das war alles, was sie sagen konnte, und was sie, indem sie, unter lautem Heulen, mit beyden Füssen wechselsweis auf die Erde stampfte, unaufhörlich wiederhohlte.

Ich ließ mich leiten und man brachte mich in das Zimmer meiner Mutter, das einzige was sie hatte, wo mein Bruder todeskrank im Bette lag, und weinend bald mich, bald meine Mutter, bald Gott rief, alle ohne Antwort.

Ich fiel hin, und einige Stunden mogten es seyn, als ich wieder zu mir selbst kam. Meine Mutter hatte mich, mit Hülfe des guten Korporals, neben meinem Bruder auf's Bett hingesezt, wo sie zwischen uns beyden saß in stummer Betäubung. Sie hatte ausgeweint.

Ich

Ich kam wieder zu mir, sah mich um, erkannte meinen Bruder, meine Mutter; das war mir alles ein Traum. Meine Mutter lebte plözlich wieder mit mir auf, schlug ihren Arm um mich, frischte dann die Lampe wieder an, die bald verloschen war.

Ich foderte eine Flasche Wein. Ach! wie soll ich? sprach sie — hielt dann plözlich wieder ein, bat mich nach der Uhr zu sehen — zu spät ist's wol noch nicht, sagte sie, ich will sehen, und gieng hinaus Mein Bruder fragte mich tausenderley, das ich nicht beantwortete, sagte mir tausenderley, das ich nicht hörte. Meine Mutter kam zurück. Wir waren noch stumm. Dann trat eine alte Frau herein: „sie wollen nicht hergeben.“— Meine Mutter stand einen Augenblick in Gedanken, und sagte der Frau etwas ins Ohr, die herausging; dann sah ich, wie meine Mutter ein Hemd, das da auf dem Tische lag, zu sich rafte, und damit herausging. Ich wuste nicht, was ich aus allem, was ich sah und hörte, machen sollte; aber mein Herz war noch zu voll, den schrecklichen Grund all dieser Anstalten nur zu ahnden.

(Die Fortsetzung folgt.)

Angenehme Lectüre
für
Hessens Töchter.

An Carolinen.

Nach einem Gespräch über Aussichten
in die Zukunft.

Danck, o theure Karoline!
     Danck für jede Tröstung dir;
Jedes Mitleids volle Miene,
     Jedes Lächeln für und für.

Ach! bestürmt von bangen Leiden,
     War die Welt mir öd' und leer;
Dann es raubten alle Freuden
     Mir die Menschen um mich her.

A a

Aber

Aber ach dem armen Lecher,
     Abgehärmt und abgebleicht,
Haſt du einen Labebecher
     Auszutrinken dargereicht.

Sieh des Dankes Thräne beben.
     Von der blaßen Wang' herab.
Freyer blick ich jetzt durchs Leben.
     Ruhiger hinaus aufs Grab.

Wohl mir denn es gibt noch Herzen
     Der Verſtellung bitter feind!
Wohl mir daß bei meinen Schmerzen
     Eine Karoline weint.

Tröſtend mir entgegen eilet,
     Lindrungs = Mittel nicht verheelt,
Mir den wunden Buſen heilet,
     Und mit ſüßer Hofnung ſtält.

Wann ich fürderhin mich quäle,
     Freundin o ſo lächle Du!
Lisple mir, Du reine Seele,
     Deine holde Tröſtung zu.

                              Nimm

Nimm für diese goldne Stunde
　　Du mit reinem Engelsinn,
Für den Trost aus deinem Munde
　　Diesen Kuß zum Danke hin.

　　　　　　　— n.

Fortsetzung des im vorigen Stück abgebrochenen Briefs.

Bald darauf hört' ich sie draussen heftig mit einem Juden reden. „Ich nehm's, sagte sie, weil ich's haben muß; aber ich hab' immer gemeynt, ihr Leute glaubtet auch an einen Gott!" Eine Weile nachher kam sie wieder herein mit dem Wein, und that so freundlich, so vergnügt, daß mich das nun erfrischen würde. Gott! Meine Mutter! O du! du! ich habe dir's nicht vergelten können, aber hier in diesem Herzen, das auch dein Werk ist. —

Ich vergaß mich. Verzeih mir das, Lieber! O, wer so eine Mutter hatte, und dann so wenig — Aber daß ich nur nicht auf's neue ausschweife! Sie gestand mir, daß sie

Aa 2　　　　　　　ihr

ihr lezies reines Hemd — sie wuste auch noch
nicht, wie sie wieder waschen sollte — dem
Juden für kaum die Hälfte seines Werths
verkauft hatte. Gott!

So erfuhr ich nun alles; daß R***,
eben der Vater, dessen Sohne Mariane mich
aufgeopfert hatte, für eine Schuld, nach
gerichtlichem Ausspruch, ihr alles genom=
men, unser Haus und unsre Möblen ver=
kauft habe, und daß nun keine Aussicht mehr
für sie sey, „wenn Du — Du nicht wärest,‟
sagte sie, und küste meine Hand und schmieg=
te sich an mich.

Ich bin bey dieser Erzählung so weitläuf=
tig gewesen, zum Theil, weil die Erinne=
rung mich fortriß, aber auch aus andern
Gründen. Ich habe dieser traurigen Ge=
schichte und dem tiefen Eindruck, den sie auf
mich machen muste, vielleicht allein mein Le=
ben, meine Rettung zu danken. Nach mei=
ner damaligen Denkungsart — der Gedanke,
daß der Selbstmord am Ende aller Noth
aushelfen könne, war mir so geläufig, und
durch

durch mein Lieblingsgefühl von Freyheit so
werth geworden, daß ich nach aller Wahr=
scheinlichkeit mir selbst Gewalt angethan hät=
te. Aber der Anblick so vielen Elends, eine
Mutter so voll Liebe, und so tief, tief her=
abgebeugt, ihre einzige Hofnung auf mich,
das fing an dem Gefühl meines eigenen
Elends das Gleichgewicht zu halten. Was
man glauben sollte, daß es mir das Leben
völlig unerträglich hätte machen müssen,
macht' es mir wieder werth; ich dacht' an
ihre, dachte, daß ich es konnte, fühlte mich
grösser in dem Gedanken, und hatte doch
also nun wieder eine Idee, an die ich mich
festen konnte.

Noch Ein Wort von meiner Mutter, eh
ich weiter gehe. Was ich bin, oder was an
mich noch Gutes seyn mag, das muß ich ihr
und ihrer Liebe verdanken, wenn auch diese
vielleicht zuweilen weiter genug, als sie wol
gesollt hätte.

Ich hab' es an mir erfahren, welche
Folgen die erste Empfindung, die mit tiefem

A a 3 zurück=

zurückbleibendem Eindruck in eine junge Seele tritt, auf alle folgende, auf die ganze Em-
pfänglichkeit des Herzens zurückläßt. Es ist,
als wenn die Seele ganz diese Empfindung
wird, und dann nachher an allem, was ihr
vorkommt, zuerst die Seite aufsucht, oder
befasset, die jenem ersten Gefühl entspricht;
sie erhält ihre Stimmung, die ihr ähnliche
Eindrücke am geläufigsten und am werthe-
sten macht.

Diese erste Empfindung, überhaupt die
erste, deren ich mich erinnere, war bey mir
äusserst schmerzhaft. Es war der Anblick
einer Leiche, der ersten, die ich sah; und
wessen? und wie sah ich sie? Es war
mein Vater! Man trug mich herein, daß
er mich noch einmal segnen mögte. Er war
mir ein guter Vater gewesen, obschon ich
mich ist seiner mit keinem Zuge, als so wie
ich ihn auf seinem Sterbelager sah, zu erinnern weis.

Man kam zu spät mit mir; er war nicht
mehr! Meine Mutter lag da herabgesunken
vor

vor dem Sterbenden in Ohnmacht. Ihr Er=
wachen—Gott! sie sah mich, riß mich vom
Arme der Magd, drückte mich mit all ihrer
Kraft in ihrem Schoosse zusammen, warf
mich auf's Bett, auf den schon halb kalten
Leichnam meines Vaters, dann sich über
mich her, bis sie wieder heruntersank, und
ich ihr nachfiel, und so da lag erschüttert in
meinem ganzen Wesen. Lang kam nachher
keine Freude an mir. Alles Traurige war
mir willkommen; ich liebte schon als Kind
das Oede, das Einsame, das Schaudernde
selbst mehr als den frohen Lerm meiner Ge=
spielen, und die traurigsten Erzählungen wa=
ren mir des Winters beym Feuer die liebsten.

Von dieser Scene fing der Hang zur
Schwermut an, der Euch allen, die Ihr
mich liebtet, so oft an mir zur Last war. Mei=
ne Mutter ängstete sich, als sie diesen Hang
mit jedem Jahre meines Alters zunehmen sah,
erzog mich in äusserster Nachsicht und Liebe
und verbarg mit zärtlicher Sorgfalt mir alles,

Aa 5   was

was sie glaubte, daß es meinem Herzen zu
schwer werden könnte. So entstand diese Empfindsamkeit, der ich freylich mein Bestes,
aber auch das Traurigste meines Lebens an-
rechnen muß.

So hatte sie mir nie den wahren Zustand
unsrer Umstände zu entdecken gewagt. Reichthum erwartete ich freylich nicht. Ohne die
kleine Erbschaft von einem ihrer Brüder hätte ich freylich nicht studiren können, das wust'
ich; aber doch die äusserste Armut fürchtete
ich eben so wenig. Sie hatte mir nie fehlen
lassen, lieber sich selbst das Liebste entzogen,
nnd jene Erbschaft nahm ich mit, als ich ab-
reiste, wie sie war.

Ich hatte noch baares Geld zurückgelas-
sen. Dieses, meine Uhr, meine entbehrli-
cheren Kleider, Bücher und andre solche Kleinigkeiten wendeten die erste dringendste Noth,
seit ich zurück war, von uns ab. Zudem
erhielt meine Mutter von einer unbekannten
Hand hundert Dukaten.

Ja

Ja, Liebe! ich seh' es in diesem Auge,
in diesem Strale deines Bewußtseyns, daß
es diese Hand war, die ich hier küsse. Gut,
daß ich es damals nicht wuste!

R*** bot uns gleich nachher, auch
gewiß durch deine Vermittelung, die Zurück-
gabe von einem Theile des Unsrigen gegen eine Verschreibung an; aber ich war so stolz
mich lieber abzumüden und wär' es zu hun-
gern, als einem, der dem Manne Marianens angehörte, auch nur einen Schatten
von Wohlthat zu danken zu haben.

Ich war fleissig gewesen, weil mein Fleiß
die einzige Hofnung für mich und Mariane
war. Ich ging zu einem Verwandten, der
unter Akten und Gerichtsstaub ergrauet war.
Meine Neigung zu Büchern, wie er sie natürlich nun gerade nicht leiden konnte, war
ihm vor meiner Abreise ein Aergerniß gewesen; desto werther ward ich ihm, da er die
Anstrengung, womit ich unter ihm anfing zu
arbeiten, als ein Zeichen ansah, daß ich
selbst so klug geworden einzusehen, wie kin-

Aa 5　　　　disch

disch eine Beschäftigung mit Wissenschaften sey, für die die Welt kein Brod habe. Dieser Triumph hatte ihn mir so sehr gefesselt, daß er mir viele seiner Klienten übergab, und mich bald in den Stand sezte, durch anhaltende Arbeit uns wenigstens das Nöthigste zu verdienen. Ich war glücklich, und es gelang mir bald zu einem kleinen Ruhm zu steigen, der meine Arbeiten erweiterte, und eben dadurch erleichterte —

Aber bald auch meine Lust dazu schwächte. So wie sie einträglicher wurden, macht' ich sie mir auch bequemer. Ich fing an einer Neigung Gehör zu geben, die bisher die Noth überschrien hatte, wenn sie mich überreden wollte, daß ich für diese Arbeiten nicht gemacht sey. Das Trockne, das darinn liegt, das ewige Zusammenstossen mit Schikane und Ränken, die Abhängigkeit der besten Sache von Partheylichkeit, Bosheit und Unwissenheit anderer, wurde mir nun täglich unerträglicher. Ich dehnte, was ich meine Nebenstunden nannte, nun weiter aus. Meine

ne Luft zu meinen alten Lieblingsstudien erwachte wieder und nahm die ganze Zeit jener
Stunden ein.

Ein zufälliger Umstand gab mir bald den
lezten Stoß. Die Theaterdirektion brauchte
bey einer Gelegenheit eine Rede, und bat,
auf Anrathen einiger Bekannten, die es wu-
ßten, daß ich vormals gedichtet hatte, mich
darum. Der Erfolg war über meine Hofnungen, und meine Amtsgeschäfte wurden
bald Nebensache.

Zugleich verwickelte mich dieser so kleine Zufall in andere, die bald wichtiger wurden, und
deren Folge mich hernach zu einem der merk-
würdigsten Schritte meine Lebens fortstieß.

Ich war ohne Liebe. So lang ich mit anhaltender Strenge, umgeben von Bildern
der Noth, arbeitete, hatt' ich das nicht gefühlt, oder, wenn der Gedanke auch wol aufstieg, so hatte der Fleiß, und das noch zu
neue, zu traurige Beyspiel meiner ersten Liebe
ihn bald erstickt. Aber dieses verlor doch allmählich mit der Neuheit auch seine Stärke,

unb

und, wie ich nach und nach auch von jenem
nachließ, fand die Liebe mein Herz bald wie=
der so wehrlos, so empfänglich, daß sie sich
ihm leicht wieder zum Bedürfniß machte.

So lernt' ich eine Schauspielerin kennen,
deren Ausdruck jeder schönen Empfindung zu
wahr, und deren Aufführung zu untadelhaft
schien, als daß ich gegen ihre Tugend nur des
geringsten Mistrauens hätte fähig seyn sollen.
Was sie auf der Bühne so ganz war, wie
konnt' ich denken, daß sie von dem zu Hause
das Gegentheil seyn konnte?

Sie war es; und es hat mich viel geko=
stet, mir das gestehen zu müssen; so wie ich
mich dieser Geschichte unter allen folgenden
fast am ungernsten erinnere, wenn ich be=
denke, zu welchen Verleumdungen ich dem
ungerechtesten Vorurtheile mag Anlaß gege=
ben haben, das, in diesem Stande mehr als
in jedem anderen, so gern von dem Einzelen
auf's Ganze schließt und so geschwind ver=
dammt, ohne zu bedenken, daß gerad in die=
sem Stande eine arme Fallende auf Mitleid
und

und Nachsicht die billigsten Ansprüche hat.
Bey dem täglichen Geschäfte ganz Liebe zu seyn
bey dem traurigen Bewußtseyn mit den un-
tadelhaftesten Sitten so selten geglaubt zu
werden, bey der Gewalt all ihre Reize so
geltend zu machen, in der Nothwendigkeit
sogar täglich ihr eigenes Herz zu der äussersten Empfindsamkeit zu reizen, und andre
mit sich, wie nicht zu sich? hinzureissen —
sollten wir sie nicht beklagen, die das Opfer
ihres Berufs wird? Und dann die Edlen dar-
unter mit leiden zu lassen, die so oft eine siegen-
de Gewalt gegen sich selbst und gegen alle Gefahren der Verführung uns zu den Verehrungswürdigsten ihres Geschlechts machen sollte.

Diese neue Liebe brachte in mir selbst
und meinen Umständen eine Veränderung
hervor, die sich bald in allen ihren widrigen
Folgen zeigen muste. Sie stürzte mich in
Schulden und zog mich nach und nach völlig
von meinen Geschäften ab. Ich versäumte
oft, und wenn mich die Noth zurückzwang,
fand ich meine Arbeiten so überhäuft, daß
ich mit einer Art von Verzweiflung daran
ging, die mir bald meine Lebensart völlig
verleiden muste. Indeß gab ich nun fast
alle Augenblicke, die ich der Liebe entziehen
muste, einer Beschäftigung, der ich dieß
Glück, wie ich es nannte, zu danken hatte.
Aber

Aber dieß Glück selbst weckte mich auch bald aus dem Traume, in dem ich, wie der Nachtwandler, so sicher über Abgründe gewandelt war. Ich erwachte, wie jener erwachen mag; und wäre meine Liebe selbst nicht mit dem Traume verschwunden, ich wäre ohne Rettung gefallen. Aber bey dem ersten Anblick fand ich wieder in meiner Familie, woran ich mich halten und ermannen konnte.

Indeß hatt' ich doch nun die Gewalt über mich selbst verloren, zu der Lebensart ganz zurückzukehren, die mir die Rettung der Meinigen so werth hätte machen sollen. Zudem glaubt' ich, durch den Beweis dieser zweyten Liebe, nun wenigstens die völlige Ueberzeugung zu haben, daß eine Liebe, wie ich fühlte, daß ich sie lieben konnte, und wie ich wiedergeliebt werden müste, in einem weiblichen Herzen eine Schimäre sey.

Meine Mutter, wenn sie meine Anstrengung, oft meine äusserste Entkräftung sah, hatte oft das Thema einer reichen Heyrath angestimmt. Als ich nach und nach wieder anfing an Liebe zu glauben, hatt' es keinen Eingang gefunden; aber itzt kam mir die Idee selbst oft mit so tausendfachen Reizen, mit der Aussicht auf ein ruhiges, bequemes Leben, wo blos meine Neigung meine Beschäftigung

würde

würde bestimmen können, daß ich sie bald
bey mir völlig festsezte.

Wenn der gröste Reichthum meine Wahl
bestimmen sollte, so konnte sie auf keine andere, als auf das Schwesterkind R***s
selbst fallen. Zudem fand ich in dieser Wahl,
was mich bey wenigerem Vortheil würde dahin bestimmt haben, die Hofnung einer geheimen Kränkung bey Marianen.

„Böshafter! und wie Dir das gelang!"
Mariane.

Meine ersten Bewerbungen waren gleich
glücklicher, als sich von einer Familie, die
kein Verdienst als Reichthum kannte, und
von einem Mädchen, das so ganz in der Denkungsart ihrer Familie erzogen war, nur erwarten ließ. Ich erfuhr unter der Hand,
daß das einzige Hinderniß meiner Absichten
von Marianen selbst herrührte. Das er-
bitterte mich äusserst.

„Und war doch Liebe, sorgsame, zärtliche Liebe! Ich kannt' es in seinem ganzen
Umfange, und fühlt' es täglich in all seinen
Schrecknissen, das Elend einer Verbindung
auf ewig, und ohne Liebe! Ich kannte dich;
fühlt' es so innigst, was Dir ein Leben, wie
das meinige seyn würde: konnt' ich Dich, o
Du, den ich liebte, mehr als ich sollte, mehr
als mein gewaltsamster Widerstand über mich
ver

vermogte, konnt' ich dich hintaumeln sehen,
und Mittel, die ich in Händen hatte, dich
zurückzubringen, wie sie auch seyn mogten,
unversucht lassen? Ich that alles, R***
und seine Brüder von dem Gedanken abzu=
bringen. Ich that sogar den Schritt, einen
von Adel und Ansehn, der meinem Mann
Verbindlichkeiten schuldig war, zu bitten, daß
er Dich höhern Orts empfehlen mögte....
Denken Sie, den ich noch nicht kenne, der
aber fühlen muß, was ich litt, wenn er auch
das fühlende Herz nur halb hat, das mein
Wilbert so an ihm liebt, denken Sie, was
aus mir ward, als ich zugleich erfuhr e daß
meine Nichte nicht von ihm ablassen wollte,
und er sogar einen Antrag, der ihm die
Nothwendigkeit die Vortheile eines ruhigen
Lebens mit dem theuren Preise seiner Frey=
heit und eine Ehe ohne Liebe zu kaufen, er=
sparen konnte, mit Uebermut abgewiesen
hatte."

Mariane.

(Die Fortsetzung folgt.)

Angenehme Lectüre
für
Hessens Töchter.

An Klärchen im Kloster.

Denck ich einsam jezt der Stunden
    Die in erster Jugend Zeit
Mir mit dir sind hingeschwunden,
So voll Lieb' und Seeligkeit;
Ach dann wein' ich! doch vergebens
Trübet sich mein matter Blick,
Freuden eines Engellebens
Bringt kein heisser Wunsch zurück.

    Dein Herz schlug an meinem Herzen,
Deine Lust war meine Lust.
Keinen Kummer, keine Schmerzen
Kannte die gedrängte Brust.

B b   Aber

Aber unsere Träume logen,
Sie versprachen Glück und Ruh; —
Unsere Hofnungen verflogen.
Einsam seufzen ich und du.

Ach daß dieser Erde Freuden
Schnell ein Ungemach verdrängt!
Daß sich Quaal, und Gram, und Leiden
In die beste Wonne mengt!
Daß sich Herzen trennen müssen
Die die Liebe fest verband,
Bey Gedanken Thränen fliessen
Wo man ehmals Wonne fand.

Zwischen enge Klostermauern
Schloß dich Wahn und Boßheit ein,
O so must du ewig trauern,
Wachen, Beten, einsam seyn.
Liebe die dich sonst beglückte,
Mich zu lieben dir befahl,
Dir dein warmes Herz entzückte,
Macht nun deines Lebens Qual.

Aber

Aber freu in deiner Zelle
Dennoch, theures Mädchen! dich.
Diese Welt ist eine Hölle,
Freu' dich, — und beklage mich.
Trug und Frevel überlistet
Ach! so oft den Biedermann,
Und der Boßheit Hand verwüstet,
Wo sie nur verwüsten kann.

Wohl dir, daß du ihr entgangen, —
Eines bessern Schicksaals werth!
Daß dein Herz jezt nur Verlangen
Nach erhabenen Dingen nährt.
Manches wirst du nicht erfahren,
An der Kette die dich drückt;
Und nach wenig trüben Jahren
Wirst du mehr als wir beglückt.

O du weihest dich dem Himmel
Gute fromme Dulderinn!
Und ich renne durchs Getümmel
Dieser Welt mit trunkenem Sinn.

Bb 2   Möch-

Möcht' dein Bild mir oft erscheinen,
Schlichs in meine Seele sich! —
Klärchen, ich will um dich weinen,
Liebe, bete du für mich.

Wagenseil.

Fortsetzung des im vorigen Stück abgebrochenen Briefs.

Ein über seine Gränzen getriebener Wunsch nach Unabhängigkeit, und dann jene meiner Wut so süsse Hofnung, dich, du Liebe! zu kränken, liessen mich keine Einwendungen mehr hören; ich sezte durch.

„Nun, ob du das auch bekennen wirst, grausamer Quäler?"

Mariane.

O ja, Liebe! Auch das! — Mariane hatte eine Freundin, von der ich wuste, daß unter ihnen kein Geheimniß war. An diese schrieb ich und verwandte die ganze lezte Nacht vor meiner Heyrath darauf, ihr mein Herz und die Ahndungen alles Elends, das ich nun auf ewig erwartete, mit den schrecklich=

sten

sten Zügen zu schildern; dann schob ich alle
Schuld auf Marianen, klagte sie an schüttete
über sie aus alles, was einem zerrissenen blu-
tenden Herzen in verzweifelnder Liebe Bit-
tres entströmen kann, sagte ihr, was ich
auch seit langer Zeit in dieser traurigen Nacht
zum erstenmal wieder mit aller Lebhaftigkeit
fühlte, daß ich die Undankbare noch itzt liebte — anbetete.

„Gott! als ich diesen Brief las! Nein,
der Augenblick, wo ich mich entschloß, dir
zu entsagen, war nicht grausamer!"

Mariane.

Die Aussichten, die mich in der Ferne
so sehr geblendet hatten, verloren, je näher
ich ihnen kam, desto mehr von ihrem Reize,
der fast völlig verschwand, so bald ich ihrer
Erfüllung gewiß war. Aber eben so sehr ge-
wann die Ahndung, was mir eine lange Zukunft ewig ohne Liebe seyn würde; und endlich, als nun die Stunde kam — ich zitterte
vor dem Tage, wie der Verurtheilte seiner
lezten Morgenröthe entgegenbeben mag; und

Bb 3   doch

doch war es fest beschlossen, daß es so kom=
men sollte.

Die ersten Monate meiner Heyrath ver=
flossen unter immerwährenden Zerstreuungen,
und von Tag zu Tag entdeckt' ich an meiner
Frau Eigenschaften, die wirklich anfingen
mich an sie zu fesseln. Ich fand ein Herz,
dem die Natur alle Anlagen gegeben, nur
daß die Erziehung mit all ihrer Macht der
Natur entgegengearbeitet hatte. Sie lieb=
te mich mit der ganzen Anhängigkeit ihrer
Empfindung; und welcher Unmensch könnte
der Liebe völlig widerstehen? Zudem hatt' ich
mir fest versprochen, daß Freundschaft und
Dankbarkeit ihr ersetzen sollten, was die Lie=
be ihr nicht würde gewähren können. Und
als ich sie vollends gegen jeden meiner Wün=
sche so biegsam fand, als ich sah, welche
Gewalt sie gegen sich selbst anstrengte, sich
in meine Denkungsart, so entgegengesezt sie
auch der ihrigen war, zu schmiegen, und
dann doch immer fühlte, daß ich all diese
zärtliche Mühe mit keiner wahren Liebe er=
wiedern

widern könnte — o! ich war bald von ei=
ner andern Seite unglücklich), als von der
ich befürchtet hatte es zu werden.

Ich sprach oft mit mir selbst darüber
mit allem Nachdruck wahrer Sehnsucht nach
Liebe, sagte mir, daß auch doch die Ehe,
die mit wahrer Liebe anfinge, nach den Ta=
gen des ersten brausenden Gefühls, nur
durch eine zärtliche Freundschaft glücklich wer=
den müste. Meine Dankbarkeit konnte ja
auch bald warme, zärtliche Freundschaft wer=
den. Ueber das wollte mein Herz nicht
Wort haben, daß die Dankbarkeit bis zu
dem Grade der Freundschaft hinabsteigen
könnte, zu dem die Liebe von selbst hinunter=
fallen müste.

Nun kam der Frühling, und wir gin=
gen sehr früh auf's Land. Hier fand ich
bald Geschäfte, die mich mit dem Schritte,
den ich gethan hatte, hätte versöhnen kön=
nen, wenn ich auch wirklich schon ange=
fangen hätte, ihn zu bereuen. Die Bauern
die zu unserm Gute gehörten, hatte der un=

mensch=

menschliche Geiz seiner vorigen Besitzer zu
den ärmsten der Gegend gemacht. Welche
Scenen voll Elend, wo ich hintrat! aber
auch welch ein Gefühl, zu sehen das Wieder=
aufleben der Freude und das heitere Lächeln
des Danks, oder seine belohnende Thräne!
Bald liebte mich alles um mich her als seinen
Vater.

Und doch, in dieser Seligkeit selbst fand
der Gram Nahrung, der immer, obschon
dunkel, auf meiner Seele lag. Der tägliche
Anblick von allem, was menschliches Elend
für menschliches Gefühl Erweichendes hat,
hatte mich nun vollends bey meiner Unacht=
samkeit auf mich selbst zu sehr erweicht.

Meine Frau willigte in alle meine An=
stalten, aber doch oft mit einer Art von
Zwang, den sie nicht ganz verbergen konnte.
Wie so ganz anders, dacht' ich, würde Ma=
riane an ihrer Stelle handeln! Ich hatte sie
oft mit wenigerem Vermögen in ähnlichen
Fällen handeln sehen, hatte oft mit ihr ohne
Geräusch, in der Stille des Abengs die Ar=
men

men in ihrer Nachbarſchaft beſucht, wenn
ſie ihnen brachte, was ihr Vater ihr zu ihrem kleinen Putz geſchenkt hatte.

Ich ſah oft Scenen der Liebe ; ſah den
jungen Landmann, wie er ſo alles vergaß bey
ſeinemWeibe, des ſauerſten Schweiſſes nicht
achtete, der ſie nährte, und den ſie abwiſchte.
So hatt' ich einſt mit Marianen leben wollen? Was wir uns ſo oft geſagt hatten in
jenen goldenen Tagen des Traums der Liebe,
wenn wir den Bauern hinter dem Pflug ſahn
in ſeiner Ermüdung, in der Ferne ſeine
Strohhütte vor uns lag, die Gefährtin ſeines Elends heraustrat mit lieben Kindern
um ſich her, ſo emſig kühlende Milch und
ſauerverdientes Brod unter die Eiche an der
Hütte zu tragen; dann ihm alles entgegen
lief in wetteifernder Liebe; bis ſich alles ne-
beneinander hinſezte zum Abendbrod, und
dann zuſammen war, ſo vertraulich, ſovoll
Herz — was wir uns dann ſo oft geſagt hatten: wie wenig die Liebe bedürfe, wie Lieben
in Armut doppelt Lieben ſeyn müſſe, und

Bb 5   wie

wie wir nicht reich seyn mögten, um das nicht zu entbehren, von uns selbst zu leben — alles das erwachte so lebhaft und so quälend!

Ich las sehr viel, las Dichter, wie ich sie nie gelesen hatte; aber, was ich las, über: all der glühende Ausdruck einer Empfindung, von der ich einst und so lang all das Glück meines Lebens erwartet hatte! und was ich sah, überall dieß Gefühl in der Natur so allbelebend um mich her, nur in meinem Her: zen Bedürfniß ohne Hofnung zur Befriedi: gung. Das machte mich verwirrt.

Doch den Frühling und den Sommer über hielt ich's aus; aber als der Herbst kam, wenn ich einsam mit meinem Gram umher: ging, hörte das heilige Brausen des Zerstö: rens in den Gipfeln der Haine und das Ge: rassel welkender Blätter an den Aesten her: unter, sah das Vergehen so allgemein um mich her in der ganzen Natur — Gott! ich glaubte mit vergehen zu müssen. Alle Kräfte strebten mir auf gegen den Sturm des To: des um mich her! — zu fallen, wie die Na: tur,

tur, in herbstlicher Verwüstung, wo ich noch keinen Frühling gelebt hatte in Freude und Liebe!

Ich fiel in eine entnervende Ermattung, und der ewige Zwang meine Frau nicht zu dem Blick in mein Herz kommen zu lassen, der sie so unglücklich gemacht hätte, als ich es selbst war, erschöpfte mich endlich vollends. Ich ergriff das einzige Mittel, das mir die Vernunft noch zeigte, dieser wütenden Leidenschaft eine andre entgegen zu sezen, die jene wenigstens schwächen mögte. Unter allen war der Ehrgeiz die einzige, zu der ich mich in einem Grade fähig fühlte, wie sie seyn muste, um bis zu einem Gleichgewicht gegen jene zu steigen.

Ich wendete mich an den Minister, von dem ich wuste, daß er mich nicht ganz verkannt und oft gewünscht hatte, mich nüzlich zu machen. Ich kannte ihn als einen Mann, von dem ich die schleunigste Beförderung zu jedem Posten, für den er mich fähig glaubte, erwarten konnte, wenn ich ihm aufrichtig

sagte,

sagte, warum ich sie suchte. Ich that das, und es erfolgte, was ich vorher sah. Er redete mit mir über Angelegenheiten, in denen es auf Verschickung ankam. Ich sagte ihm, was ich darüber dachte, und das schien alles, was er erwartet hatte. Ich nahm also den Auftrag an, und reiste in der Hofnung ab, daß das Reiben an fremde Gegenstände selbst eine Seele heilen könnte, die in Kummer verrostet lag.

Meine Frau blieb zurück. Die Trennung war schmerzlich. Ich verließ sie in den lezten Monaten ihrer Schwangerschaft, und es war mir, als wenn mich die Ahndung ergriff, daß ich sie nicht wiedersehen sollte. Ich war kaum sechs Wochen abwesend, als ich die Nachricht erhielt, daß die Freude mich zum Vater zu machen ihr das Leben gekostet hatte.

Ich zweifle, ob der Tod einer geliebten Gattin mich empfindlicher hätte kränken können. Mitleid, Bewußtseyn ihr nicht gewesen zu seyn, was ich ihr hätte seyn sollen, vielleicht nicht, was ich ihr hätte seyn können, ich weis nicht, was sich alles in meinem Kummer vereinigte. Eine Geschichte, in die sich mein Herz auf dem Lande hatte ziehen lassen, und die ich mir vergeben hatte, weil ich wuste, daß sie meiner Frau

Frau ein Geheimniß war, ward mir izt ein quälender Vorwurf.

Mein Herz war schon verwöhnt. Wo ich auf einem Gesichte schmachtende Liebe und unbefriedigte Sehnsucht fand — o, ich kannte diesen Zustand so tief! da fühlt' ich mich angekettet, eh ich noch an Folgen denken konnte. So war es mir mit der Frau eines Beamten in der Nachbarschaft gegangen, deren Schicksal mit dem meinigen sehr viel Aehnliches hatte. Der erste Augenblick, den wir uns allein sahn, war der Augenblick des Geständnisses. Ich fühlte oft, was mein Schicksal seyn würde, wenn, wie so leicht möglich war, nur ein Schatten von Verdacht bey meiner Frau aufstiege. Des Abends, wenn ich von meiner Geliebten mit Zittern nach Hause kam, nicht wagte meine Frau anzublicken, wenn sie mir dann entgegen kam, mit all der herzlichen Liebe; wenn wir so beysammen waren, und dann ihr Glück die Meinige zu seyn, und die Hofnung, die sie für mich unter ihrem Herzen trüge, ihr Gespräch war. — Gott! tausendmal schwur ich mir, nie zu jener zurück zu kehren, sie nie wieder zu sehen, und doch, wenn die Stunde kam —

Von dem übrigen Theile meiner Geschichte will ich dir nur so viel sagen, daß, nach

nach dem Tode meiner Frau, in ::: der
freye Ton im gemeinen Leben, das Ansehn,
in dem ich stand, der Aufwand, den ich ma=
chen konnte und muste, und, nach meiner
Zurückkunft in mein Vaterland, die Achtung,
die nach einer Ausführung meines Auftrags,
die über unsere Hofnungen war, der Mini=
ster mir bewies und die sich von ihm allge=
mein verbreitete, die Art, wie er zu meiner
Belohnung mein Glück machte, mir meinen
Hang nur zu sehr erleichterte. Ich fiel von
einem Handel in den andern, die allemal
mit der Erfüllung meiner Wünsche endigten,
aber auch mit der Rückkehr zu der Einzigen,
die ich wirklich liebte. Manche hatte ihr
Bild auf Augenblicke der Ueberraschung
in meiner Seele verdunkelt; aber ich wollt'
es völlig daraus verbannt haben; das konn=
te keine!

Endlich sank mein Herz in eine Art von
Ueberladung, und machte meiner Vernunft
Platz über all das Vergangene nachzusehen.
Ein demütigender Blick! und doch, wie ich
noch izt dieses unbegnügsame Herz fühlte,
hofft' ich in der grossen Welt keine Beruhi=
gung mehr. Auch der Ehrgeiz hatte bald
das Schicksal meiner übrigen Wünsche ge=
habt—den Tod in seiner Befriedigung. Ich
war nun reich und lebte in dem vollen Glan=
ze

je meines Glücks, geehrt oder beneidet von allen, aber selbst unglücklicher als jemals. Was mir das seyn würde, wenn Mariane es hätte theilen wollen, war meine völlige Betrachtung nach jedem Blick um mich her, und der ewige Schluß, daß es ohne diese Theilnehmung nichts war.

Ich wollte noch einmal die Einsamkeit versuchen, versprach mir aber selbst, alles zurückzuweisen, was mich noch empören könnte. Ich hielt mir Wort, that alles, was mich abkühlen konnte, verschloß meine Dichter, und wählte aus den Philosophen die abstraktesten zu meiner Gesellschaft.

Meine Absicht gelang mir. Das süsse Gefühl des Gewinns so mancher erhabenen Wahrheit machte mich bald unermüdet hinunter zu fahren in die tiefsten Abgründe, wohin sich der menschliche Verstand je verstiegen hatte. Da traten die wichtigsten Angelegenheiten der Menschen, ihre Bestimmung in diesem, und ihre Hofnungen in jenem Leben bezweifelt vor meiner Seele. Ich schämte mich, was ich alles vernachläßigt hatte. Dann riß der ganze Reiz der Ueberzeugung, oder auch nur der Wahrscheinlichkeit mich hin, so wie die Mühe selbst mir Kälte und Gelassenheit gab. Welche Demütigung bey jedem Blick ins Vergangene! und ich ließ diese wirken in ihrer ganzen Gewalt.   Izt

Izt war ich ruhig, und schon wünschte ich mir Glück, da ich gewiß zu seyn glaubte, daß nun in folgenden Tagen meines Lebens der Wunsch nicht mehr erkalten würde, das endlich zu werden, was ich so lange hätte seyn können und sollen, und wovon ich izt zu demonstriren wuste, daß es die einzige Würde des Menschen sey, als —

Streitigkeiten wegen der Nachlaßen= schaft meiner Frau mich noch — — — und in das Haus meiner Mariane brachten. Mit welcher Zuversicht auf mich selbst ich dahin ging! Ich ging in allem Glanze, den mir mein Stand erlaubte, um sie meinen Triumpf und ihr Unrecht fühlen zu lassen, wenn sie mich vielleicht blos dem Reichthum aufgeopfert hätte. Ich bot aller Gewalt Trotz, die sie vormals auf mich gehabt hat= te, zu versuchen, was sie noch vermögten, und als ich hinkam —

(Die Fortsetzung folgt.)

Angenehme Lectüre

für

Hessens Töchter.

**Beschluß des im vorigen Stück abge-
brochenen Briefs.**

Gott! in welchem Zustande fand ich sie!
Wie ungleich der Mariane die ich geliebt hatte, und doch, wie noch so
ganz sie selbst! All diese Reize welkend in
Kummer und abgebleicht in Thränen; aber,
all diese Güte noch in ihrer ganzen Wärme.
Ich fand sie Abends noch immer an dem kleinen Hinterpförtchen ihres Gartens mit Trost
und Hülfe bey den Armen ihrer Nachbarschaft, denen ich da so oft mit ihr unser Er-
spartes ausgetheilt hatte. Ich sah diese
Scene unsrer Liebe wieder; diese Laube — o
diese Laube! — diese kleine Anhöhe unserer
Abschiede, auch unsers lezten! die ganze Ge-

Cc   gen

gend bey jedem Fußtritt so merkwürdig! jeden Winkel zum ewigen Denkmaal der Liebe
bezeichnet! Bald konnt' ich mich von diesen
Scenen nicht mehr trennen; ich war hier fast
den ganzen Tag, irrte da einsam und traurig
umher, und Mariane sah das, und verstand es.

Täglich nahm der Ausdruck ihrer Liebe
auf ihrem Gesichte zu. Wenn ich das sah, all
ihren Streit und ihre unverbergsame Kränkung in meiner Gegenwart — ich konnte den
Gedanken nicht mehr unterdrücken, den meine
Selbstliebe ohnehin so bald faßte, daß zu späte
Reu und unüberwindliche Liebe für ihren Ver-
lassenen vielleicht mehr Antheil an ihrem Kummer haben könnte, als Unzufriedenheit mit
einem Manne, der nicht für den hundertsten
Theil ihres Werths Gefühl hatte. Und was
bestärkte mich nicht alles! Sie hatte durchaus,
als ihr Schwiegervater starb, diese Gegend
nicht verlassen, nicht in die Stadt ziehen
wollen. Sie hatte R*** beredet, dieses
Gut für sich selbst anzukaufen. Ich fand auf
ihrem Zimmer noch all die Kleinigkeiten, die
ich ihr geschenkt hatte, aufbewahrt, als Hei-
ligthümer der Liebe. Ich sah ihre Kinder;
ihrem ältesten Sohn hatte sie meinen Namen
gegeben, und nannte ihn allein bey diesem.

Alles, alles, was ich sah und hörte, sagte
mir, wie nöthig es war, meine Geschäfte und
meine

meine Abreise zu beschleunigen. Kaum hatt'
ich die Gewalt noch über mich selbst, mich
loszureissen; aber meine ganze Ruhe und
Standhaftigkeit blieb zurück. Ich suchte
wieder Hülfe bey meinen Büchern; aber ich
nicht mehr mit dem offenen, fassenden Verstande, nicht mehr in der Fassung, wo die
Leidenschaft unter dem Gebiete der Vernunft
schweigt, und das Gefühl keine Ursache hat
sich gegen die Wahrheit der Erkenntniß zu
empören. Ich fühlte bald, daß ich ohne
höheren Beystand, ohne Waffen von gewis-
serem Nachdruck unterliegen, und zwar wohl
nicht wieder so tief zu Ausschweifungen, aber
desto gewisser und tiefer zu tödtendem Kummer herabsinken würde.

Ich hatte in meiner Einsamkeit aus Bedürfniß der Gesellschaft ein benachbartes Kar-
thäuserkloster besucht, und darinn Bekannt-
schaften gemacht, durch die ich dieses Insti-
tut bald mit ganz andern Augen anzusehen
anfing, als ich bisher, hingerissen von der
Mode und mit all den Vorurtheilen aus der
Ferne gewohnt war. Doch den Eindruck
hatte die erste nähere Bekanntschaft nicht auf
mich gemacht, den izt mein erster Besuch machen sollte.

Ich hatte gefühlt, daß ich aller Macht
der Religion gegen mich selbst nöthig hatte;

ich

ich hatte manche traurige Nacht, wenn das entsezliche Gefühl der ewigen Leere in meinem Innersten herumwühlte, und mich zu Unmut und Verzweiflung hinriß, einsam zu Gott gebetet; und so vorbereitet kam ich einen Abend ins Kloster. Ich war einige Tage da. Was ich sonst nur flüchtig beobachtete, gleichwohl schon verehrt hatte, reizte izt meine ganze Neugier. Ich lernte bald ihre Art zu leben kennen, und einst, als ich allein, meine ganze Seele im Aufruhr, im Klostergarten herumlief, dann die feyerliche Glocke zur Kirche läuten hörte, und das Bild des Ordens lebhaft und ganz vor mir stand, stieg auf einmal der Gedanke in meiner Seele auf: Wie? wenn der Geist dieser äussersten Strenge und Abtödtung wäre, Herzen, brausend und ungenügsam wie das deinige, empor zu helfen? Wenn für Seelen von deiner Stimmung, in Umständen, wie die deinigen sind, kein Fortkommen wäre ohne diese völlige Aufopferung, ohne Ankettung all dieses glühenden Gefühls an Gott und Ewigkeit? Und — wer darf den Gedanken Schwärmerey nennen? — Wenn Gott auf so ein Herz, das nur bey ihm nach Zuflucht sieht, das alles von sich wirft um seinetwillen, und, ihm getreu zu bleiben, in fester Zuversicht auf seine helfende Hand, den ewigen Streit mit sich selbst übernimmt,

wenn

wenn Gott auf so ein Herz herabsäh mit
Wohlgefallen und es tröstete und stärkte mit
unmittelbarer Gnade? Wie wenn der Stifter
so eine Seele war? — Ich dachte nach, ver=
glich jeden einzelen Umstand mit dem Gedan=
ken. — Wie übereinstimmend! wie alles da=
hin kalkulirt! Aus vielen Umständen seines
Lebens, welche dringende Vermutung! —
Ich konnte den Gedanken nicht mehr unter=
drücken, sah nach dem Gebete die Patres
wieder, fand, wo ich gewöhnliche Menschen
gesehen hatte, auf vielen dieser Gesichter noch
tiefe eingethränte Spuren eines langwierigen
Kampfes, aber auch hin und wieder, auf
dieser erhabenen Stirne, in diesem ganzen
heiteren Antlitz das Höchste, das ein mensch=
liches Antlitz tragen kann, den Sieg, den
sauer erkämpften Sieg über sich selbst. Ich
drang sogar in einen dieser Männer, an den
sich mein Herz gleich bey der ersten Bekannt=
schaft am nächsten gefesselt hatte; ich fand,
was ich vermutete; ich konnte meine Thrä=
nen nicht zurückhalten, und hingezogen mit
einer Macht, so unwiderstehbar, als je die
Liebe auf mich gewirkt hatte, fiel ich an sei=
nen Hals und weinte laut.

Er drückte mich fest an sich, denn er ver=
stand mich; und dieser Augenblick — o, so

süß

süß und so schmerzlich sind wenige Augenblicke meines Lebens zugleich gewesen!

Eine Schelle in seiner Zelle ward von
einer Hand gezogen, die ich nicht sah. Er
wand sich los von mir, und trat, um nicht
beobachtet zu werden, in sein Schlafzimmer.
Ich konnte nicht widerstehn, ihn zu belau-
schen. Ich sah ihn auf der Erde liegen im
Gebet. Nach einer Weile, als er zurückkam,
war sein Auge nicht mehr so heiter; das war
mir ein Räthsel; ich gestand es ihm, und
bat um Erklärung, und erfuhr, was mich
vollends hinriß.

„Diese Schelle, sagte er, die Sie hier
gehört haben, schellte in dem nemlichen Augenblick in den Zellen aller andern Brüder,
ohne daß einer wissen konnte, wer sie gezogen
hatte; nur das sagte sie uns, daß in diesem
Augenblick auf irgend einen unter uns eine
Versuchung lag, gegen die er all seinen Kräften nicht mehr trauen durfte; dann schellt er,
und sogleich war er gewiß, daß alle Brüder
vereinigt für ihn auf ihren Knieen vor Gott
lagen und um seine Rettung flehten. Glauben
Sie es meiner Erfahrung, sezte er hinzu, daß
dieser Gedanke oft den Sieg für mich entschied,
wenn er einen Augenblick vorher noch wankte.“

Gott! diese Schelle! und daß sie nun
nicht wieder läutete — Es war mir, als säh
ich

ich unmittelbaren Wink des Himmels, wo=
hin ich flüchten sollte wieder nach mich selbst. Voll
und gerührt bis im innersten Gefühle ging
ich auf und ab, durch die langen, düstern
Kreuzgänge, die den Kirchhof des Klosters
einschlossen, wo ich einige Mönche einzeln
und in ihren Kappen gehüllt, in tiefem Ern=
ste, wie mit der ganzen Seele über diese Welt
hinaus, zwischen den Kreuzen über den Grä=
bern wandeln sah.

Ich konnte mich nicht losreissen; ich
fühlte mich schon besser, und was durft' ich
mir nicht versprechen? Diese völlige Aufopfe=
rung jeder Weltfreude für Gott, das Bild
des Todes bey jedem Tritt erneuert, dieses
gemeinschaftliche Hinstreben und Forthelfen,
diese Schelle, die sie als liebende Kinder um
den Vater für den Bruder versammelt, diese
stündliche Erinnerung an Ewigkeit bey jedem
brüderlichen Gruß, in dem erhabenen, dem
freundlichen Memento mori! — Alles, alles
sagte mir, daß es hier seyn müsse, wenn
mein Leben nicht ein langes Quälen ohne
Hülfe seyn sollte.

Doch wollt' ich gewiß seyn, daß mich
keine Täuschung einer überspannten Einbil=
dungskraft verführte. Ich sezte den Tag, wo
ich dem Prior des Ordens meine Absicht ent=
decken wollte, noch auf ein halb Jahr aus.

Ich

Ich kehrte den Winter in die Stadt zu=
rück, nahm an allen Zerstreuungen der Jahrs=
zeit Antheil, that alles, was meine Fanta=
sie kalt machen muste. Aber ich fand, daß
ich selbst an den Freuden, bey denen ich sonst
mit ganzem Herzen war, nicht den warmen
Antheil mehr nehmen konnte. Das Bild
des Klosters war überall bey mir; ruhig war
ich indeß nicht. Zufällig war mit dem Ge=
danken ans Kloster ein andrer verbunden, der
izt lebhafter als je erwachte. Ich hatt' ihn
zuerst in der Nacht nach dem Abend des Ab=
schiedes von Marianen gedacht, als ich nach
Göttingen ging. Dieser Abschied war so
schmerzlich, als die Liebe ihn machen kann.
Mariane hatte stundenlang in meinem Arm
gelegen, stumm, in allen Leiden der Tren=
nung. Auf einmal sprang sie auf, sah mich
wild und starr und thränenlos an: „Will=
bert! Willbert!" — Dann schlug sie die
Hände zusammen und schrie mit unaussprech=
lichem Schmerze: „Ich sehe dich nicht wie=
der!" — Bey welchem Abschiede drängt sich
der Gedanke nicht auf! Aber die Art, wie er
bey Marianen aufstieg und wie sie ihn sagte,
grub ihn so tief in meine Seele, daß ich ihn
lange nicht unterdrücken konnte. Es war
eine schöne, heitere Sommernacht, mit
Mond und allen Sternen. Ich hatte solche
Nächte

Nächte mit Marianen so oft genossen, und wenn wir es fühlten, wie unsre Seelen so ganz Liebe waren — wie sollte diese Liebe nicht unsterblich seyn, wie unsre Seelen selbst? Das hatten wir uns tausendmal mit so innigster Zuversicht gesagt, daß der Gedanke auch izt überwand. Dann will ich ins Kloster gehen, sagt' ich zu mir selbst, und da harren, bis die Stunde kömmt zur Wiedervereinigung, wo kein Tod mehr ist.

Damals machte mich der Gedanke ruhig, aber izt! — wenn sie todt wäre, dacht' ich. Schrecklich, schrecklich muß es seyn zu denken, was man liebt, wie es hinfällt in Tod und Verwesung! Aber, wenn sie todt wäre — ich dürfte sie lieben, dürfte Gott das sagen in meinem feyerlichsten Gebete! wüste, daß sie mich liebte, und würde das fühlen bey jedem Blicke zum Himmel! würde denken, daß sie mich sähe, und was ihr das seyn müste, daß ich die Welt nicht mehr wollte, wo sie nicht mehr war! Was würde meine Zelle mir seyn! Da zu leben, wo ich gewiß wäre sie wieder zu finden! Aber so, so! Untreu! Trennung auf ewig! Alle diese Bande so ganz, ganz zerrissen!

Ein Zufall half endlich den Schritt zur Vollziehung meines Entschlusses beschleunigen. Ich erfuhr, daß A *** krank war,

und

und mich fing an zu ahnden, was folgen soll=
te; zwar bloß als eine Möglichkeit, der aber
mein Herz, in seinem Schrecken vor sich
selbst, schon alle Stärke der Wirklichkeit gab.
Izt sagte mir der Arzt, der von ihm zurück
kam, daß er alle Hoffnung aufgebe, und in
der nämlichen Stunde fuhr ich ins Kloster,
um meine Aufnahme anzuhalten.   Ich er=
reichte meine Absicht leicht; der achte Tag
wurde zu meiner Einkleidung fest gesezt. Ich
kam in die Stadt zurück, machte meinen
Entschluß unter meinen Freunden bekannt.
Alles erschrack; keiner konnte die Gründe er=
rathen; Gleichgültige, die es erfuhren, lach=
ten mich aus und ich genoß das mit einer
Art von Triumpf.

Als aber die Nachricht von seinem Tode
kam — nein! das wäre Pralerey, wenn ich
die innigste Erschütterung meiner Seele bey
dieser Nachricht leugnen wollte.   Ich fühlt'
es so tief, wie sehr ich die Undankbare noch über
alles liebte! Das Bild ihres Elends, das
ich selbst in der Nähe gesehen und ihre Freun=
din bei jedem Besuche so völlig ausgemalt
hatte, zum Gemälde langsam vergehender
Liebe; ihre Versicherung, die meine Selbst=
liebe so gern aufnahm, daß Mariane das
alles nur um mich litte; tausend Vorwände,
die ich selbst zu ihrer Entschuldigung erfand;
der

der Gedanke, wie süß es hier seyn müste zu verzeihen, und welch ein Himmel diese kleine Ueberwindung belohnen würde — das alles stürmte auf meinen Entschluß los, und doch widerstand ich, bis, schon im Begriff abzureisen, den Tag vorher, ich von Marianen selbst einen Brief erhielt. Sie hatte mich schon durch ihre Freundin bitten lassen zu ihr zu kommen; sie würde selbst kommen, wenn ihre wankende Gesundheit ihr nur einen Schritt aus dem Haus erlaubte; eine Reise bis zur Stadt würde sie unmöglich aushalten. Ich wies das alles mit aller Verachtung ab, die ich annehmen konnte; aber als der Brief kam — ich konnte nur einige Worte lesen, die übrigen waren mit ihren Thränen zusammengelaufen — aber diese wenigen, und alles, was mir der Knecht von dem Zustande vorheulte, in dem er sie verlassen hatte. —

„Ich schrieb diesen Brief auf meinen Knien, wie die Nachricht von Wilberts Vorhaben, und daß morgen der Tag seyn sollte, mich auf die Erde hingeworfen hatte. Es war kein Entsezen, was ich empfand, wenn ich das noch empfinden nennen darf, es war wahre Raserey. Ich habe mich auch nachher nie darauf besinnen können, was in der Zeit von den fünf Stunden, die der Knecht auf dem Hin- und Zurückweg zu reiten hatte,

in

in mir vorging; nur daß man mir nachher sagte, daß ich mich nicht hätte wollen aufheben laſſen. Ich blieb liegen, wie ich lag, ohne Thränen, ohne Laut, das Aug ſtarr auf die Thüre geheftet, bis ſie aufging, und — Gott! daß du mir das noch biſtimmt hatteſt! er — ſelbſt herein trat!"

Mariane.

Denke dir, was aus mir ward, als ich ſie ſo liegen ſah! ſo ganz entſtellt! O! es brauchte ſchon keine Entſchuldigung mehr, und, wenn ſie keine gehabt hätte — alles, alles war vergeſſen! Ich hub ſie auf von der Erde, nahm ſie in meinen Schooß, drückte ſie an mich, weinte, und hätte mein Leben ſo ausweinen mögen. Sie riß ſich los, ſank auf ihre Kniee vor mir, verbarg ihr Geſicht in meinem Schooß; dann faltete ſie ihre Hände, hub ſie in die Höhe, ſah mich an, wollte reden, konnte nicht, fiel wieder hin, bis ſie einen Brief aus dem Buſen hervorzog, den ſie vor einigen Monaten in einer ſchweren Krankheit an mich geſchrieben hatte, und den ihre Vertraute mir nach ihrem Tode hatte geben ſollen. Ich will nur das hier daraus abſchreiben, was ſie zu ihrer Entſchuldigung anführte.

„Du wirſt Dich erinnern, daß Deine Mutter um unſre Bekanntſchaft wuſte, aber daß

daß unſre Liebe ihr noch ein Geheimniß blei=
ben ſollte. Ich kam in die Stadt mit mei=
nem Vater, bey jener Gelegenheit, als der
Herr von = = =, deſſen Güter er verwaltetei
ihn zur Rechnung foderte. Ich beſuchet
Deine Mutter; es war mir unausſprechlich
ſüß von ihr geliebt zu werden. Der Augen=
blick kam, wo mein Herz ſein Geheimnß
nicht mehr halten konnte; es wolte zerſprin=
gen; ich muſte ihr alles ſagen, ohne einen Au=
genblick überdenken zu können, was ich that.„

„Sie erſchrack, fiel mir um den Hals,
weinte über mich ſo mütterlich. Armes Kind;
das war alles, was ſie ſagen konnte. Dann
zeigte ſie mir den Ausſpruch, den R***
gegen ſie erhalten hatte. Es war kein Aus=
weg; ſie muſte mit ſich machen laſſen, was
die Grauſamkeit eines geizigen Gläubigers
über ſie beſchlieſſen konnte. Die Sache mei=
nes Vaters ſchien den nämlichen Gang zu
nehmen. R*** hatte ſich ſeit einem halben
Jahre um meine Hand beworben. Zwar
hatt' ich ihn abgewieſen, ſo gut ich konnte;
aber das war von ſo wenigem Nachdruck,
daß er es als bloſſe jugendliche Sprödigkeit
aufnahm, und izt in der Stadt ſein Bewer=
ben von neuem mit doppelter Heftigkeit wie=
der anfing. Mein Vater bewarb ſich über=
all, um eine baare Summe, die allein das
äuſſerɛ

äussere von ihm abwenden konnte; verge=
bens! der alte R*** war reich. Er konn=
te ihn retten; — war der stärkste Gläubiger
Deiner Mutter; — konnte sie retten — sieh,
das alles sollte von meinem Entschluß abhan=
gen! Zwischen Dir und einem Vater und
einer Mutter!" —

„Denke hier an unsere Liebe! Jene
süsse, erhabene Hoffnung, die Du mich zu=
erst gelehrt hattest, wenn wir so in der Mond=
nacht; Arm, in Arm, da standen und den
gestirnten Himmel ansahn, daß auch da Lie=
ben seyn würde, in verklärtem Anschaun all
unseres Werthes! — Diese Hoffnung ent=
schied. Mag es seyn für dieses Leben! dacht'
ich; ich werde seine Last ohnehin, getrennt
von ihm, nicht lang zu tragen haben! da!
da werd' ich ihm einst entgegen kommen, noch
so ganz Liebe! und ihm zurufen: so hab' ich
dich geliebt! so hat deine Arme geliebt und
gelitten! — Ich fühlte mich groß und stark,
zwang von Deiner Mutter den Schwur, Dir
es nie zu entdecken, rettete meinen Vater,
und wenn ich für Deine Mutter meinen End=
zweck nicht erreichte — den ersten Stoß abzu=
wenden war zu spät; aber wenn er nachher
nicht wieder vergütet wurde, Du selbst wirst
wissen, wessen Schuld das war!" —

Schöne=

Schöne, erhabene Seele! rief ich. Aber
doch, daß Du mir das nicht sagtest! Mich da
in dem marternden Verdacht Deiner Untreu -

„Das hätt' ich Dir sagen sollen? sprach
sie; ach Willbert! ich hatte ein Herz, und
Du kennst es; ich wuste, daß ich das Deini=
ge in dem meinigen fühlte; ich bat Gott, daß
er Dir das geben mögte mich zu vergessen,
und — wenn auch, mich zu hassen. Ich hofte
das mit Zuversicht. Jener Gedanke an
Ewigkeit, an eine Stunde, die das alles
enträthseln und ändern sollte, machte mir
erträglich, was mir ohne sie mehr als Tod
gewesen wäre. Aber, wenn ich Dir das nun
alles gesagt hätte? — Du hättest gewust,
daß ich Dich liebte, noch mit all der Innig=
keit liebte — dieser Schritt selbst hätte Dei=
ne Liebe erhöht! Du hättest mein Leben voll
Jammer, das ich vorhersah, hättest all mei=
ne Leiden gesehen; ich die Deinigen, Dein
Abzehren in vergeblicher Liebe! Ach Willbert!
was hätte aus uns werden können! und es
waren doch auch Pflichten, die ich mir auf=
legen muste!" —

Engel! Erhabene! — Ich schloß ihren
Mund mit tausend Küssen.

Sie ist unter meinen Küssen wieder aufge=
blüht, wie die welkende Blume im Morgenthau.
Das Jahr, das der Wohlstand zwischen unsern
Wünschen legte, ist verschwunden wie ein Abend

der

5

der Freude. Und nun — Gott zu danken, daß
er dieses Glück noch so lang aufschob, mich durch
so manche wunderbare Wege führte, dieses Glückes wieder würdiger zu werden, ist, nebst meiner Liebe, fast meine einzige Empfindung.

Und du — ich verlor Dich fast zur nemlichen
Zeit mit ihr. Komm, komm, daß ich Dich mit
ihr wieder finde! Komm, Du sollst sie sehn!
Mehr sehn und hören, als sich schreiben, als sich
denken läßt! Sollst Deine Freunde glücklich sehen,
glücklicher über alles, was je ein Sterblicher
glücklich nannte!

Anton Matthias Sprickmann.

Da der Herr Verleger und ich darinnen ein-
stimmig sind, daß wir unsere periodische
Schrift mit diesem Jahrgang schließen, oder viel
mehr — um auf eine andere angemessene Einrichtung zu denken, — eine Pause machen wollen; so
bleibt mir vor jetzt nichts übrig als mich dem
Wohlwollen meiner verehrungswürdigen Leserinnen mit dem innigen Wunsch zu empfehlen, daß
nur einige Stücke dieser Lecture Ihres Beifalls
würdig gewesen und Ihnen eine angehehme Un-
terhaltung geschaft haben möchten — Der Eintritt
in das neue Jahr, — dies füge ich noch weiter
an, — sei unendlich glücklich für Sie, und ge-
währe Sie der Erfüllung aller, auch der ge-
heimsten Wünsche Ihres Herzens, davon ich
dann ein glücklicher Zuschauer zu sein, auch mir
vom Himmel erflehe, und des Antheils, wann
auch nur weniger unter Ihnen, mir ehrerbietigst
schmeichle.   v. J.

Nachtrag zum 4ten Stück S. 57. folg. und
zum 5ten S. 76. folg. *)

Deine Freudenthränen meine Tochter sagen mir, wie glücklich du bist. Ich
lebe ganz wieder in dir auf. Du
wirst nun bald mit dem vereiniget werden,
den du liebst, der dich so herzlich liebt. Alle
Titel der Welt alle ihre Ehren und Würden

D b   gehn

---

*) Meine im 4ten Stück dieser nun geendigten Wochen-
schrift über das Walzen geäusserte Gedanken mögen auch aufgenommen worden sein, wie sie wollen,
es mag auch ihr Eindruck so unwichtig, auch vor
Gießens Töchter gewesen sein, wie er will, so bleibt
doch die vorgetragene Sache an sich richtig, und daß
meine Meynung weder sonderbar, noch wie einige
schwörmende Walzerinnen gewöhnt übertrieben gewesen, bezeuget die aus einer ganz neuen, nicht unwichti-
gen Bröchüre. (S. Skizzen und kleine Geschichten
von dem Verfasser der Adolfs gesammelte Briefe
St. 6. S. 60. f.) gezogene Stelle, die der würdige
Verfasser meiner Mutter, zur Warnung ihrer Töchter
in den Mund legt, die im Begriff stehet in den
Eheftand zu tretten, welche aber gewiß eben so wichtig und empfehlend für diejenige ist, die diesen wichti-
gen Schritt zu thun, zwar noch nicht berufen, aber
gewiß nach dem Innern ihres Herzens gern ein Gleiches wünschen, und durch die thätige Beherzigung
dieser Ermahnungen sich vielleicht das Herz eines

gehn mit zu Grab. Aber der Beruf, Va=
ter und Mann, Mutter und Gattin gehn
mit übers Grab. Er sey dir also heilig die=
ser grosse Beruf.

Du nimſt deinen gröſten Schaz, meine
Tochter in die Umarmung deines Mannes,
die Reinheit deiner Seele. Bewahr ſie
auch da als dein größtes Kleinod. Mutter
wirſt du durch Freuden, die keinem Vergnü=
gen in der Welt gleichen. Auch in dieſem
Genuß, zu dem dich dein Stand berechtigt,
ſey ſchaamhaft. Schaamhaftigkeit iſt die
Seele der Freude. Ohne ſie verfällſt du in
wilde Wolluſt, ſinkſt mit allen deinen ſchö=
nen Anlagen unvermerkt zur Thierheit herab.
Blos thieriſcher Genuß, ſchaamlos begehrt,
wild befriedigt, iſt die erſte Grundlage zum
Ekel und wehe den Eheleuten die ſich ſatt
haben — Auch in der Ehe gieb'ts eine Un=
ſchuld. Laß ſie ja nie aus den Augen.

Unter=

edlen, biedern Mannes, doch — wie wenig
ſchäzt man einen ſolchen — erwerben könnten. —
Das übrige dieſes Auszugs gehört zum 5ten Stück
unſers Wochenblatts, und verdienet gewiß eine
Empfehlung, und die eifrigſte Beherzigung, um
das Glück eines Mannes — gewiß ein wichtiger
Beruf — zu ſchaffen.

Unterdrücke den Gedanken, wenn er je=
mals in deiner Seele aufsteigen wollte, daß
dein Mann durch den priesterlichen Segen
nun auf immer an dich gebunden, an dich
verpflichtet sey. Er muß dir von nun Alles
seyn, nein, er Muß nicht, er Wird dirs
seyn, wenn du ihn aufrichtig liebst, denn
lieben ist, den Geliebten allen andern vor=
ziehen, ruhn auf ihm, als auf den Einzi=
gen in der Welt. Suche immer durch ei=
nen neuen Reitz ihn wieder an dich zu ziehn,
als wenn du mit jedem Tage ihn aufs neue
gewinnen müßtest. Mit jeder Umarmung
fällt eine Blüthe der Liebe ab. Jede Auf=
merksamkeit, jede Sorgfalt setzt zu frischen
Knospen an.

In der Wahl deiner Vergnügungen sey
von nun an sehr behutsam. Vielleicht hast
du als Mädchen an diesem und jenem ein
Vergnügen gehabt, das dein Mann nicht
wohl leiden mag. Versag es dir von nun
an. Vielleicht könntest du manchmal eine
angenehme Zerstreuung geniessen, aber dein
Mann hat nicht Zeit, dabey zu seyn. Er
stellt dir's frey, ob du bey ihm bleiben, oder
die Parthie mitmachen willst. Wenn du ihn
wahrhaft liebst wählst du das erstere. Wie
müste ihn das beleidigen, wenn du bey der

frey=

freygeſtellten Wahl jenes Vergnügen, bey
ihm zu ſeyn, verzögeſt. So aber, glaube
mir, fühlt er den Werth der Selbſtverläug:
nung und belohnt ſie mit doppelter Zärtlich:
reit.

Laß dich bey keiner Gelegenheit zum vie:
len Genuß ſtarker Getränke verleiten, wär
es auch dein Mann ſelbſt, der es verlangte.
Sie ſchaden deiner Geſundheit und können
dich leicht in eine Situation bringen, womit
du deine eigene Delikateſſe beleidigeſt. Eine
berauſchte Frau iſt ein gräßlicher Anblick.
Sie zeigt ſich da ſo ganz in der Thierheit und
unſer größtes Bemühen muß nie aus den Au:
gen kommen, eine gewiſſe idealiſche Ehrfurcht
der Reinheit, Einfalt und Unbefangenheit wie
einen Schimmer um uns zu haben.

So auch mit dem Tanzen. Walze mit
niemanden, es ſey denn mit deinem Mann,
ſo wie ich dir ſchon als Mädgen das alzuhef:
tige nie geſtattete und es vorzüglich zu vermei:
den ſuchte, daß du nie mit einem ausgelaß:
nen Menſchen walzreſt. Ueberhaupt tanze
nun keine erhitzenden Tänze mehr mit einem
Fremden. Man hält oft eine Freude für
unſchuldig, die der Saame zu Ausſchwei:
fun:

fungen ist. *) Unser Körper ist unendlich
reitzbar, zumal so juug. Er geräth leicht
in Schwingungen, die unsre Vernunft be-
täuben, uud uns im wollüstigen Kitzel zu

Dd 4 Tha-

*) Unläugbar bringt das Deutschtanzen zwey Personen
weit näher zu einander als irgend ein anderer
Tanz. So fest und nah einander in i:n Armen,
daß die Odemzüge sich mit einander vermischen!
und dann in dem erhitzenden Taumel dahinrollen-
In diesen Augenblicken hört alle andere Verbindung auf und das Paar, das mit einander tanzt,
ist sich am nächsten. Das Mädchen das dahin
schwärmt, fühlt in den Armen ihres Tänzers ein
wollüstiges Feuer. Dieser Genuß drückt sich in ihr
Gedächtniß. Das zweytemal ist er schon stärker,
denn die gegenwärtige Empfindung sucht im Gedächtnis eine Analoge. Sie findet die ehemalige
und nun genießt das Mädchen schon doppelt. Freylich schaden die ersten Vervielfältiguugen noch nicht,
aber öfter und öfter und dann in eine Situation,
die jenen Tanzempfindungen gleich ist und die die
vergangenen ruhenden erweckt, so wird die gegenwärtige um so viel stärker und daher leicht über-
wältigender. — Wenn man in die Seele eines
Mörders zur Zeit seiner That sehen könnte, wer
weiß wie viel grausame Eindrücke von gemarterten und getödteten Thieren von seiner Kindheit bis
zum gegenwärtigen Augenblick sich an die gegenwärtige Mordempfindung ketteten und ihr den Aus-
schlag gaben.

Thaten reizen, die dann keine Thräne der
Reue, wäre sie auch blutig, zurückerkauft.

Dein Mann arbeitet für dich und deine
künftige Familie. Er thut alles dich glücklich zu machen. Wieviel Dankbarkeit erfor-
dern seine schweigenden Sorgen für deine Un-
terhaltung und daß es dir so wenig als möglich fehle. Er kömmt allen deinen Wünschen
zuvor. Lock ihm die seinigen ab. Erfülle
sie, wenn und so viel du kannst, unvermu-
thet, überraschend. Der ehrliche Mann
wird oft gekränkt, oft seine besten Plane,
seine unverfälschtesten Absichten zerrüttet, er
sieht Ungerechtigkeiten, er hört von Un-
terdrückungen und sein Amt reicht nicht zu,
dem Bedrängten, dem Unglücklichen aufzu-
helfen. Das macht ihn mismüthig, mür-
risch, ärgerlich. Wenn du stets gerade han-
delst, wirst du den Blick der Unschuld und
Zuversicht dir erhalten, der wird gemischt
mit der Theilnahme an den Leiden deines Geliebten den Nebel zerstreuen, den seine Geschäfte, sein eingeengtes Herz zwischen dir
und seiner Liebe gezogen haben.

Auch du wirst in deinem Hauswesen in
manche Aergerlichkeit verwickelt werden, ver-
birg sie mit aller Macht vor deinem Mann,
wenn er mit verdrießlichen Sachen zu thun,
oder

oder sonst böses Blut gesetzt bekommen hat.
Aber in der Stunde der Erheiterung theil
ihms mit, frag ihn um Rath. Eure Um=
armungen haben euch zur innigsten, vertrau=
testen Freundschaft eingeweiht. O meine
Tochter, der Ehestand ist kein ewiger Früh=
ling, aber ein Maientag nach Sturm und
Ungemach, giebt Stärke zu vielen neuen
kommenden trüben Stunden, vergilt un=
aussprechlich. Du wirst Mutter werden.
Sorge vorzüglich und doppelt in der Zeit
deiner Schwangerschaft, für deine Gesund=
heit. Ich werde dich noch besonders unter=
richten, wie du mit kleinen Kindern umzu=
gehen hast. Die Kindsfrauen sind oft un=
vorsichtig. Die Pflege deines Kindes, ist
nun eine neue hinzugekommene wichtige
Sorge. Da ist deinen Kindern am besten
wenn du um sie bist. Es ist eine harte
Sache, meine Liebe, Kinder heranziehen.
Es erwarten dich da viele, viele trübe
Stunden, aber auch o Gott! eine Wonne,
eine große unaussprechliche Wonne ists, eine
Tochter glücklich sich verheyrathen, einen
Sohn gut versorgt werden sehn. Und
schon in ihrer Kindheit, wie viel Scenen
der häuslichen Freude veranlassen sie! Merk
dir's meine Tochter, ich bin viel in der
Welt gewesen, ich sage dir's aus Erfah=

Dd 5 rung

rung, bie Freuben bes häuslichen Lebens
find bie einzigen wahren und bie einzigen,
bie bu bir selbst schaffen kannst= Studire
bie Charakteranlagen beiner Kinder, besprich
bich mit beinem Mann barüber. Das ist
so was für die einsamen geschäftlosen Abenb=
stunden, und wird von unenblichem Nutzen
für eure Kinder seyn. Euch selbst wird
bie Zeit babey vergehen, baß ihr am Ende
fragt, wo sie ist. Welch eine schöne sanfte
Nacht, folgt auf solche zugebrachte Stunden.
Zwischen beinen Söhnen und Töchtern, laß
bir frühzeitig angelegen seyn, einen gewis=
sen Ton bes Anstandes einzuführen. Glaub
mir, bas ist von grossen Nutzen. Den Kin=
bern wirds babey leicht zur Gewohnheit, je=
bermann geziemenb zu begegnen. Mache
die Mädchen auf den Charakter ihrer Brü=
ber, auf ihr Betragen aufmerksam. Da
wirst du ihnen schon frühzeitig manche gute
Lehre über die Männer geben, und sie ba=
mit vorbereiten können zu ihrem künftigen
Eintritt in die Welt, versage ihneu, wenn
es

es möglich ist, kein erlaubtes Vergnügen nur müssen sie keine ohne deine oder deines Mannes Gegenwart geniessen. Wenn du sie bisweilen in Gesellschaften führen mußt, deren Ton eben nicht der beste ist. Bereite sie dazu vor. Nimm nach der Hand dir wieder Gelegenheit davon zu sprechen. Sey immer, immer wachsam, sie zn lehreu und zu überzeugen, daß Unschuld des Herzens und Delicatesse im Betragen die einzige und die untrüglichste Quelle aller weiblichen Glückseligkeit ist.

Druckfehler.

Seite 13 Zeile 11 ließ an statt Liebste, Liebster.
Seite 48 Zeile 25 ließ an statt Stußin, Sturzin.
Seite 117 Zeile 22 ließ an statt noch, nach.
Seite 118 Zeile 17 ließ an statt S. W.
Seite 129 Zeile 6 ließ an statt glückliche, glücklichste
Seite 197 Zeile 23 ließ an statt bedruckten, bedruckte
Seite 210 Zeile 2 ließ an statt wenn, wem
Seite 217 Zeile 6 ließ an statt Heinreich, Henrich
Seite 220 Zeile 9 ließ an statt Freunden, Freunde
Seite 213 Zeile 4 streich aus mitten unter Fabeln.
Seite 266 Zeile 18 ließ au statt tolerant, toleranten
Seite 306 Zeile 12 ließ an statt Freudekrais, Freun-
  dekrais.

www.ingramcontent.com/pod-product-compliance
Lightning Source LLC
Chambersburg PA
CBHW030956110726
47900CB00004B/1291